親親後娘

3 完

文創風 157

紅景天 著

目錄

第三十九章　年關

秋收了，收回來的糧食才曬乾，就被徵收賦稅了。今年的賦稅比往年又重了兩成，加上前陣子乾旱收成少，幾乎過半的糧食都被徵了，村子裡許多人都愁眉苦臉的，見了面除了搖頭就是唉聲嘆氣的。

今年羅雲初他們添置了幾畝水田，要繳的賦稅又多了一些。可她恨不得多囤積點糧食，怎麼會願意用糧食繳稅？羅雲初遂讓二郎問明了今年要繳的賦稅，以對等的銀子把糧食兌回來。看著繳上去的二兩銀子，羅雲初嘆氣，農民的日子難過了。今年的炭價賤了，據傳聞，黃連生那一萬多斤的炭實在等不起了，只賣了二十兩銀子。而他的窯太多人幫忙幹活了，有不少是他的親戚哩，那些錢不好剋扣，他只好打落牙齒和血吞，按照之前說好的分成，散出了大半的銀子。

儘管如此，里正也沒有因此而為難宋家，估摸著是忌諱宋銘承吧。宋銘承此時正赴京趕考，能否更進一步，尚不得而知。即便不進，憑著他舉子的身分，即便是鄉長縣丞都得高看一眼，更何況只是個小小的里正？

繳了稅後，糧食價格節節高升，麵粉已經賣到四文錢一斤了，前頭羅雲初他們買的時候才兩文一斤，大米更離譜，直接漲到七、八文錢一斤，這才多久啊？羅雲初得知時，暗自搖了搖頭。

不少家有餘糧的眼熱這價錢，拿出部分糧食去賣。對交好的鄰舍，羅雲初多少都會提點幾句，讓他們今年別賣糧食了，如果這樣還拉不住的，她也沒辦法了。畢竟有些事只是她的推測，或許很有可能會發生，但她確實沒有什麼確切的理由來說服別人。

甚至大郎也心動了，這才多久，糧食價格就翻倍漲，這一進一出的，能掙一倍利呢。羅雲初知道時，趕緊讓二郎去勸。如今大房一家子莫不是掉進錢眼裡去了？又不急那銀子用，還想拚命往外倒騰糧食。最終還是許氏留了個心眼，站出來勸住了大郎。

「娘，咱們下午煮番薯糖水好不好？」小飯糰抱著羅雲初的腿撒嬌。

羅雲初舀了一勺豬食倒進豬潲兜裡，才道：「前兩天不是剛吃了嗎？」

二郎幫著阿德將地裡的糧食收回來後不久，阿德便送了他們一牛車的糧食，左不過是一些當季的番薯木薯、黃豆花生之類的，不是什麼金貴的，羅雲初也不和他客氣，全收了下來。當天羅雲初就挑了幾個個頭大的番薯來煮糖水了，煮的時候還放了一些已經煮得綿爛的綠豆，直吃得飯糰連碗都舔得乾乾淨淨。番薯其實要留一段時間，待水分蒸發掉一部分，表皮皺了後才會更甜糯好吃的，於是羅雲初把它們放在通風的地方晾著。

飯糰為自己的嘴饞感覺到羞羞，扭捏地抱著她的腿躲在身後不說話。

此時豬圈裡的一頭豬刨了兩下潲兜，鼻子還不滿地哼哧兩下，似在抱怨伙食不好。豬這種生物寵不得，不打不長記性，為了避免另一頭豬有樣學樣，羅雲初直接就手裡的葫蘆瓢打了那頭豬兩下。「讓你挑食，讓你挑食！」

豬圈裡頓時響起了一陣豬的慘叫聲，飯糰瑟縮了一下，小身子抖了抖。

「別怕，怕的話就捂住耳朵。」羅雲初用乾淨的手摸了摸他的腦袋。

「白白挑食，惹娘生氣，打打！」飯糰一手扠著腰，一手數落著豬圈裡的豬。

羅雲初在一旁怎麼看怎麼好笑。「好了好了，飯糰，去房間幫娘看看弟弟醒來沒好不好？下午咱們煮番薯糖水喝。」

「嗯嗯，飯糰這就去。」聽到願望被滿足，飯糰很開心地點頭，回頭瞧了一眼豬圈裡的白白，一本正經地道：「白白，要聽話知道不？不准挑食喔。」

羅雲初拍了他一下，憋著笑道：「快去吧。」她快忍不住了。

小傢伙邁著小短腿穿越院子，往屋裡跑去了。

羅雲初素來是個不會虧待自己的人，今年家裡的棉花收成好，質量又好，那些新棉被她便留下了三張以後用，之前蓋的那些被子又加了一些棉花進去，讓莫老漢翻新加厚了。

為讓二郎表孝心，羅雲初特意送了一床十五斤的新被子給宋母，喜得她笑瞇了眼，逢人便誇她這二媳婦孝順。宋大嫂見了眼熱，直嚷著讓羅雲初送她一床。

羅雲初這人有點龜毛，非常討厭別人伸手問她要東西，還問得如此理直氣壯，活像別人欠了她似的。羅雲初當下當作什麼也沒看見，陪著宋母閒扯了幾句便回家了，完全不看旁邊臉色極其難看的宋大嫂一眼。

二郎回到家，羅雲初趕緊給他把外套除掉，又遞上熱布巾給他擦臉擦手，又讓他靠著火盆烤了一會兒火，才讓他靠近飯糰、湯圓兩個兒子。

「欸，那幾十床棉被總算賣完了，多虧了前兩天突然轉冷了。價錢還賣高了呢，特別是柳掌櫃，十斤的棉被每床多賣了四、五十文。」

「賣完了便好了，話說這回咱們賣這些棉花掙了多少？」

「喏，這裡有二十五兩七百錢，後面那六百來斤棉被全在這兒了。在小舅子那兒賣出了二十四床，柳掌櫃那兒賣出了三十四床，聽了妳的話，我從中拿了二兩銀子給柳掌櫃作謝禮。」二郎接過羅雲初遞的熱水，喝了一口，覺得肚子裡暖和許多。

「這個是要的，畢竟人家幫了咱的忙啊。」羅雲初拿著那些銀子，眉開眼笑，隨手拿了五個銅板塞到飯糰的兜裡，或許是沾染上了羅雲初的財迷氣性，摸著銅板，飯糰也是一臉笑意。

「呵呵，瞧你們母子倆，真是一副財迷的樣子！」賣完了這些貨，攢了些銀子的二郎心情很好地打趣他倆。

「二嫂子，家裡做了些糯米糍粑，公爹讓我拿幾個過來給你們嚐嚐。」顧氏將盤子放下，笑道：「比不得妳做的好吃，莫要嫌棄啊。」

「哪裡的話，李大嫂的手藝自是好的，前些日子包的那個韭菜餃子，咱們家飯糰一連吃了好幾個，差點兒吃撐了呢。」羅雲初忙從碗櫃裡拿出一個大盤子來裝這些糯米糍粑。

「飯糰若真喜歡的話，我下回做了，再給你們一些。」飯糰是個可人疼的孩子，顧氏也很喜歡他。

「這樣太麻煩妳了。」

「哪裡麻煩了，現在地裡也沒啥活兒幹，大把的時間，左不過是順手多做點罷了。」顧氏對宋二郎一家子可是打心底裡感激著的，自上回羅雲初給她說了那個偏方後，她真到鎮上買了兩塊生狗骨頭，聽說哪塊骨頭都行的，於是為了方便，她挑了狗腿那部分。在晚上睡覺前時不時地給孩子他爹燙一燙，近一年了，他的疼痛漸漸少了，即便是下雨天時，他也沒那麼難受了。她覺得堅持下去，他的病會好的。

「對了，公爹讓我和妳說，謝謝妳前頭送的那床棉被，他說蓋上後，著實厚實暖和。這樣的被子，在外面還買不到吧？」

「謝啥謝啊，蓋著暖和就成，老人家受不得冷，你們幫著注意一點。」羅雲初叮嚀。

「放心吧，我們曉得的，好了，不和妳多說了，我廚房的鍋裡還熬著粥，我得趕緊回去看火了。」顧氏接過盤子，便告辭了。

上回送被子時，她就隱晦地和李大爺提過，讓他別把家裡的糧食賣了。李大爺活了一輩子了，老而經事，細細一想，便明白了。又見羅雲初他們繳賦稅都是折現成銀子來繳，當下也有樣學樣，寧願繳錢也不願給糧食。其實村子裡尚有老人高堂在的人家，多少都會囤積有一些糧食，不會輕易賣出的，只有一些目光短淺之輩，才會拿糧食換銀子。

十一月上旬，一輛不起眼的馬車通過了城門侍衛的檢查徐徐入城。

「終於到京城了。」宋銘承看著威武的城門，感嘆道。本來預計一個半月的行程，因為種種意外延遲了半個月。

宋銘承領著周墩遲沿著狀元樓周圍逛了一圈，把該瞭解的都瞭解了一番後，宋銘承挑了一家人不多但看著挺乾淨的店坐了下來，叫了兩個菜。

周墩遲感嘆。「宋兄，這京城真是什麼都貴啊，這兩道菜光有點肉末便花了四十文。」

正巧，周墩遲的抱怨被給隔壁上菜的小二聽到，誇張地甩了下擦汗的布巾。「哎喲喂，我的好客官，咱們店裡的菜是最便宜的了，你看看對面的鼎升閣，隨便一道青菜都賣到十五文呢。」

周墩遲聽了，喃喃自語。「真貴，真貴。」

宋銘承聽了，皺眉，覺得這不僅是地方不同的原因。一路走來，他細心地注意到了，物價是越抬越高。被搶了東西那回，他們歇在那破客棧裡，他花了四文錢買了四個饅頭，但饅頭的個頭那叫一個小，兩個才頂以前一個的量。他當時就問了店小二，小二說了，麵粉漲價了，他們也沒辦法。後來陸續又過了幾個縣鎮，那些食物不是漲價了便是量變少了。

那小二見兩人穿著都不算好，遂建議道：「你們都是來參加春闈的舉子老爺吧？真缺錢的話，到崇文門擺個攤寫幅對子，掙的都不止這個數了。」

周墩遲搖搖頭。「滿嘴銅臭，有辱斯文，有辱斯文。」

宋銘承聽了，眉頭緊皺，看來他得下決定了，他這位同鄉現在缺的是對自己有個清楚的認識。

剛才走了一圈，他心裡已經盤算好了，一會兒借周墩遲八兩銀子，兩人便分開吧。

他剛才打聽過了，出於當今對他們這些舉子的照顧，這附近的客棧酒樓的價錢都受到一定的壓制，不能隨意升漲，於是這些中等房間的價格均在每日六十文錢左右。從今兒個開始算起，直至二月上旬考完春闈，住中等的房間大致的花費約為五千四百文。除去這個，在吃食方面只要不太奢侈，二、三兩銀子三個月盡夠了。

若周墩遲要請客喝茶飲酒之類的，便自個兒掙錢來抵消這些花費吧。他只是他的老鄉，又不是他的老爹，哪管得了這般多？說起來，從啟程至今，他對這位同鄉已經算是照顧了。

晚點兒的時候，宋銘承抽了個空和周墩遲說了他的決定。儘管周墩遲一臉的不捨，但也曉得自己麻煩別人太多了，遂應了下來，拿了銀子，說他保證回去後會還的。

宋銘承沒理會他的不捨，拿了行囊在狀元樓要了個中等的上房，給了掌櫃的六兩銀子，一口氣付了三個月的租金。最好的房間太貴，他住不起，下等房又太吵雜，讓人靜不下心來看書。他是在心裡給自己下了軍令狀了，一定要考出個功名來，這才不辜負家人對他的殷切期盼。

年關將近，家家戶戶都在忙著過年。羅雲初早早便備好了年貨，趁著天氣不錯，便把屋裡的被套床罩都拆出來清洗了一番，順便也把屋子裡裡外外都掃了一回。

年初養的兩頭豬，由於家裡伙食不錯，都長成了百二、三斤的大豬。她尋思著家裡的親戚不算多，殺一頭豬盡夠了，便打算賣掉其中一頭賺點錢，再添兩隻小的來養。

和二郎說了，他也贊成。沒兩日他便聯繫好了殺豬佬，自然不是朱大富那廝。現在宋家不輕易提起這些糟心事，宋母恨死了李氏，正是因為她，宋家失去了一個金孫。

如今豬肉老貴了，瘦肉都賣到二十五文一斤了，還有往上漲的趨勢，眾人一提起這個都不住地搖頭，不過多養了幾頭豬的人家就樂了。羅雲初他們賣了一頭，整隻賣的，得了兩千一百多文錢。結帳那會兒，直看得許氏羨慕不已，只可惜今年他們大房這邊只養了一頭，得留著自家用，哪能賣呀。

那殺豬佬得了一頭豬後，還老問二郎他們豬圈裡的那頭賣不賣，待他們說了是留給自家過年用的後，他才一臉遺憾地走了。

到了臘月後，羅雲初便把家裡為過年準備的零嘴放出來了。飯糰口袋裡更是時刻都裝著一些吃食，早上是鹹脆花生，下午便換成了黃酥糖，幾乎一天幾個花樣，還不帶重樣的。加上他又是個大方的，很少吃獨食，於是他在村子裡是最受孩子們歡迎的玩伴，哪個要是不長眼敢欺負他把他弄哭，必定遭到一群小蘿蔔頭的圍攻。上回就有個六歲的娃兒眼氣（注）他，搶了他兜裡的三文錢，把他惹哭了，被大胖領著一群孩子追著滿村打。

過年其實是最舒心的日子，除了忙碌一點外，吃穿用度均是一年中最好的。羅雲初有時閒下來時，總會遺憾這裡沒有麻將，若不然得空時約幾個相熟的嬸嫂摸個八圈，豈不樂哉？有想望就有動力，麻將她是整不出來了，或許說她能做出來，但木頭的麻將有什麼好玩的？沈重光滑的質感觸感才是麻將吸引人之處啊。不過沒有麻將不代表沒有別的娛樂方式，一副撲克牌更利於家庭間的交流。

弄了兩天，一副撲克牌終於還是被她弄出來了，雖然比不上現代的美觀，但畢竟還是能

注：眼氣，看到美好的事物極為羨慕並想得到之意。

玩的。晚上一家四口窩在暖暖的大床上，就著黃亮的燭光打上幾局牌，氣氛異常溫馨。飯糰畢竟只是個四歲的孩子，許多時候都出錯牌幫倒忙，常被羅雲初和二郎戲稱為小叛徒；而此時躺在一旁的小湯圓總會吃著拳頭，咿咿呀呀地叫著，每逢有人偷個空去逗他時，他總會流著口水兀自笑得開心，眉眼彎彎的。

天氣越來越冷，在飯糰一次小感冒後，大冷的天裡羅雲初實在不放心他一個人在西側間那邊睡。便讓二郎將他之前睡的小床撐開，放在他們的房裡，讓飯糰也一起睡在他們的房裡，同房不同床。

飯糰當時知道這一大好消息時，吸著兩管鼻涕追問了好幾回是不是真的。直到晚上躺在暖暖的小床上，他才肯相信這是真的，當下他就撲到羅雲初懷裡撒了好一會兒嬌。

不過飯糰如願了，二郎就慘了。對媳婦這一決定，他心裡不樂意極了，以前房子不寬敞，不得不委屈一點，現在自己有好幾間大屋了，還得委屈自己？在自個兒屋裡想和媳婦親熱一下，都還要顧忌兒子。湯圓就算了，人小也不記事，偶爾當著他的面放縱一下也無事。但飯糰嘛，都四歲了，在他面前肯定得收斂點。即便他不介意，媳婦肯定是不允的。

於是，二郎艱難的隱忍日子便開始了，每晚都在心裡祈禱他那兩個兒子趕緊睡吧睡吧，睡了他便可以和媳婦那個那個了。

正月裡，在人們期盼中，春雨淅淅瀝瀝地下過兩回，雖然比不上往年的雨量，但好歹下了不是？過了正月，春耕又慢慢開始了。可是糧食的價錢不降反漲，好些個在去年年尾賣了糧食的傢伙心裡慌了，家裡的糧食不多，眼見著就要揭不開鍋了。有些個狠心的，拿出積蓄，貴了也當機立斷地咬牙買了些回來，有些仍舊在觀望，希望等降一些再買。

許多人家今年的年過得並不肥，一過了年初五，就開始節省著糧食過日子了。

到二月中旬時，各大糧行已經沒有糧食賣了，前頭那些觀望的人才真的慌了，四處求爺爺告奶奶地借糧買糧。但此時誰會那麼傻？新糧食要到七月那頭才出來，且不提收成，怎麼捱過幾個月還是問題。錢財都是身外物，他們固然喜愛，但也得有命花不是？

好在如今春天了，田間地裡總會冒出一些野菜，像蒲公英、芥菜、苦菜、蕨菜、馬齒莧等，勤儉的婦人每日都會沿著田裡坡地四處採摘，若運氣好時，每天也能摘上把來斤。摘回來洗乾淨後，放進鍋裡，加上幾碗米湯，一家子圍著也能吃個半飽，加上野菜湯，不說飽足，肚裡能滿個七、八分了。

羅雲初家糧食豐足，但也不好表現得一副財大氣粗不愁餓的樣子。於是在趙大嫂約她出去掘苦菜時，她也不推辭，吃了點東西墊了墊肚子，叮囑飯糰好好照看熟睡過去的湯圓，挎了個籃子便出發了。

「嫂子，咱們得趕緊，湯圓約莫小半個時辰便會醒來了。」羅雲初攏了攏耳際被風吹拂的一綹細髮，笑道。

趙大嫂領著她往田間小路走去。「曉得了，咱們今天到畔田角那兒去挖，昨兒個我無意中經過，見那裡的苦菜長得不錯，水靈靈的。」

路上遇上不少熟人，大夥兒見到時都笑著打個招呼，羅雲初注意到他們挎著的籃子，挑著的簸箕、籮筐裡面無一不是放著一小把野菜的。

「現在糧食緊張，田間的野菜也走俏啊。」趙大嫂嘆道。

「其實野菜味道也不錯呀。」野菜是個好東西，現代那些個城裡人，把吃野菜當作一種回歸大自然的方式。不過他們這裡的野菜，可沒有現代城裡人那樣花樣繁多的做法，羅雲初想起有一回和同事去一家私房菜吃飯，當時他們點了個野菜來嚐鮮，當上菜時，發現野菜只有那麼幾根，一整盤都是大蝦。當下她就無語了，做個野菜還配上半斤大蝦，真不知道到底是吃肉還是吃野菜了。

野菜是純天然的綠色食品，經常吃野菜能預防和治療許多疾病。有句民謠，「苣蕒菜裡三兩糧，馬齒莧養胃潤大腸，掃帚苗清心又敗火，老鴰筋滋陰又壯陽」，就道出了野菜的許多功效。像薺菜吧，就具有和脾健胃、明目止血、利尿解毒等功效；馬齒莧能預防痢疾，並對胃及十二指腸潰瘍、口腔潰瘍等病症有良效；吃蕨菜能起到清熱潤腸、降氣化痰、利尿安神的作用。就衝著野菜這些功效，羅雲初就很樂意到田裡鄉間來採摘它們。

二郎就理解不了她為啥如此熱愛野菜？在他眼裡，肉的魅力勝過一切綠色植物，羅雲初也不指望他懂，做好他吃就行了。

「是啊，前幾天妳做的那個薺菜餃子就不錯，大胖這兩天吵著要我弄給他吃呢。那孩子，真被我慣壞了。」趙大嫂搖搖頭。

「呵呵，那回我不過是在和餡的時候，多放了十來只野香菇罷了。」

野菜的吃法，也有很多講究和學問。像薺菜，用來煮湯，味道就很不錯，最妙是將其剁碎調以肉餡，包水餃、蒸包子、烙餡餅，樣樣可口，味美而清香。她前兩天試著拿它來包了些餃子，蒸了幾籠，大郎家、趙大嫂家、李大爺家都分了一些，他們都說很好吃。次日顧氏還特意去田間挖了一些薺菜，回來問她怎麼調餡的呢，不是顧氏不會做薺菜餃子，而是她調出的餡沒有羅雲初弄的好吃。

走著聊著，就來到了畔田角，不過這片地裡根本沒有趙大嫂說的那個長得水靈靈的苦菜，只有一些才長開了三、四片葉子的小野菜。

趙大嫂搖搖頭，嘆了口氣。「才一個晚上，就被人家捷足先登了。看來村子裡不少人家家中糧食欠缺啊。」

說話間，她領著羅雲初往別處挖野菜去。

「對了，年底的時候還多虧了妳家二郎提醒，讓咱們別賣糧食。若不然，咱們家恐怕也像付老三一家子那樣揭不開鍋了。」

羅雲初默默地聽著，並不答話。對這件事她真的無能為力，能勸住她身邊這些人，她已經覺得很難得了。即便是身邊的人，她也是讓二郎隱晦地勸上一勸，聽不聽隨他們了，外人，她還真沒有把握能勸住。再者她也不想暴露自己家囤了糧的事，於是就如此吧。

羅雲初不知道，二郎其實也有勸過一個賣糧的遠親，可是人家不聽勸，還說二郎是嫉妒他們一大家子今年收成比他好，見不得他們家日子越過越紅火。自此後，二郎才沒那麼好心了，能提點的就提點兩句，不聽勸的，二郎才懶得理了，他們要發財便去吧。

趙大嫂也不在意，緩緩說道：「其實付老三家的也可憐，若不是去年年尾的時候家裡的老頭大病了一場，他們也不用賣糧的。唉，其實都怪去年那場大旱，還有在秋收的時候朝廷又加重了賦稅。」

後面那句是她低聲咕噥的，田間風大，羅雲初也沒怎麼聽得清，只是朝廷和賦稅幾個字隱約傳進她耳裡，略想一下便明白了。不過明白了又能如何？無能為力的事她不願多想，她只能在大同的環境下努力地讓自己一家子過得好一點，不挨餓不受凍。

在田間忙碌了小半個時辰，羅雲初估摸著湯圓也該醒了，遂拎著一小撮野菜，準備打道回府。

看著這一片被整飭過的田地，羅雲初衷心希望今年老天爺賞臉，不旱不澇，讓農民都有個豐收年。因為每逢有自然災害，受害最深的往往是農民。

靠著田裡的野菜，缺糧的人家捱過了二月。但村子裡人口那麼多，人人都想省糧，都打地裡的野菜的主意，再多的野菜也架不住人多啊。

第四十章　衣錦還鄉

宋銘承拆開家中寄來的書信，心裡狠狠地鬆了口氣。隨著京城的物價越升越高，他心中也隱隱擔憂老家那邊。他啟程時老家已有許久未下雨了，一路走來，他聽說不少地方都鬧乾旱，遂到了京城沒幾日，他便修書一封託人帶回老家，問了問家裡的情況。如今收到信，知道一切尚好，他便放下心來了。

他沒在信中說盤纏被搶一事，今年大部分地方年成都不好，家中收成想必也不甚樂觀，他可不想再麻煩家裡了。而且他現在身上還有三十多兩呢，自付了房租後，他就沒怎麼動這筆錢了。如今他每日傍晚都會花一個時辰，到崇文門那裡擺攤給人寫書信，寫對聯。他字好，人有耐心，加上態度好，不像別的舉子一樣一副鼻孔朝天的清高樣子，而且價錢也公道，於是很快就有了口碑，四九城裡的平頭百姓販夫走卒等都樂意找他幫忙。

「銘承，回來了？」

宋銘承剛上樓，就被一個書生叫住了，他頓住腳步，笑道：「是啊。」

旁邊一位書生聽到林曾慶主動和宋銘承打招呼，看向宋銘承的眼神閃過一股窩火，隨即冷笑道：「宋兄剛從崇文門那邊回來吧？不知掙了幾文錢，說出來也好讓大家樂呵樂呵。」

這話擺明了說他一屆清貴書生，卻整日地與這些黃白之物打交道，真是有辱斯文。

宋銘承一挑眉。「不過是掙點口糧錢罷了，比不得張兄家底豐厚，完全不用自己操心經濟。」自食其力，他不覺得有什麼可恥的。

眼前這位叫張世名的書生，似乎開始就和他很不對盤，其實他也不知道自己哪裡得罪他了，使得他處處和自己作對。頭幾回的酸言酸語他都懶得計較，不計較不代表他是好欺負的。這種人就像蝨子，時不時咬你一下，不是很痛，卻讓你煩不勝煩。事不過三，既然張世名一而再再而三來挑釁，自己也不必再給他什麼好臉色。

家底豐厚這一詞頓時讓張世名脹紅了臉，他家境清貧的事狀元樓裡十有八九都是知道的，而宋銘承此刻說他家底豐厚，這不是明擺著打他的臉嗎？他若家底豐厚的話，他就不會住在那吵雜的下等房了；他若家底豐厚的話，家中老母便不用為了給他上京湊盤纏把家中的口糧都賣了大半了。

來到京城，領略了京城的繁華後，張世名方覺得之前自己就是井底之蛙啊，想在此扎根的想法就此種下，所以才會對據說是某高官之子的林曾慶那麼巴結。可惜人家卻對自己愛搭不理的，反而對同是一介布衣的宋銘承熱情有加，這怎麼能不讓他妒火中燒？宋銘承，他憑什麼？

其實同住在此樓，誰有料誰沒料大家都看得出來，若不是張世名太過分了，宋承銘也不會如此反諷他。

林曾慶笑了，心中對宋銘承這朋友更是欣賞，他很對自己的口味。

「走走走，馮安臨在大堂那兒辦了個以文會友的辯論賽，咱們去看看。」說話間，林曾慶的手便勾上了他的肩，一副哥倆好的樣子。

「成，你等我一下，我把手上的東西放好了便來。」宋銘承點頭。

「哎呀，你這人做事就是溫吞。來，小趙，幫他把這些東西拿回房再跟上來。」林曾慶一把搶過他手裡的東西，直接塞給一旁的小廝。

「是，少爺。」

「對了，馮安臨說今晚要給咱們介紹一個人，好像叫余成之的。」林曾慶似乎不經意地說道。

余成之?!工部侍郎的嫡長子?!宋銘承聽了，眸光一閃，神色如常，讓人瞧不出什麼異樣。

自從在狀元樓住下後，宋銘承便慢慢地融入這群從全國各地經過層層選拔的學子們中了。木秀於林的道理他懂，讀書人自命清高是最要不得的，但庸才又難免被人輕視。於是他在各種詩宴茶宴的交流會中，只拿出八分的學識，表現略好，既不奪人鋒芒扎人眼招人嫉恨，也不會被人忽視了去。所以他在狀元樓學子中的人緣很好，還從中結交了幾個志趣相投的好友。

「老夫人，韓某向妳道喜了，貴府三公子被當今聖上點為榜眼，大喜啊。」今早一接到京城帶來的好消息，韓師爺就領著人率先到宋家報喜了。

說起來，他和宋家二郎還有一段淵源，如今宋家又出了一個前途無量的榜眼，他自然得好好結交才是。可不是前途無量嘛？能以一介布衣之身擠進翰林，若非驚才絕豔之輩，便是有可能攀上了貴人得到提攜，後者的可能性很大。現在全國的形勢這般危急，人人自危，據說好些官員因辦事不力被革職了，宋銘承在翰林當真是一個很好的避風處，至少安全平穩不是？

今天一早，他先去了周家報喜。畢竟周墩遲如今可是正八品的縣丞，日後需要和他共事的。報喜後，又和他說了一會子話。無意中提起宋家時，周墩遲對宋銘承褒貶有之，說他重情義，又說他四處逢迎拍馬，靠著拍馬屁上位。這話韓師爺是不信的，只當是他周墩遲見不得別人好說的酸話罷了。

即便是又如何？韓師爺不像周墩遲一樣迂腐，認為巴結權貴是一件可恥之事，在他看來，人脈也是實力的一部分。宋銘承能結交權貴又能讓他們把他當朋友，非常人之能啊。其實他上司張有仁就是欠缺人脈，本來以張有仁的年紀，再幹上一任也是可以的，奈何上頭的人借使不上力，這任就被默默幹掉，提前還鄉了。

當今聖上如今正為舉國大範圍的災情頭疼著，災情從去年就開始了，一直都沒有得到妥善的解決。遂對應屆的科舉更是關心，希望能從中挑出一些對朝廷社稷有用的人才，宋銘承、周墩遲就在此列。不過在他看來，周墩遲還是太迂腐了，日後處理縣務，必有一番苦頭吃。

「你是說銘承他中了榜眼？」宋母瞪大了眼，呼吸急促地問。

羅雲初忙扶住她，她滿眼期待地看著韓師爺。這消息也算是和她切身相關了，宋銘承真能當上官的話，對她以後的孩子來說，百利而無一害。不管怎麼樣，她都希望孩子的將來能好一些，不說能領先別人一大截，至少別輸在起點上就好。

其他人都緊張地屏住呼吸，大郎二郎更誇張，粗氣已經喘上了。

「是的，老朽絕無虛言。」韓師爺笑道。

「太好了，老三考上了。」大郎、二郎兄弟倆抱住彼此，狠狠地在對方身上捶了一拳。分開時，大郎情不自禁地擦了擦眼角。

宋母更是高興得哭上了，羅雲初忙扯出一條帕子遞給她。

許氏摸了摸凸出的肚子，微微一笑。

飯糰不知道他們為什麼笑，也跟著樂呵呵地笑著。

唯獨宋大嫂，喜悅間帶了絲悔意，早知道當初分家時不管如何都得扒拉住這個小叔啊，現在白白給二房撿了這麼個大便宜！都是娘家毀了她啊。她一想起娘家氣就不打一處來，前頭不是說不認她這個女兒了嗎？現在咋還眼巴巴地來借糧食？

這種場面韓師爺見多了，微微一笑，待他們平靜一些他便提出告辭，他知道他走了後宋家還要給親戚們報喜的。

見韓師爺要走，宋母站起來想送，但由於情緒過於激動，腿有點軟，竟站不起來，嚇得羅雲初等人忙讓她又坐下。羅雲初忙轉移話題，怕再提小叔高中的事會讓老人興奮過頭，萬一中風便不好了。

「二郎、大哥，你們送送韓師爺吧。」錯手間，羅雲初將剛才拿在手裡的荷包塞給二郎，朝他使了個眼色，又看了韓師爺一眼。

二郎摸著那個荷包，裡面沈甸甸的，他一怔，順著他媳婦的眼睛看了過去，便明白了，朝她點點頭，示意她放心。

許氏注意到兩人的互動，也明白過來了。她想進屋裡拿錢，可是韓師爺已經往外走去了，大郎又傻乎乎的跟了出去，她不禁跺了跺腳。看著無動於衷的宋大嫂，心裡對她更不屑了，一點人情世故都不懂。

「韓師爺，這幾個錢你拿去和幾位差大哥買酒吃。」二郎將荷包塞到他手裡，笑道。

韓師爺聞言笑意更深了，手裡的荷包裡面少說也有三、四百錢，其實錢多錢少無所謂，重要的是這個態度。「成，我就不和你推辭了，正好讓咱們也沾沾榜眼郎的喜氣。」

沒兩天，古沙村以及附近的幾個村子都傳遍了這一好消息，宋家不少親戚都上門道喜，詢問哪天請喜酒，好讓他們準備了禮物來賀。宋母發話了，老三還未回來，待他回來了再確定日子，到時會給他們發賀帖的，宋家這才恢復了安靜。

官府報喜後沒幾天，宋銘承便回來了。此時離他上任還有兩個月，除去上京所需的日子，也沒剩下幾天了，挑了個好日子，請了親朋好友來熱鬧了一番。這兩年年景不好，若不然，宋母還真想大擺流水席呢。

請客的時候，羅雲初提醒宋母，為了不打眼（注），他們的席面上用了許多粗糧，並且每桌的食物分量並不足，除了一、兩碗肉之外，其他的均以湯水野菜為主。

這時候大夥兒的日子都不好過，親戚間也能體諒，並且打心底裡認為，宋家此次宴會的伙食還是不錯的，至少能讓大夥兒吃個飽，不是嗎？

不過他們帶來的許多禮物，宋母聽從羅雲初的意見，只收了小部分，大部分還是讓他們帶回去了。大家都不容易，他們宋家不能明目張膽地救濟別人，何況也不缺這點東西，便讓他們各自拿回去吧。

注：打眼，意思是顯眼，容易引人注意。

羅雲初娘家也來人了，趁入席前，羅雲初把阿德帶到一旁，問他和阿寧溝通的情況。上回她娘家來借糧的事，死阿德沒和她說清楚阿寧一出手就是近百斤糧食這事，害她誤會了她娘。說實話，阿寧的做法太打眼了，幸虧她還知道讓她爹晚上才扛著糧食回去。羅雲初能體諒曾老實夫婦年老了，兒子又還小，對女兒有點依賴的情況，但一回就借那麼多糧食，容易讓她娘家那邊的人產生依賴性。而且她那兩個姊姊羅雲初也不瞭解，萬一她們見著娘家一下子多了這麼多糧食，問出了是和三妹借的，到時來向他們借糧，那他們是借還是不借好？

「姊，妳放心吧，我和阿寧說好了。其實她就是心疼她爹娘，當時也沒想那麼多就給了。我說過她了，她說了以後做事會多點考慮的。」阿德安撫。

「那樣便好了，其實大家都難，你別以為家裡囤了點糧就可以高枕無憂了，這樣的日子還有得過呢。」他們夫妻間的事，羅雲初也不好插手太多，點到為止，省得惹人厭。

阿德好奇地問：「上半年收成不好，下半年應該會好點了吧？」

「誰知道呢，做好最壞的準備準沒錯。」羅雲初不甚樂觀地搖了搖頭，大旱之後必有大澇，誰也不敢肯定。

宋銘承很忙，忙著謝師，忙著四處應酬，畢竟要走仕途了，多認識點人沒錯。沒聽說過嗎？多認識個人就多條路。因為吃不准（注）什麼時候就要求到別人頭上，與其臨時抱佛腳，還不如平時多燒香。

小半個月後，帶著不捨和安心，他踏上了回京之路，懷裡揣著之前他還剩下的三十兩，外加二哥二嫂又給了一百兩，這回他沒有推辭，畢竟回京之後上下都得打點一番，處處都得花錢。家裡的事，大哥、二哥已和他交了個底，聽了後，他對二嫂很是佩服，對家裡也更放心了。

而且這半個月，他認識了不少青河縣的官員，料想他們也不敢刻意為難他的家人的，可以直白地說，他們宋家在縣裡尋常人是不敢招惹的。辦完這一切後，他才算是略略放了心。

本來他想請他娘和大哥、二哥一大家子一起進京的，但想到他在京城還沒有自己的宅邸，便歇了這個心思，待日後吧。

宋銘承走後，宋家又恢復了平靜。

時間不緊不慢地又過了一個月，不知不覺間，湯圓八個月大了，已經會爬了。把他放在地上時，稍不注意，就給你跑個沒影。通常這時候都是飯糰把他找到的，有時候是在床底下揪出來的，有時候是由樹下扯出來的，有時是在桌子下拖出來的。羅雲初就不明白了，湯圓這小混蛋咋那麼愛躲起來呢？而且飯糰也像裝了雷達似的，一找一個準，她這做娘的都搞不懂這哥兒倆了。

注：吃不准，把握不定、確定不了之意。

小湯圓像小兔子一樣，長出了四顆門牙，可能是牙根癢吧，老愛往小嘴裡塞東西。飯糰捨不得他把小嘴弄髒，常會把小胖手伸過去，忍著痛痛讓他咬。

羅雲初每次給他的傷口搽藥時都要說他一回，每回他都是傻笑般應了，下回還繼續。久而久之，羅雲初也懶得管他們兄弟倆的事了。

第四十一章 飯糰走失

「今天會有雨。」早上，老農看著東邊天邊的彩霞，滿臉歡喜。

另一個老漢瞥了他一眼，死氣沈沈地回答：「有雨又能如何？地裡的莊稼早死絕了，現在種也趕不及了。」都四月了，初夏了，早過了春季播種時節。

「你懂啥？種不了稻子、麥子，也可以種點番薯、玉米之類的，吃番薯葉、玉米桿子總比吃餓羊菜強！」

餓羊菜，這種平時羊餓急了才肯吃的植物，嫩綠的枝葉看上去非常可口，但需要用水泡六、七天，才能除掉菜裡的澀味。

老漢點點頭。也是，這餓羊菜真的好難吃。

接下來的日子，連續下了幾場雨，河裡也有水了，山裡長滿了蘑菇，村子裡許多人都出發去採蘑菇了。羅雲初並趙大嫂、顧氏等也去採過一、兩回。有雨，屋後樹下的木薯頭上也長了一些木耳，羅雲初時不時地把大個兒的木耳採下來，或曬乾或用新鮮的來炒肉。

飯糰跟著大胖兩人到村邊玩，注意到成堆的木薯頭上長上許多木耳，兩人很驚喜。飯糰知道他娘很喜歡這種黑乎乎的東西，如果他把它們都摘回去，送給娘，他想，娘一定會很高興的。

兩個孩子摘了一會兒，兜裡都裝不下了，看著一大堆的木耳發愁，還有好多沒摘呢。

「飯糰，你腿短，沒有我跑得快，你在這兒等我喔，我回去拿籃子來把它們都裝回家！」大胖指著那堆木耳，一臉嚴肅地說。

飯糰低下頭，看著自己的小短腿，再看看大胖明顯比自己長了好多的腿，嘟了嘟嘴，不甘願地應了下來。「好吧，大胖，你要快點喔。」

「放心吧，我很快的。」大胖說完就往村子裡跑去。

「大胖，去抓魚去不去呀？」大胖才進了村子便被人叫住了。

「抓魚？」

「是呀，走吧，一塊兒去吧，看，我們工具都準備好了。」

「好呀。」大胖欣喜地應道，轉眼，他忘了還在村邊等他的飯糰。

飯糰邁著小身子趴在木薯頭堆裡摘了一會兒木耳，還沒見大胖回來，他有些焦急。小孩子的心性就是沈不住氣，他不時地在那堆木耳面前晃悠，就想著早點把木耳送到他娘的手中，然後想像著她高興地大笑的樣子，他就興奮地直想笑。

等啊，等啊，等過了兩刻鐘……

熬啊，熬啊，又熬過了兩刻鐘……

他托著腮幫子，坐在一塊大石頭上，雙眉皺成了一座小峰。怎麼大胖還沒來啊，好想早一點把這堆黑乎乎的東西拿回去送給娘噢。還有，這裡的蚊子好討厭喔，一直來咬飯糰。他伸出小胖手，撓了撓露在褲子外的小肉腳，上面有好多紅點。

大胖怎麼還不來啊，飯糰眼巴巴地看著路口。

好不容易熬到他摘完了一堆木耳，又好不容易摘完了另一堆，小傢伙終於熬不住了！他看了看自己的衣服，想到了一個辦法，為此他還偷偷樂了一下。他可以把衣服脫下來，用來裝這黑乎乎的東西呀，這樣他就不用再等下去了。

他為自己想到的小點子得意地笑著。費勁地將衣服脫了下來，露出了白白嫩嫩的小身子，肉乎乎的，更招蚊子的喜歡了。他蹲下小身子，努力地把地上的那堆木耳往衣服裡放，時不時還要應付騷擾的蚊子，很辛苦很煩惱。木耳很多，衣服太小了，費了他老大的勁才勉強把它們包好抱著走。

飯糰經過之處，遍地木耳，那小傢伙還一無所覺，屁顛顛地往村子裡走去。若此時有人跟在他背後一路撿，待他到家了，指不定斤把木耳就到手了。

他拽著那一大包木耳沿著小徑氣喘吁吁地走了好久，鄉間小路在才滿五歲的飯糰眼中，大都長得一模一樣。他只能憑著自己的感覺找回去的路。

走啊走，他感覺走了好久，怎麼還沒到家呢？四月分的太陽已經很毒辣了，加上他又沒穿衣服，白白嫩嫩的臉和身子被曬得通紅。

走了這麼久，一個人也沒有。

娘，娘……

他在心中默默地吶喊，他找不到回家的路了，嗚嗚，他把自己搞丟了，怎麼辦？

四月的天，如同晚娘的臉，說變就變。沒多久，天空就變得黑壓壓的，飯糰感覺那烏雲就像一個怪獸，眼看著就要朝他湧來，此時更是狂風大作，捲起地上的塵土，撲面而來。他嚇得抱緊了懷中的衣服，小小的身子在風中抖著。豆大的雨毫無預兆地砸了下來，砸在人身上生疼得緊，更何況飯糰還沒穿衣服呢？可是上天似乎要和他作對似的，此時他抱著的衣服被風掀開一塊，好些木耳都掉到地上了。他忍著雨打在他身上的疼痛，蹲下小身子把掉在地上的木耳一一撿了起來，撿著撿著，眼淚就忍不住往下掉。

他知道，他以前很笨又瘦小，好多人都不喜歡他，連奶奶見了他都會皺眉，大胖他們也不喜歡和他玩。

他在外面玩的時候，好多嬸嬸伯母一見了他穿新衣或者吃零嘴，總會當著他的面，說他娘怎麼會對他這非親生的孩子那麼好。他們以為他不懂這話是什麼意思，其實他都懂。

他知道，自己是多餘的。

可是，只有娘，只有娘對他最好了！所以他要把娘喜歡的東西送給她。

可是……現在連娘也不要他了嗎？飯糰出來那麼久了，現在也下雨了，爹和娘怎麼還不出來找飯糰呢？嗚嗚……

娘……妳在哪裡……嗚嗚……妳怎麼不出來啊……

此時一個挑著一對簸箕疾行的老丈見著了小小的他，驚訝了，他認識這個孩子，羅德的小外甥。「小娃娃，你怎麼在這兒？」

「嗚嗚，我要娘，我要找娘。」飯糰抬頭，臉上斑駁，不知是雨水還是淚水。

「你娘在家呢，走，我帶你回家。」

飯糰希冀地看著他，用他稚嫩的聲音問道：「伯伯，你知道飯糰的家嗎？」

「知道，走，伯伯帶你回家。這些木耳先放到簸箕裡好嗎？到家了一定會還給飯糰的。」

「嗯。」飯糰不捨地把懷中的衣服和木耳一塊兒放到了簸箕中。

飯糰是幸運的，他碰到了一個好心的伯伯，伯伯不但幫他拿了木耳，還把他送到家，避免了他被人拐賣的危險，以及被人打劫的危險。畢竟現在糧食緊張，他一個小孩子又拿著這麼多的木耳，很招人惦記的。

若良心未泯的，只拿了他的木耳便還算好的，有些頭頂生瘡的歹人，保不准連他一起拐騙了。

在此之前，羅雲初剛做好午飯，等了好一會兒都沒見飯糰回來吃飯。平時他也會出去玩的，但中午都會很乖巧地回家。她將湯圓餵好了，還沒見人，天氣陰沈沈的，眼見著就要下雨了，飯糰一向乖巧，往常這種時候早就回家了，現在還不見人影，她覺得有點不對勁。忙讓二郎出去找人，她自己則去趙家問一下他家大胖，剛進趙家的大門，就見大胖在院子裡玩盆裡的魚。

「大胖，有見著我家飯糰嗎？」

大胖聞言一愣，手裡的魚掉下了地，他也沒理會。「壞了！飯糰在村邊竹林那兒等我，我竟然忘了。」他一臉懊悔，神情怯怯地看著羅雲初。

羅雲初一驚。「飯糰在那邊多久了？」今天一早他就出去玩了，離現在也有兩個時辰了。現在世道那麼亂，希望不要出什麼事才好。

趙大嫂正巧聽到聲音從廚房裡出來，聞言先罵了起來。「你這倒楣孩子，今兒個除了你還有誰和飯糰一道？」

「沒有別人，就飯糰自己一個人在竹林那邊。」大胖也是又怕又急，就快哭起來了。

羅雲初心中焦急，忍著氣道：「大胖，趕緊帶我過去竹林那邊。」

出門前遇到二郎，便叫上他一道去竹林，省得他像無頭蒼蠅一樣亂找。

頂著狂風大雨來到竹林處，除了幾朵木耳外，空無一人。

「咱們分頭找，飯糰人小短腿，應該走不遠的。」二郎按捺著心中的擔憂道。

「嗯。」趙大嫂心中也擔憂，她現在就希望能儘快找到飯糰，即便事後把大胖打一頓她也認了。若找不回來，她真不敢往下想了，兩家的交情肯定壞了。

「飯糰，飯糰，你在哪裡？」

「飯糰，出來啊！」

羅雲初在風雨中大聲呼喊著，她心中焦急，這世道太壞了，他一個孩子孤身在外，萬一被拐子拐了怎麼辦？她心中很後悔，早知道今天她就帶著他了，無論如何都不讓他出去玩。

在風雨中找了一個多時辰，仍然沒見到人影，羅雲初的心越來越沈。而且現在幾乎是家家戶戶都閉上大門，她敲了也沒人應。

失魂落魄地回到村口的時候，遇到了二郎和趙大嫂他們，但一瞧他們的神情，也是一臉沮喪。

「走，這附近的地方我們都找過了，先回去吧，發動大哥和大山哥他們一塊兒來找。」二郎道。

羅雲初點點頭，如今也只能如此了。

三人頂著大雨，沈默地往家裡走去。羅雲初在心裡祈禱，飯糰不要出什麼事才好。

「娘……爹……」

聽到飯糰熟悉的聲音，羅雲初精神一振，她瞇著眼睛往聲音處看去，失而復得的喜悅充滿心間。

只見一抹小身影飛快地從大門處衝了出來，如砲彈般地撞了過來，抱住她的腿簌簌發抖。

「飯糰別怕，爹和娘都在這兒。」羅雲初見他在雨天還光著上身，心中一痛，忙把他抱了起來，緊緊地抱住，往屋裡走去。

二郎注意到大門口處還站了一位老丈，他忙過去和他道了聲謝，通過幾句交談，得知是他將兒子送了回來，二郎感激在心，嘴裡一直說著感謝的話。

飯糰心裡很高興，娘還要他，爹也還要他。他剛才心好慌，他一直敲門一直敲門，門都不開，他以為爹娘都不要他了。娘說過的那個故事裡就是了，如果爹娘決定不要一個孩子了，就把他扔到門口，任由野狼叼走的，嗚嗚……飯糰會很乖的，娘別不要飯糰……

飯糰經過那老丈人身邊時，掙扎著要下地。「娘、娘，木耳，木耳。」

「小傢伙一直都惦記著這個，喏，給他吧。」

飯糰小心翼翼地接過，捧著它們，討好地說道：「娘，這是飯糰摘的喔，飯糰知道妳喜歡這個黑黑的東西，所以，這些全給妳。」飯糰希冀地看著她。「娘，妳喜歡嗎？」

羅雲初捂住嘴，將眼底的水氣逼回去。「唔，喜歡。」

飯糰開心地咧嘴一笑，想說什麼，卻頓住，生生打了個噴嚏。

羅雲初一摸他的額頭就知道壞了，太燙了。「飯糰，我們進屋，娘給你換衣服，還有，一會兒你要喝薑湯才行。」

感覺到他娘的關心，飯糰滿足地笑瞇了眼，只要娘別不要他，就算喝那個辣辣的薑湯他也願意。

這頭羅雲初將飯糰抱進屋，給他換了身乾爽的衣裳，替他將頭髮擦乾後，立即去廚房整了小半鍋薑湯。

先前的那位好心的老丈，也被二郎請進了屋，拿了套舊衣裳給他換了後，才慢慢交談，得知他也是姓羅，算得上是羅家的一個族叔。

煮好的薑湯每人都喝了一大碗下去祛寒，待屋外的雨漸停時，那老丈便提出告辭。二郎夫婦感激他，特意給他秤了三斤米，又從鍋裡拿了七、八只蒸熟的大番薯給他。老丈嚇了一跳，忙推辭。在這個食物緊缺的時候，這三斤米和幾只大番薯真是太貴重了，省一省擠一擠都夠他們一家三口吃十天了。

要知道，前些日子他一個親戚家實在撐不下去了，拿了一畝地去和周地主換了點糧食，這一畝地也才換了二十斤米麵罷了。而他只不過是幫了點小忙，就得了這麼多糧食，他內心很是不安。

二郎和羅雲初謝意堅決，在他們眼中，這老丈就是飯糰的救命恩人。若沒有他，飯糰不知道還要在雨中淋多久，而且被人拐走的可能性也不低，如今送幾斤糧食算什麼？如果不是怕太打眼，他們還想直接送他二、三十斤呢。

見他們堅持，那老丈終於還是收下了，他難掩激動地摸了摸那米和那番薯。給這些糧食，比給他幾兩銀子還來得開懷。

送他出門的時候二郎就叮囑他了，讓他別告訴別人這事。那老丈點頭，他是個明白人，曉得輕重。

其實即便別人知道也沒什麼，還沒到絕望的時候，有些家境殷實的人家，還是會有些存糧的。而且宋家出了個官老爺，這就是明晃晃的護身符，古沙村的人輕易不會願意得罪宋家的。

羅雲初餵飯糰喝了兩碗薑湯，伸出手將他流出的兩管鼻涕擦掉。

「娘，我有點頭暈。」飯糰吸吸鼻子，瞳孔渙散，茫然地看著羅雲初。

「那睡一會兒。」先讓他出一身汗再說。羅雲初從櫃子裡拿出一床棉被將他嚴嚴實實地包好。「睡一覺吧，睡醒了就好了。」

「嗯。」飯糰努力地睜開眼，難受地應道。

感覺到他有點不安，羅雲初隔著被子輕拍著他。「睡吧睡吧，娘就在房間，哪兒都不去。」

「嗯。」他的睫毛搧了搧，總算放心睡過去了。

待他睡熟了，羅雲初才起身出去。「二郎，飯糰淋了那麼久的雨，我怕他有什麼不妥的地方，你去將方郎中請來給他看看吧。」

「嗯，我這就去。」二郎取了蓑衣竹帽便出門了。

羅雲初猶豫著要不要先到大房那邊將小兒子接回來呢，湯圓有宋母看著，應該沒什麼問題。她終於還是不放心，先進了房間看了飯糰。

回到房裡，她擰了條布巾將他沁出的汗擦掉，注意到飯糰雙頰升起兩團可疑的紅暈，連小嘴唇也變得紅豔豔的，心微微一沈，伸出手摸了摸他的頭，果然很燙。

「娘……娘……」飯糰囈語，聲音裡有說不出的急切。「別不理飯糰……飯糰會聽話……」

「飯糰會很乖的。」睡夢中的飯糰說著說著，夢中久等不到回應的他眼角竟然流出了淚。

羅雲初捂住嘴，眼眶發紅，近來她真的是太忽略飯糰了嗎？前陣子事多，對飯糰難免有疏忽之處，才會讓他這般沒有安全感嗎？

其實這只是其中的原因之一，還有一個原因就是今天飯糰在大門外喊門，等了好久，都沒見一個人來開門，爹、娘、奶奶、伯伯、伯母、哥哥，一個都沒來。

她將他的淚輕輕擦去，然後輕拍著他的背。「娘在這兒，飯糰別怕，娘不會不理飯糰的。」

聽到回答，睡夢中的飯糰似乎安心了，又睡了過去。不過能看得出他很難受，鼻子塞住了，只能張開小嘴大口大口地呼吸著。

羅雲初憂心這般高熱下去，燒壞了腦子怎麼辦？她急得在屋子裡轉圈，努力回想降溫的法子。酒精，對了，就是酒精。想到就做，羅雲初忙跑到廚房倒了一碗酒，拿了塊碎布給飯糰擦身子，擦了兩回後，她摸了摸，總算沒有太熱了。她心裡鬆了口氣，剩下的，只有等郎中來了再說了。

羅雲初拿了把傘，從側門來到宋母房間，此時宋母正抱著哭鬧的湯圓在房裡走來走去，湯圓見了羅雲初，抽抽噎噎地朝她伸出手讓抱。

羅雲初快步上前，將他抱了過來。

宋母見到羅雲初一喜。「飯糰找著了？」

羅雲初點頭。「嗯，阿德一個族叔送回來的。不過淋了雨，餵他喝了薑湯，正睡著，有點發熱，二郎他去請郎中了。」

宋母雙手合十，說了幾聲阿彌陀佛，然後看了羅雲初一眼，略帶不滿地說道：「妳是怎麼當娘的？孩子出去一早上也不曉得！」前頭情況緊急，她也不便說什麼，現在孩子找著了，該她發洩一下心中的情緒了。

羅雲初心中也愧疚呢，加上心中對大房也不是沒有想法的。飯糰一早就回來了，聽送飯糰回來的羅叔說，他們不是沒去敲過大房的門，只是喊了好幾聲也沒人來開，這才歇了心窩在門外那兒躲雨的。

今兒個他們夫妻倆都出門找人了，沒人在家沒辦法，但大房這邊即便大郎和天孝不在，但一屋子的女人，怎麼都沒個人去應門？別跟她提什麼風大雨大聽不到，確切的聽不到，但隱約也應該聽得到吧？一個個都置之不理！若早一點將飯糰接進屋，給他換件乾爽的衣裳，煮碗薑湯，飯糰也不至於病得那麼厲害！

當下，她木著臉聽完訓，忍著氣道：「娘若沒什麼吩咐的話，我就先回去了。湯圓餓了，飯糰還在床上躺著，也不知道是個什麼情況。」說完也不等宋母說什麼，抱著湯圓就走。

「妳……妳……」反了她！此刻宋母是真的被氣著了。其實前頭宋母也知道錯不在羅雲初，她讓她說幾句，發洩一下，過了便好了。

羅雲初回到家時，二郎並方郎中正好也到了。「二郎，你領方郎中去屋裡給飯糰看一下吧，我先餵湯圓。」湯圓這小傢伙從見了她開始，就不住地往她胸前拱，想必是餓得很了。

餵飽了湯圓，羅雲初從東側間出來，來到西側間，便看到郎中一個勁兒地搖頭。

羅雲初心一驚。「怎麼了方郎中？可是有什麼不對之處？」

「你們處理得很妥當，適才我聞到一股燒酒的味道，你們可是用它來給這孩子降溫？」方郎中道。

羅雲初點頭。

「這法子不錯，避免孩子體溫太高燒成了傻子，只是現在藥材緊缺，我手頭上也沒什麼藥材了，即便想配一副藥也難啊。」

羅雲初心一鬆，她還當是多難的事呢，原來只是藥材緊缺啊。她家儲存的百來斤藥材可不是鬧著玩的，在藥店裡能買得到的她都讓二郎買了，甚至連人蔘都有，雖然僅有小指般大而已。

夫妻倆對視一眼，兩人均鬆了口氣。

二郎道：「方郎中，方子你儘管開吧，一會兒得了方子，我看看家裡有沒有，若沒有的藥材我便去親戚家問問，總會備齊了的。」此刻他對自家媳婦打心眼裡佩服。

方郎中點頭，其實他也不抱什麼希望，多寫兩個方子吧，保不准真能湊齊其中一個呢，就當是全了他們做父母的愛子之心了。

接過方子，羅雲初看了一眼，有兩個方子呢。其中一個是桑葉、薄荷各兩錢，白菊花、竹葉、淡豆豉各三錢，水煎服。另一個比較簡單了，紫蘇葉、生薑各三錢，陳皮四錢，紅糖六錢。她一看便知，這些東西家裡都有。

二郎將方郎中送了出去，給了三十個銅錢的診金。方郎中搖著頭接過，倒不是嫌錢少，而是如今即便有錢也買不到米糧啊，其實他更樂意別人給他糧食做診金的。

羅雲初爬上樓閣，將所需的藥材一一揀了出來。這些藥材買回來的時候，她便讓人標好名字的，現在找起來也方便。

羅雲初細心地給他煎了藥，待藥涼了才把飯糰叫起來，哄他喝了藥後，見他苦得皺著小眉頭，忙將涼了的糖水餵他喝了。

吃過飯後，宋母過來看了飯糰，順便將二郎叫出去說話了，羅雲初坐在房間沒動。其實用腳趾頭想都知道她說什麼，無非就是今天自己的態度問題，不過隨她了，愛咋折騰咋折騰。不過出人意料的是，二郎回來卻隻字未提，既然他不提，羅雲初也不會主動找不自在。

晚上的時候，羅雲初怕過了病氣給湯圓，忙讓二郎抱著他到東側間去睡。

「二郎，咱們山上的幾畝地，不會荒著吧？」羅雲初想到，棉花是不能連年種植的，去年山上的地種過棉花了，今年種別的作物吧。現在的話，就只能種番薯和玉米了，黃豆花生之類的，恐怕不行。

「沒荒著，但也差不多了。」

「這兩天去種些番薯藤下去吧，菜園子那兒有好幾叢，全割了去種吧。」菜園子那些菜都是她精心呵護，都長得好的，前頭他們家將院子裡那口井挖深一點，水也比別家的多。刷過鍋洗過菜的水她總捨不得亂倒，都是攢了就提去菜園子淋菜了，現在下了幾場雨，倒是不愁了。

「妳一個人在家，忙得過來嗎？」他倒有點心動，現在這種情況，多種一點是一點，自己吃不了也可以分點給別人。

「沒事，現在不過是多了個煎藥的活兒罷了，有什麼難的？」種點番薯下去能改善一下土地，待明年他們便又可以種棉花了。

「嗯，那成，閣樓上頭有好些番薯也發芽了，我挑一些一塊兒拿去種了吧？」

「隨你。」

可惜計劃趕不上變化，次日，村子裡便傳出官府於明天開倉放糧的事，這算是幾個月來人們聽到的最大好消息了。人們鬆了口氣的同時，激動不已，覺得朝廷沒有放棄他們，日子便又有了盼頭。

經過羅雲初兩日精心的照顧，飯糰的燒退了，感冒也漸漸好了，只是還有點小咳嗽。而且他整個人瘦了一圈，臉色也很蒼白，不復當初白嫩的模樣。

「二郎家的，不去鎮上領糧啊？」趙大嫂笑著說，臉上的笑容有明顯的討好成分，畢竟自己的混帳兒子害得飯糰生了場病是不爭的事實，害得她這當娘的也矮了一截。

「你們去吧，晚點我和二郎再去。」羅雲初一直和她交好，也不願太過為難她。

「呵呵，你們若帶著飯糰和湯圓一道去的話，我們倒可以結伴，相互看顧一下。」這個是按人頭算的，去的話就有分兒，不去的話就沒分兒，所以她也會把大胖帶去。

「不用了，你們先去吧。」聽到這個，羅雲初儘管知道她這話是好意，語氣中還是帶了點不耐煩，飯糰現在病著呢，她怎麼可能帶著他出去曬日頭？若平時她一定會去鎮上裝裝樣子，儘管她家不缺糧，但現在讓她強行帶著飯糰去鎮上就為了裝個樣子，她是無論如何都不肯的。

第四十二章　開放糧倉

「娘，是、是去領糧食嗎？」剛才娘和趙大嬸說的話他都聽見了。

「是啊，飯糰，吃碗粥吧。來，張嘴，啊……」這些事不需要他一個孩子操心。

「咱們家的糧食不夠吃了嗎？」飯糰前些天老聽大胖抱怨東西不夠吃，老餓肚子。他也不懂自己家有多少糧食，但爹和娘一直一直沒讓自己餓著。

羅雲初見他吃得嘴巴一鼓一鼓的還不忘關心這個問題，逗弄之心頓起，笑道：「是呀。」

「那、那飯糰不吃那麼多飯了，就可以省糧食了。」說著便撇過頭，目光中的不捨卻洩漏了他的真實想法。

羅雲初樂了，拍拍他的小臉，笑呵呵地道：「飯糰放心吧，咱們家的糧食多著呢，就是養十個飯糰都夠的！」

「真的嗎？」他轉過頭，眼睛亮亮地看著她。

「真的，快吃吧。」羅雲初餵了他一勺子。

「嗯。」飯糰張開嘴，吃了一口，眉眼彎彎的。

二郎回到家，失魂落魄地坐在椅子上，嘆了口氣。

羅雲初給他倒了碗水，問道：「怎麼了這是？」今兒個早上出去的時候不是還好好的嗎？

「村尾那打鐵的劉老頭死了。」二郎聲音略顯低沈。

「他不是孤家寡人一個嗎？你們怎麼發現的？」羅雲初問。

「今兒個孔老大拿了個鐵鍋想找他補，敲了半天門都不開。他心裡疑惑，問了他鄰居，也說有兩天沒見著他出門了。大夥兒心裡都不安，撞開了門進去，發現他躺在床上，已經沒氣兒了。」

「生死有命，看開點吧。」羅雲初明白那種感受。很奇怪，儘管死的不是自己的親人，就是讓人覺得生死無常。

「妳說，好好的一個人，怎麼說沒就沒了呢？而且媳婦妳知道不，他是餓死的，明兒個官府就放糧了啊，再撐兩天就……」

從第一次聽到餓死人的震驚，到現在的麻木，羅雲初也不能理解自己的心態，這還是他們古沙村第一次餓死人，之前一直都是別的地方傳的。

現在洪澇的跡象已顯，進入四月上旬後，短短十日便下了六天的雨。家裡的糧食只能確保他們一家子不餓肚子，她是無論如何都不肯拿出來發給村子裡的人的！他們這個村子少說也有兩百多人，她能救濟得了多少？她不是神，沒有那麼大的能力。

「二郎，看開點吧。」羅雲初只能這麼安慰了。

二郎看著自家媳婦，艱難地點了點頭。別怪他自私，這就是命，若沒有他家媳婦，指不定他們宋家就是下個劉老頭！

「媳婦，幸虧有妳。」二郎站起來，輕輕抱了她一下。這輩子能娶到她，不知他上輩子燒了多少高香才得到的福分。

羅雲初臉紅了，推了推這個高大的傢伙。「大白天的，也不怕別人見了笑話。」二郎這傢伙啥時候這麼奔放了？

二郎情不自禁地摸了摸她嬌嫩的臉。「媳婦，妳傻啦，現在家裡哪有外人？」

羅雲初拍開他的手，瞪眼。「即便沒有外人，給孩子們見了，也不妥。」

二郎不捨地摸了她的臉兩把，這才收了手。「明兒個我和妳到鎮上領糧吧，飯糰和湯圓就別去了。」

「我也是這麼想的。」飯糰病剛好，還是在家養著好了，湯圓也還小，若被曬著被淋著，心疼的還不是她呀。「對了，娘去不去？」去縣裡要一個多時辰呢，她覺得宋母都老胳膊老腿了，還是待在家看看孩子的好。

「娘啊，還不知道。大哥家兩個大嫂都不去，再加上咱家的飯糰和湯圓，一下子少了四口人，少領了許多糧食啊。」這些糧食領回來，即便自己吃不到，也可以分給親戚啊。

「那也是沒辦法的事。」她不想讓兩個孩子受罪了。

二郎默默地點頭。

「走吧，我們去大哥那兒看看他是個什麼打算？」兩家肯定是結伴而行的，而且她也想看看宋母是去還是不去，若不去的話可以幫著照顧一下兩個孩子。如果去的話，少不得要拜託許氏幫一下忙了。而且前兩天她和宋母鬧了點小矛盾，也是時候低頭了，沒辦法，誰讓咱是人家的媳婦呢。比起以前聽到的一些變態婆婆，她如今這個還算好的了，人要知足，她只能這般安慰自己了。熬吧，熬吧，等媳婦熬成了婆，也就到了自己可以耍威風的時候了。

好在宋母也沒有多加為難她，僅是瞥了她一眼，便接過她奉的茶喝了起來。宋母這兩天也想了許多，三個兒媳婦，老二家的一向都讓她比較省心，而且瞧著也是個旺夫的。沒見著，自娶了她，老二家是越過越好了。

「按我的意思，娘還是不去了吧，明兒個人多，她又這麼一把年紀了，萬一磕著碰著可不好。」二郎道。

「都行，唉，沒辦法了，誰讓咱沒住在縣裡呢，要不……」大郎頗為遺憾地說道。其實別怪他急，家裡的存糧不多了，米麵等粗糧加起來也才七百來斤，眼見著今年的夏收是顆粒無收的，這些糧食是能撐過下半年，但下半年的收成是如何的還是個未知數。他現在真後悔當初沒多買一些糧食。

羅雲初請宋母明天幫看著兩個娃兒的事，她沒有多加刁難地答應了，畢竟飯糰和湯圓都是她的金孫寶貝疙瘩。

「天孝他娘如今可還有叫妳給她煎藥？」宋母問許氏。

許氏如今懷了八個月的身孕了，肚子凸得老高，據有生養經驗的婦人說，這胎八成是個男孩。這把宋母喜得跟什麼似的，見著許氏成天就眉開眼笑的，更見不得方氏成天欺負她。

許氏搖搖頭。「自上回後，姊姊就沒再叫我了，一直都是天孝幫她煎的。」

今兒個宋大嫂也沒有出現，據說在床上歪著。

這話聽得宋母直皺眉，天孝她是有大指望的，從學館回來還要給他娘煎藥，會不會太耽擱讀書或者身體吃不消呢？

「娘，沒什麼事的話，我和二郎先走了。家裡只有飯糰、湯圓兩個娃兒，不太放心呢。」羅雲初笑著道，她實在不想摻和大房的家事。

「嗯，去吧。」

羅雲初並二郎往側門走去，遠遠還隱隱聽到宋母嫌棄宋大嫂每日用的藥材那麼多，病還不見好什麼的。

有什麼別有病，沒什麼別沒錢，羅雲初搖搖頭感嘆。

次日一早，古沙村的人成群結隊，早早便出發了，生怕去晚了就領不到糧食了。羅雲初一早便煮好了羊奶還有一鍋美味的金錢草粥，放在鍋裡溫著，和宋母說了，若湯圓、飯糰兩人餓了，就餵給他們兄弟倆吃。那金錢草粥用的是骨頭湯熬的，香著呢，病剛好的飯糰嘴巴淡，吃這個最好。

「欸，大郎、二郎，你們知道不？」趙大山左右看了一眼，然後湊近大郎二郎，壓低聲音說道：「據小道消息說，此次開倉放糧的事徐明府是不知道的，全是由周少府（注一）主持的。」

「你是說周少府私自開倉放糧賑濟災民？」大郎、二郎一驚，這周少府怎麼這般大膽？

「是啊，如今縣裡許多人都知道了，都稱他作周青天呢。聽說這事是他的一個遠房親戚被活活餓死引發的，周少府不忍心咱青河縣的人們遭遇同樣的下場，遂才決心冒被罷官的危險開倉的，真有黃公（注二）風範啊！」趙大山的語氣裡充滿了敬佩和崇拜。

羅雲初靜靜地聽完，其實她一直很疑惑，怎麼官府那麼輕易就開倉放糧了呢？要知道在她的認知裡，似乎一般都要等到災民暴亂或者死傷無數後朝廷才會重視的。現在就開倉放糧，似乎有點早了，許多人家多少還能維持一段時間的。此時聽了他們的議論，羅雲初心裡有點不安。

周墩遲這人，她是聽她小叔提過的。破廟被搶一事，宋銘承曾私下和他們提過，當時羅雲初聽了直皺眉。在她看來，周墩遲就是一迂書生，讀書讀壞了腦子，完全不知變通的，這樣的人來折騰政務，日後莫要出什麼事才好。他們來到縣裡時，已經是人山人海。青河縣人口有一萬五左右，說大不大，說小不小，這麼多人湧進一個縣城裡，當真是人擠人。

「小四小四，你在哪兒？」

「哎呀，我的碗呢，誰拿了我的碗？」

「慢點慢點，別擠我啊！」

就在眼前，一個拉著小孩的老人被青壯年推搡了一下，幸運扶住了牆壁這才沒摔倒。

羅雲初從二郎手臂處往外一看，便瞧見了這景象，她皺緊了眉頭，這也太沒秩序了！從一進了縣，二郎就將她護著，省得不長眼的人將她碰著了。

「別擠，自己排好隊，若不然誰也別想拿到一點糧食！」高臺上，一名大鬍子的差爺大聲吼道。

接著便有百來名差爺散開來維持著秩序。「這裡，排成一排，你，你，你，過來，排在他後面。」

注一：明府，縣令的尊稱；少府，縣丞的尊稱。
注二：黃槐，北宋政和年間進士，宣和任徽州知州時，私自開倉放糧賑濟災民，救民於水火，為後世景仰。

過了兩刻鐘左右，所有的人才排成了隊，三十個木桶前整整齊齊排滿了人，羅家趙家也在其中。

「周大人，兩個糧倉都開還是只開一個？」一個差爺頭頭來請示。

周墩遲只猶豫了一下，便道：「都開了吧。」這些糧食都是給災民準備的，遲早都要發到他們手上的，一次發完吧，還省了麻煩。

那差爺聽了，眼裡笑意正濃。這下好了，家人也能多分到點糧食了。

一時之間，領到糧的人都眉開眼笑，大口給米兩斗，六歲到十四歲減半，這可比以往多了一半啊。

而遠在千里之外，徐天明拿著驛站快馬傳來的信件，氣得鬍子都抖了。「周墩遲，你個該死的，老子頭上的烏紗帽要被你折騰沒了！飯桶，周墩遲敢做這事，你們都不曉得阻止的嗎？我養你們這幫飯桶有什麼用！」

徐天明捏著信紙在屋內走來走去，氣憤不已。即便此刻趕回去也來不及了，這周墩遲是不是讀書讀傻了？真當自己是黃公在世了？

其實也難為徐天明了，他被任命知縣尚未滿兩個月，縣衙裡也沒個親信，哪及得上周墩遲這個土生土長的青河縣人。雖說他倆是幾乎同時上任的，但若論在衙裡的人心，的確是比較偏向周墩遲一點的。而如今他又因母親病逝而回鄉操辦身後事，此刻即便知道開倉放糧不妥，也鞭長莫及。他此刻只希望周墩遲那廝不要糟蹋完他糧倉裡的糧食，以便接下來應付更重大的災情。

他活了這麼些年了，一直都是協理主持一方政務，對氣候這一東西也略懂一點。遂他才會壓制著，遲遲不肯開倉，不到關鍵時刻堅決不開倉，此刻用完了糧食，之後的幾個月怎麼辦？奈何如今卻被一個縣丞壞了事！他此刻只希望老天爺賞臉，別再下雨便好。

縣城裡眾人分得了糧食，陸續回家了，一路上有說有笑的，那氣氛比過節還熱鬧。

「嘿，李二哥，分得的米不少啊，你們一家七口，分得了十一斗米吧？」

「黃三，你家也不錯啦，一家五口都得了八斗！」

「是啊，省著點，十一斗米能吃兩個月了。」就不知道吃完這些米又能吃什麼了？

「愁啥？哪回鬧災，官府不是發兩、三回糧食的？」

「可是咱們青河縣糧倉的糧食夠嗎？」

「他們會從南方調來糧食的，欸，這是官老爺煩心的事，咱們只管領糧便是。」

「也是。」

羅雲初跟在眾人身後，聽到這等盲目樂觀的想法，心裡暗暗發愁。現在舉國上下不少地方都鬧了災，據宋銘承說，南方似乎更嚴重，哪裡有糧支援別人？但她這種想法只能在夜深人靜的時候和二郎說說，和親人說說，根本就沒法公諸於世。情況都如此了，說了也不會有人信。信的，內心有憂慮感的，根本就不必她來勸。

「咋啦？」二郎見她不說話，以為她不舒服，忙將她手上的東西拿了過去。

「沒事。」羅雲初笑笑，示意自己沒事。

旁邊大郎仍在可惜家裡有幾人沒來領糧，無端少了八斗的收入。二郎倒無所謂，小於六歲的孩子都不發糧，飯糰和湯圓根本就不必來。

羅雲初聽了直皺眉，大哥這是什麼意思，這種事有點腦子的都會巴不得別人不注意才好，而他卻偏相反，反倒拿出來唱！給有心人聽到，你才領了幾個人的口糧，卻能養活一大家子，傻子都知道裡面有貓膩。幸虧現在人人都興奮，也沒在意他的話。

羅雲初忙轉移話題。「大哥，天孝在學館裡可還好？」

這個話題大郎愛聽，注意力立即被轉移，頗為得意地說道：「他呀，前幾日夫子才誇了他字寫得好。」

二郎接口。「天孝是個好孩子，大哥，待老三他在京城站住了腳，便把天孝送去吧，那裡的私塾比咱這邊的要好，而且有老三在一旁指點，也比留在咱們這些粗人身邊要強。」

說到這個，大郎有點不捨，但他也知道，為了兒子能有個好前程，將他送到老三那兒是很有必要的。「現在還不是時候，再說吧。」

到家不久，羅雲初讓二郎去找里正。讓他組織一些村子裡的壯年勞力，將村子周圍的水溝都疏通一下，以防雨水太多流不出，將泥房的基腳淹了，導致崩塌。

二郎想叫上大郎一起去，被羅雲初阻止了，讓他一個人去。他們二房該獨立了，應該說，有些事該脫離了大房來做，什麼都和大房一起，功勞都讓大房那邊撈去了。畢竟他們大房占個大字，一提起宋家，更多人會將目光放在大房那兒，他們二房這邊相對要被忽略許多。如今這事是對村子有益的，是該讓二郎出去露露臉了。

里正對這一提議給予了足夠的重視，一是因為二郎是宋銘承的二哥，不得不賣個面子；二是現在的雨確實多了點，這個提議起到了很好的預防作用。沒兩天里正便召集了村子裡的壯漢，開始水道的疏通工作。

現在世道亂，不少人賣兒賣女。自上回飯糰被淋雨後，羅雲初便拘著他在家習字，輕易不讓他到外面去玩了。

接下來兩個月，雨仍在淅淅瀝瀝地下，有時一下就是一整天，彷彿沒完沒了似的。不少人抱怨剛種下的種子、種苗又被雨水沖走或被浸得發不了芽，有些心疼的人，冒雨到地裡把被打得四處零散的種子撿回家。

古沙村本就是個地勢較高的村落，加上之前里正處理得當，雨水疏通有方，除了一處年代久遠的房子塌了之外，其他的都相安無事。這一處房子比起其他村子來真不算什麼，附近的幾個村子，好些房子都倒了。沒房子的災民都到親戚家擠呢，只是現在各家糧食都緊張，誰願意多養幾口人呢?就是願意也養不起啊。

六月時，日子越發難熬了。青河縣不時有餓死人的消息傳出，許多人因為長期的營養不良導致全身浮腫，官府又遲遲沒有再開倉放糧。後來官差說，官府糧倉裡根本就沒糧了，上回就已經全發完了。這消息不啻於晴天霹靂！眾人又渾渾噩噩地等了十來天，還是沒見官府有從外地調糧的跡象。

不少人心裡悔恨，早知道當初一天就不該吃那麼多糧的。其實一家四口一天兩合米並不多，只不過若他們知道，肯定會更省而已，主要是上次發的糧食多了，他們以為糧倉充足，自然就放縱了一點。許多人心裡暗暗埋怨官府，只發一次糧也不提醒他們省著點，現在可怎生是好?

周墩遲看著不斷上報的死者數目，從一開始不知所措，到現在的麻木。迄今為止，青河縣死了都有近百人了吧?他現在尚不知自己哪裡做錯了，為什麼，為什麼他和黃公做的事一模一樣，結果卻是截然不同呢?可惜沒人給他答案。

自徐天明得知周墩遲把青河縣的政務這麼一番折騰後，恰逢他娘逝世，他索性就直接上奏朝廷請求在家丁憂(注)了。周墩遲私開糧倉的事他隻字不提，完全就當不知道了，這樣的做法完全是當下最無奈也最明智的做法。周墩遲，你害得我仕途不暢，你也別想好過就是了，若青河縣沒事便好，有事你便是罪魁禍首！

土地是農民的命根，但當生命受到威脅時，為了活命，也只能捨棄它了。

青河縣大小地主共有四、五個，近段日子開始大肆圈地。不過兩天，一畝的價錢從二十斤糧食到十五斤再到十斤！人們也無可奈何，不換？不換就等著餓死吧。許多人都撐不下去了，紛紛賣田賣地只求能換回一些糧食。

有些無地的村民，早早便收拾了行囊想逃到城裡去。可惜一個多月後又輾轉回到了村子裡，說各城都封鎖了城門，禁止流民進出。

羅雲初聽著二郎抱怨地主們的無情，心裡默默地在盤算。「二郎，咱們家除去這幾個月用的糧食，應該還有三千多斤糧食吧？」若能拿出兩千斤糧食全換了田地的話，那至少有兩百多畝啊。

二郎驚訝地看了她一眼。「媳婦，妳是想？」見她面色堅決，再聯想剛才她所說的話，便明白了他媳婦想幹啥。

「對！」此時不幹一票更待何時，而且這也算是在救人不是嗎？做農民，土地真是太根本了。為什麼地主能做的事他們不能做？大不了地主十斤糧換一畝地，他們十五斤換一畝！

注：父母或祖父母等直系親屬喪事，子女守喪三年，後多指官員居喪。

現在整個青河縣都處於糧荒饑荒中，如果古沙村的人覺得他們這樣的做法不道德，大不了他們就把糧食賣給別的村，她才不信沒人要呢。別怪她發災難財，人不為己天誅地滅。

二郎站了起來，在屋裡走來走去，不斷地思索。媳婦的提議雖然不夠厚道，但的確讓他很心動。若讓他白白地將這些糧食拿出去救人，他是不捨的，現在他們只是要村民的地而已，失去了地，但至少還能活命不是嗎？

他咬咬牙，重新坐了下來，對著他媳婦道：「媳婦，說吧，該怎麼做？我照做便是！」媳婦腦子比他好使，這沒什麼不好承認的。

羅雲初見他狠下了心，當下笑道：「二郎，我覺得我們還是不要太打眼的好。剛才我想好了，咱們就借三弟來用一下，對外的說法是，三弟的一個朋友想置些地，願意用糧食來作交換。」

這樣的說法能讓那些不懷好意的人忌憚幾分，不敢輕舉妄動。翰林院編修的朋友，誰曉得背後還有沒有更厲害的主兒？曉事的都不會輕易來招惹，分量夠的人也懶得為了這百幾十畝地來得罪人。官場上的事，誰也說不準，為了這麼點蠅頭小利就結下怨，指不定哪天就被人暗地裡下絆子了，這樣的買賣聰明人都不會做的。

「然後，咱們就到縣郊裝幾個口袋的泥沙運回來。」既然要作戲，就要作全套。

二郎聽完，有點猶豫地道：「這聽起來，倒是可行，不過這樣對三弟的前程會不會有妨礙？」

羅雲初不以為意。「咱們只說是他朋友的，又沒說是他的，再說咱們的糧食來路正當，有什麼好怕的？」若做得好了，也算是功德一件呢。這換來的地呢，對外就說老三那朋友也託宋家代為打理，日後再編個藉口名正言順便是。

二郎問：「對了，我覺得是不是和韓師爺借上十來個身強力健的差爺比較好？」上回發糧的事他仍記憶猶新，如今一下子拿出這麼多糧食，難保會有人趁亂搶奪糧食，防著點準沒錯的。

「二郎，還是你想得周全。」羅雲初笑著讚道，她這丈夫腦子沒有以前木了。

二郎不好意思地撓撓頭，這是他突然想到的。

「叫上大哥和阿德一起吧。」獨木不成林，而且青河縣這塊餅夠大，他們自己一家也吃不完。「不過讓大哥那邊千萬得保密。」大房那邊如今人多嘴雜，她不得不叮囑一下。

「嗯，曉得了，我這就去！」說完，一溜煙地跑沒影了。

羅雲初看著他那著急的樣子笑著搖了搖頭，便起身回屋看看兩個娃兒去。

第四十三章 以糧換地

「老烏，又上山採餓羊菜啊？」莫老漢咳了幾聲，拄著木棍慢慢走出院子，只見他的兩條腿腫得像粗木樁子。

「是啊，家裡的東西都吃光了，不得不到山上摘些嫩葉子吃啊。」那叫老烏的全身浮腫，只不過沒有莫老漢那般嚴重罷了。

「孩子他爹，你要什麼和我說便是了，出來做什麼？」莫大嬸忙從屋裡走出來。

「就想出來走走，看看，我這身老骨頭，也不曉得還能活多久。」莫老漢頓住腳步，看著兩人，笑道。

老烏和莫大嬸都沈默了，是啊，這糧荒什麼時候是個頭哇。前天，他們隔壁的范老頭就死了，全身水腫得厲害。這都是粒米未進，野菜、樹葉吃多了的結果啊。

「孩子他爹，明兒咱把家裡的兩畝地全拿去換了糧吧，能換多少便換多少。」莫大嬸建議。

久久，莫老漢看了一眼同樣水腫的孫女，嘆了口氣道：「換吧換吧。」

按比例分成，談妥條件的當天晚上，大郎家和阿德家的糧食就連夜搬到了二郎家。阿德只拿出了五百斤糧食，剩下一千斤左右不敢動用了，畢竟他還要預留出一部分供自家和岳父那邊生活。大郎這邊拿出的也不多，僅有兩百斤，他一大家子六張嘴巴等著吃飯的，哪裡敢多拿出來賣予別人？

「二郎，好了嗎？」羅雲初提著長長的油燈，朝下頭低聲問道。

「好了，我這就上去！」

「來，我拉你一把。」羅雲初伸出手，二郎的手搭了上來，他腳一蹬，便借力從地窯裡上來了。

沒錯，就是地窯！這是羅雲初他們去年就挖好用來藏糧食的，開口就在雜物房裡。俗話說狡兔三窟，雞蛋不能放在同一個籃子裡，他們之前買了這麼多糧食，自然也不能只放在一處了。其中有五、六百斤的糧食是放在地窯裡的。

如今打算以糧換地，他們就將原來放在地窯裡的糧食搬了上來，再從閣樓裡搬幾百斤下去儲存。自家用的，自然得用好的了。

「媳婦，咱們這樣做，妥嗎？」以糧換地這法子真的妥當嗎？想到他們十幾兩銀子的糧食能換這麼多地，他覺得興奮之餘又有點不安。

羅雲初沒答他，反而問道：「二郎，你有沒有感覺，似乎村子裡的人越來越死氣沈沈了？」

二郎想了想，答道：「是啊。」

她仔細想過了，前面許多人都還很積極地去尋找各種生路，現在反而沒那麼活躍了。是認命了還是絕望了？這樣的氣氛讓她很心驚，魯迅說得好，不在沈默中爆發，就是在沈默中滅亡，不管是哪一種結果都不是她願意看到的。

若這真是暴亂的預兆，那在這種時候，並不是夾緊尾巴做人就行的。覆巢之下，焉有完卵？如果真的暴亂了，不管再怎麼低調，也難保別人不會來搶你。所以，現在他們需要的是一個希望。羅雲初發現這裡人們的韌性很強，能有一點活路，人們都不會反，也不會暴亂，即便要為了這個希望付出一些代價他們也會願意。再說即使地全沒了，只要人能活下來，租賃地主家的地來種，每年繳些租子，或再到山上開墾荒地就有地了，只是辛苦點而已。沒瞧見，以前受災的人們為了活命拋開家裡的一切，背井離鄉地到大城裡乞討以求生存嗎？

她想救他們，想掐斷暴亂的可能性，但她又不甘心自己儲存的糧食就這樣白白地給了他們。說她偽善也好、貪心也罷，她就打算這般做了。

而且還有一點，雨季就快過去了，洪澇應該也快過去了。雨下了整整兩個多月，也該停了。她上輩子活了那麼久，還沒見過能連下三個月的雨！這點自信她還是有的。下半年的收成如何她不知道，但如果能撐兩、三個月，至少能活命是肯定的。其實她打心底裡不信，她所處的這個地方真有那麼倒楣，旱災洪澇輪著來。

現在他們預留出一千三百斤的糧食，足夠應付一年的吃食了。她就不信，接下來的一年兩收都是顆粒無收的情況。退一步講，即使真那麼不幸，江南或其他地方也會有收成的，屆時，一定會有糧食賣的，可能價錢上就要貴一點了。但是再貴能貴得過現在嗎？現在的一石糧食能換回十幾畝地！富貴險中求，沒有什麼事是百分百有把握的，她決定賭了！聽到媳婦細細的分析，二郎的心一凜，覺得此事勢在必行。為了自家，為了他所生長的這個村子！

「換糧了換糧了，宋家有糧換啊，大家快拿地去換吧。一畝地十六斤，比周地主足足多六斤呢，大家別把地換給周地主了，換給宋家吧。」

敲鑼打鼓的，沒一會兒，宋家以地換糧的消息就傳遍了整個村子。聽到有糧，不少人都跑出家門打探消息。

「小李哥，這宋家還有糧換？」村子裡有好奇的人，攔下小李哥問道。

「怎麼沒有？這回呀，宋家三老爺，知道不？在京裡當官的那位，和他的好友說了一下村子裡的情況。你也別問我他是怎麼知道村子裡的情況的，驛站能傳信呢。當時他好友聽了，可憐咱們，又想在這邊置點地，知道咱最需要糧食而不是銀子，這不，整了三千斤託宋家換點地呢。」小李哥被攔下了，也不惱，笑嘻嘻地向眾人解釋著。這小李哥以前就在縣裡的酒樓當過跑堂的，端的一張利嘴，死的都能給他說成活的。這回羅雲初他們將一大車沙石拉回家作足了戲後，便找到了他，讓他在各村幫著宣傳一下，報酬自然是少不了他的。

「小李哥，你莫要騙人啊。現在各大城都不准進出，哪裡運得了糧食進來？」此話一出，眾人跟著起鬨。

「宋三爺在京裡當官呢，他朋友有通天本事咋啦？人家就是把糧食運進來了，咋了？這可是我親眼見的，白花花的米麵呢。你們不稀罕就算，我還得去別村告訴人家好消息呢。人家宋家說了，優先換給咱們村，你們不稀罕大把人稀罕！」

「難怪呢，今天我看到有馬車拉著兩車的東西進了宋家。」

此話一出，眾人就信了八成，見小李哥要走，忙攔住他，追問此事的真實性。

「真真假假，你們明天自會知道，記得啊，一早就去宋家門口排好隊。還有，你們也別打那些偷摸搶騙的主意，人家有十來個差爺在宋家守著呢。」

待小李哥走了，眾人忙奔相走告這一消息，都決定明兒個一早，便到宋家去等等。

次日一早，宋家大門就排了兩條長長的隊伍。好些人懷裡都揣著田契地契，手裡拽著布袋。

辰時一到，宋二郎家的門準時打開。

二郎走了出來，站在門口，大聲說道：「此次以地換糧，本著雙方自願的前提，若有人不願的，可以離開。」說到此處，二郎頓了頓，等了好一會兒，都沒人願意離開隊伍。

他便接著說：「一畝水田能換十六斤糧，一畝沙地或坡地能換十二斤糧，山地就不要了，古沙村的優先，其他村子的壓後。好了，開始！」這是他們昨晚商量出的法子。糧食不多，也只能如此了。

「還有一點便是，又到了耕作時節，賣了地的人若還想種地，晚點可以來我這兒租種回原來的土地，每年繳了賦稅後只需納上四成的租子便可，今年的種子由我們這邊提供。不過這事等換完了糧再說，你們每家留一個人在此便行。」二郎補充了一點。

人群中頓時爆發出一陣歡呼，宋家這一做法，無疑給他們留了一條生路，怎能讓他們不興奮？

「水田能換十六斤糧食？比周地主那兒多了六斤啊！」

「是啊是啊，沙地一畝也能換十二斤。比周地主那兒好多了。」

「宋家是厚道人啊，據我所知的地主，少說也要收五成租子的，還是稅前五成呢，賦稅全讓佃戶繳了。」

接著，十來個差爺陸續出來，一字排開，本來有些激動的村民頓時老實了。然後一筐筐白花花的米麵才從院子裡抬了出來，排在前面的老人控制不住激動的情緒，老淚縱橫。

宋二郎他們門前擺了張桌子，供韓師爺用。現在徐明府丁憂，新任知縣尚未下達任命通知，而周少府如今又借酒澆愁，縣衙裡的事暫由他代理一二。

排在隊伍前頭的第一人，猶豫了一下，咬了咬牙，便從懷中將地契拿了出來，韓師爺接過後，先讓二郎簽字蓋章，接著便由韓師爺蓋章。等做完這一切後，那人才被放了過去。那老漢提著五十來斤米，老淚縱橫，他的家人忙跑過來將他扶住。

隊伍在慢慢前進，領到糧的人都滿臉喜悅，熱淚盈眶。讓等在後面的揪心極了，生怕前面的人換完了，後面的就沒糧食換了。

特別是另一排排著的是別村的村民，別提有多羨慕古沙村的人了，這宋家還是照顧自己村的人多呀。

等著的人沒事做，就開始數落自己村的地主，說他們不夠仗義，自己村的人都那麼困難了，還削尖了腦袋想占他們的便宜！

其實羅雲初他們每畝地給的糧也不算多，但人就是架不住比較，他們宋家這個價錢和周圍地主們一對比，就顯得太厚道了，比別人多給了五成糧食呢。

閒聊中，又一籮筐的米空了，眼看著又一筐白花花的米抬出來時，人們心裡一陣激動，恨不得拎著袋子上前去一次裝個夠。排在後頭的人伸長了脖子來看，心裡暗暗祈禱，希望輪到自己時，米麵千萬別沒了才好。

突然，一個聲音很突兀地插話進來。「你們難道不覺得宋家這樣做太不道義了嗎？大家都是鄉里鄉親的，他們還這樣幹。」

一陣靜默後，眾人開始交頭接耳，人群中一個人影飛快地鑽過大門，往院子裡跑去。

二郎他們也注意到了這邊的騷動，聽到剛才那人的話，他臉色微微一變，悄悄向韓師爺使眼色，十來個官差開始戒備起來，大郎和阿德也停止了發糧的動作。

有些人率先回過神，見前面分糧的動作停了下來時，頓時慌了，宋家莫要為了這麼一句話就不換他們糧食了啊。

隊伍中一位大叔盯著說話那人，惡狠狠地道：「我呸，你個白眼狼，不道義？不道義你還站在這兒幹麼？人家又不逼著你拿地來換！有本事你別換，等著全家被餓死算了。」

「是啊，這糧食又不是宋家的，人家肯看在宋三爺的面子上賣給我們已經很難得了。」

捫心自問，誰捨得拿出這白花花的糧食來白送給不相干的人？

「咱們做人要知足，莫要得寸進尺才是。」一位老人抖著白花花的鬍子說道，他花白的眉眼中透露出一股看透世俗的意味。

「四叔公說得對呀。」

「就是就是。」

其他人回過神來，紛紛附和，那人見情況不對，立即混入人群中，偷偷溜了。

「剛才說話那小哥，我看著很眼熟啊，似乎在哪兒見過呢。」

「對呀，哎呀，我想起來了，那人不是周地主第七房姨太太的小舅子嗎？」

眾人一聽，頓時恍然大悟。

「我說呢，原來是周地主在搞鬼啊！定是眼紅我們地都不換給他了，我呸！」

「這周地主就是見不得人好！太噁心了。」

羅雲初他們怕人故意來搗亂，安排了人混在人群裡頭看著的，當她接到消息趕出來時，事情已經解決了。二郎見沒事了，才繼續。

她站在旁邊聽了眾人的議論，明白了怎麼回事後，對這裡村民樸實的本性更是喜愛上幾分。

她見排著隊的人好些個人下肢是水腫的，眉頭一皺，她爺爺以前就愛和她講古，特別是六〇年代大饑荒的辛酸經歷，更是時不時翻出來和她說。通過她爺爺，她知道六〇年代初那會兒是個極度缺乏糧食的年代，當時農村裡的人十之六七都患上了水腫病。她太爺爺因為這病，還去留過醫（注），當時醫生只給他開了一包浮腫丸，吃了這包浮腫丸，確實有點好轉，但藥一斷，太爺爺不久便去世了。

羅雲初長大後，無意中記起此事，心裡很疑惑。既然浮腫丸真的那麼有效，為什麼不給病人多開幾副藥呢，非要斷了他們的藥，讓他們慢慢死去？後來她查了資料，方得知浮腫病

注：留醫，留在醫院治療，住院之意。

並不是獨立的疾病，而是飢餓性水腫病的簡稱，這種嚴重營養不良導致的浮腫，正是因為體內的蛋白質極度缺乏，大量水分滯留在組織細胞間隙中導致的，表現出全身性的水腫。而那浮腫丸的成分，其實只是麵粉加少量紅糖！

眼前這些鄉親的水腫病，估計也是因為長期營養不良引起的。自己到底要不要救呢，其實治這種病也容易，多補充蛋白質就好，像玉米、黃豆、麵粉等，同時補充一些紅糖，紅糖藥用價值高，所含的營養成分及微量元素多。

算了，她把法子告訴他們，要不要他們自己決定。反正他們黃豆、綠豆也各囤積了三百斤，各留出一大半來做種子，其餘的就拿出來吧。還有那紅糖，她本來是預防到時糧食吃完了，還有點糖可沖水吃，然後支撐下去的。現在也拿一半出來吧。

這般想著，她讓大哥去替一下二郎，反正這地契有部分也是大哥家的，讓他接手一小會兒也沒什麼，接著她便把二郎叫進院子裡了。眾人對此也沒什麼異常的反應，宋三爺的朋友委託宋家以地換糧的，大郎、二郎誰來處理這事沒差。對他們來說，地換回了糧食，地契上寫的是誰的名字並不重要，反正都不是自己的了，還有什麼可計較的？

二郎不明所以。「媳婦，啥事呀？」正事被打斷，二郎聲音裡沒有絲毫不悅。自家的媳婦，他是知道的，若沒有重要的事，她必不會這樣做。

「二郎，剛才領糧食那些人你也見了，咱們村有不少人得了浮腫病吧？我有法子治這個，你信嗎？」說到後面，羅雲初的聲音略顯艱澀，自己在他眼裡是不是懂得太多了？之前的香芋綠豆冰、燒製木炭的法子、棉花增產的方法，這些全推給「天工論物」那書倒也說得通，但這個病的治療方法推到它身上就說不過去了。不過二郎是她丈夫，她也不想一直防賊似的防著他，若對最親近的人都要遮遮掩掩，那這樣的生活就太辛苦了。

二郎的本性很善良，聽到這一消息，果然很高興，他忙追問。「媳婦，妳說的是真的嗎？藥材難不難找？咱們家儲存的藥材裡頭有嗎？」

「法子很簡單的，只要……」當下她便把需要的東西說了。

「這般簡單？」二郎聽完，很吃驚，他沒想到光黃豆、麵粉這些吃食也有這功效。

「是啊，很簡單的吧？」可惜即使如此簡單，也有人沒法做到，從而漸漸死去，現實逼人哪。

二郎想了想，便下了決定。「媳婦，我看這樣吧，一斤米麵頂一斤豆類。咱們把話說清楚了，換不換隨他們，妳瞧著如何？」

「行，對了，二郎，你先把方郎中請來，咱們問問他的意見吧。若他說可以，也能讓村民們更信任這法子不是？」如此的話，也能讓村民們更快實行，避免猶豫耽擱，徒增不必要的死亡。

「行，我這就去。」

看著匆匆往外走去的二郎，羅雲初很想問他，為什麼他沒問自己從何得知這個法子的？不過見現在如此忙碌，她也不好過多耽擱。當晚上她提及時，二郎絲毫不以為意，說她經常看書，懂得多點不算什麼，即使不是從書中學到的，媳婦那麼聰明，懂得也是應該的。當下把她愣怔在一旁，心裡真不知道該感激他對自己的信任呢，還是該說他神經大條。不過這是後話了。

沒一會兒，方郎中便到了。其實青河縣裡，除了地主家尚有餘糧外，就剩下富農多少還有點嚼用了。而方郎中正是富農之一，他家世代行醫，更有十來畝地，家底殷實，遂他不在以地換糧之列裡。

見到他時，羅雲初看了二郎一眼，二郎微微點了點頭，示意他已經和方郎中說了。

「方郎中，你覺得那法子可行嗎？」

方郎中摸了摸他下巴的鬍子，緩緩說道：「綠豆甘寒，入心、胃經……我瞧著倒是可行。」

這浮腫病，不少人請他去看過，可惜他醫術不精，只知是心腎方面的疾病，至於因由和治療方法他便不得而知了。其實方郎中剛才從二郎口中得知這浮腫病治法，心裡也是吃驚的，竟然這般簡單？不過如今也只能把死馬當作活馬來醫了，況且豆類食物又吃不死人，若真能治好，自己也算是功德一件。不過他也叮囑了二郎，凡事留三分，別把話說得太滿。

聽著方郎中將綠豆性味歸經功效之類的背了一通，羅雲初暗笑，這法子管用的原因可不在這個，不過她也知道現在可沒有營養學這一門科目。如今得了他說肯定的答案便足夠了。

「二郎，你去說說吧，換不換隨他們自願了。」

二郎點頭，然後走到大門，讓發糧的暫停。

「諸位父老鄉親，剛才解開糧食的時候，我在袋子裡看到一封信。信上面有個方子，是我三弟專門尋來的，說是可以治浮腫病的，而且我也問過方郎中了，他也說這法子不錯，可以試試。現在我便把治浮腫病要的東西和你們說一說……這些東西都放在糧食下面，所以我們現在才發現，不過還不算晚。我現在要說的是，一斤米麵可以換一斤豆類的糧食，換不換都隨你們。還有就是，家裡有浮腫病人的，可以每人免費領一包紅糖。這些紅糖是俺家三弟自個兒掏錢買的，就當是他的一點心意了。」每包紅糖不過只有三、四兩，對一個病人來說，應用得當，再加上好好調理，也夠了。大郎和阿德聽了都是一怔，不過他們聰明的沒有說話。

二郎此話一出，人群中如同轟的一聲，開始交頭接耳。今天真是太刺激了，好消息接二連三地發生，給本來已經絕望的人們帶來了新的希望。首先是有糧食了，雖然要拿田地來換，但好歹能活命了不是？其次便是他們還能耕種回原來的地，只是要四成租子而已，勤勞一點，便也不用餓肚子。如今這個治療浮腫病的法子更是給了他們新的希望，畢竟面對不知名的病痛，在生死之前誰也無法淡定。

宋家，此刻他們由衷地感謝宋家。他們絲毫不懷疑這一法子的真實性，在如今的他們看來，一斤米麵和一斤豆類其實差不離，即使換了，他們也沒損失，宋家也沒騙他們的必要。而且為了他們，宋家三郎還自掏腰包買紅糖免費分給他們呢，這總不能作假吧？不管怎麼說，宋家相當於給了他們一條活路。

當下，眾人議論紛紛，都把話題扯到宋家人做事厚道這方面來，一時之間對宋家歌功頌德的話語滿地飄來。

接下來，眾人便把換糧的重點都放在豆類上，真把它們當作萬能良藥了。前面已經換得了糧的，也爭先恐後地回來換上一些豆類的食品。

而這部分由羅雲初負責，她啼笑皆非地看著這些人，站起來，大聲地解釋著。「鄉親們，這豆類實在不算多，家裡有浮腫病人的換上一些便好了，沒有的人家就別換了吧。這個豆類並不能預防浮腫病，換回去也起不了大作用，還不如大夥兒每天煮一些米麵吃飽肚子呢，每天吃些米麵便不用擔心患上浮腫病了。」

為了預防一些耍奸弄猾者虛報以騙取紅糖，羅雲初讓本村一些知道別村情況的實誠人作一下證，當下便省事了許多。對一些重度的浮腫病人，羅雲初告訴他們要先臥床休息，待水腫消失後方可適當活動；還有要限制食鹽，待水腫消退後再恢復食鹽量。

中午的時候，宋母煮了一些番薯和芋頭給他們充饑，分糧的行動不得不暫停一下。好在村民都能體諒，倒也沒出什麼岔子。

如此這般，三千斤的糧食，忙碌到下午才換完，來得早的，幾乎都換到了糧，高興地歸家去了。

有一些偏遠的村子，聽到消息時已是很晚了，來到時，看著空空如也的大門，捶胸頓足後悔不迭。沒法子的他們，最終還是拿地和地主們換糧。

自此事後，幾條村子的人對宋家都是感激在心的，提起宋家沒有一個不說好的，也容不得別人詆毀宋家一句。

第四十四章　晉升地主階級

分完了糧食，韓師爺推說縣衙裡有事，推辭了他們留飯的邀請，領著十來個差爺浩浩蕩蕩地回去了。羅雲初讓二郎給每個來幫忙的差爺都裝上兩斤的糧食，又各給了五十錢的紅封，而韓師爺則多給了一倍，這才將人送了出去。拿了錢和糧，一幫差爺樂呵呵的，這宋家在做人方面很有一套哇，要得要得。

羅雲初讓二郎去客廳陪大郎和阿德說說話，順帶照看了一下飯糰、湯圓兩個娃兒。自己則去雞籠捉了隻雞來殺，手腳麻利地整治起晚飯來。嗯，這個時辰，可以算得上是晚飯了。前頭怕太打眼，他們都不敢養豬，只能偷偷地養了兩隻雞。村子裡養雞的人尚有幾家的，不過他們都是放養在家不餵的，每天只讓牠在地裡刨食，長得也慢。

有阿寧幫著打打下手，一頓飯花了半個多時辰便做好了。不過大家吃飯的興致都不高，都掛心著接下來怎麼分那田地呢，略吃了兩碗，便都擱了筷子。

吃過飯，也該到了分田的時候了。大夥兒來到二郎家的客廳，此時二房就羅雲初夫妻，羅家就阿德和阿寧在，大房那頭，許氏抱著孩子跟著大郎進了大廳。宋大嫂也想來的，被天孝看著沒能過來。

許氏於五月中旬時產下一女孩名叫宋天恩，此時剛出月子。當時宋母滿心期盼是個孫子，卻不料到頭來只是個孫女，頓時興致就淡了許多，也無心操辦孫女的滿月了，加上之前形勢緊張，因此這孩子的滿月就被忽略過去了。

「我們此次用糧食換來的田地一共是兩百二十畝，其中水田九十畝，沙地坡地共一百三十畝。按照水田十六斤糧一畝，沙地或坡地十二斤一畝。大哥拿出了兩百斤糧食，阿德拿出了五百斤糧食，想要幾畝水田幾畝地你們自個兒挑。」羅雲初心情很好，索性大方地任他們挑了先。不管他們怎麼挑，自家都能得到約一百八十畝的田地。何不做個樣子，大家面子都好看不是？

「不用想了，我已經算好了。我們就要八畝水田，六畝沙地吧，挨著咱們原來的地就成。」

二郎點點頭，算是應下了。

對於大哥這回這麼爽快，羅雲初還是有點訝異的，不過這不妨礙什麼，爽快，她還巴不得呢。朝自家老弟努努嘴。「阿德，那你呢？」

羅德好笑，他感覺到他姊的情緒很高昂，也是，不只是她，自己不也一樣嗎？姊姊一家一夜之間成了中級地主，自己如今也算是個小地主了，甭提有多高興了。普通人家努力一輩子，能有十畝地就很了不起了，兩相對比，如今沒有太失態就算好的了。

「姊，給我十五畝水田，二十畝坡地就成。」水田產出好，人人都想要，但他也得為他姊想想不是。畢竟她和姊夫拿出了兩千多斤的糧呢，自己按份數來拿最好。

羅雲初快速地在心裡算了一下，十五畝水田、二十畝坡地各二百四十斤，自己這頭還占了老弟二十斤糧食的便宜。算了，一會兒多給他一畝水田的田契便罷了。省得在這當口說出來惹人不痛快。

「二弟，如今你家算是中級地主了哇。」許氏羨慕的語氣中難掩酸味，任誰在此刻都難力持鎮定的。原本二房就只比大房多幾畝地而已，一日之間，卻是天壤之別，這落差實在令人難以接受。

二郎假裝沒有聽到，這話接也不是，不接也不是。本來是件值得高興的事，但考慮到大哥那邊……只好等一下關起門來自己暗自樂呵了。

羅雲初乾笑兩聲，並不接話。不是覺得理虧，他們二房也沒啥好理虧的，只是此時答什麼都讓大房心生不爽，何必呢？

「說什麼呢，天恩睏了，帶孩子回去睡覺吧。」大郎輕斥，這事行到此處，怪他沒那個魄力，怨不得別人。哪回二郎不是叫他一起的？偏他……唉，一言難盡。此刻他也很不是滋味，現在二弟都是地主級別了，自己才算是中農，連富農都不是。如今他算是看明白了，日後緊跟著二郎混，準沒錯。

大郎拿了田契地契，站起來道：「天也晚了，我們回去吧。」

「大哥，你們慢走。」二郎也跟著站起來，親自將他們送了出去。

「姊，我們也該走了。」

「等下，阿德，你不想占姊的便宜，你姊我哪裡又願意占你的便宜了？哪，這田契你拿著。」羅雲初拿出一張一畝的田契，塞到他手裡，略帶責備地說道。其實羅雲初打心底裡高興，阿德可以讓她放心依靠。

阿德不接，搖頭說道：「姊，咱們姊弟倆何必算得那麼清楚？要不是妳，指不定咱們家全都還餓著肚子呢。保不准今兒個以地換糧的人中就有咱的一份兒。」可以說，這幾十畝地，全是他姊給的。

羅雲初很堅持。「不行，親兄弟還要明算帳呢，而且這還是你應得的。再者，有今天，也是你有眼光和魄力，跟著買了這許多的糧食。你姊夫怕是沒少勸過人，卻沒人肯聽他的。」

二郎回來時見著，笑道：「呵呵，是呀，阿德，該你的你就拿著吧。天也快黑了，你們也趕緊回去吧，這世道不太平，早點回到家早點讓家人安心。」

阿德無奈地接過，其實他也是沒法，他心裡對他姊有諸多感激，卻又不知能為她做些什麼。他這一畝地其實也是試探，他本想給多幾畝，可她連這麼點東西都不接受，他給別的就更不可能了。罷了，日後看看吧，能幫得上他姊忙的他絕不推辭。

送走了客人，又給兩小包子洗了澡，羅雲初這才拿了衣物到浴室，二郎已經幫她提了水過去。

看著這一沓田契地契，二郎難掩激動和興奮，一百多畝地啊，他們家如今可以算得上是地主階級了。

激動之下，二郎抱住剛淋浴過後的羅雲初，撲倒在床上一陣猛啃。

當下便把梳頭的羅雲初嚇了一跳，伸出手推開他的豬嘴，嗔罵道：「欸，你個死鬼，發什麼瘋吶？」

「媳婦，咱們是地主了是不是，是不是？」一連問了兩個是不是，可見他的激動。

「是是是，那疊地契總不會騙你吧？」

「呵呵，我太高興了。」吧唧一聲，二郎捧著她的臉又親了起來。

磨磨蹭蹭間，羅雲初察覺到他腿間的物事已經硬了，心知要壞事，忙推搡他。「臭二郎，給我起來啦，孩子們都在看呢。」

飯糰、湯圓兩個小包子，睜著圓溜溜的眼睛，好奇地看著自家爹娘。

「爹，你和娘在做什麼？」飯糰好奇地問。

「咳，我和你娘在玩親親。」二郎唬著張臉說道。

羅雲初伸出手，在他的腰間用力一擰。讓你口沒遮攔，讓你在孩子面前亂說。

二郎面不改色地伸出大掌按住媳婦白嫩的小手。

「玩親親？我也要我也要。」飯糰現在已經不怕他爹拉長臉了，他覺得這樣很好玩，又能膩著他娘，便馬上提出要求。

「不行！」

一句不行，頓時讓飯糰垮下了一張包子臉。

「飯糰，想不想要妹妹？」二郎誘哄著自家的傻兒子。

飯糰點點頭。「想。」

二郎甫一問出這話，羅雲初便知他打什麼主意，立即伸出手用力一推，自己也打了個滾想逃離他。

豈知二郎動作迅速的一撲，又把她撲倒在床上，她的背抵著他的胸膛，他雙腿間火熱粗長的物事更是抵著她圓潤的豐臀。

「飯糰，看著湯圓半個時辰喔，我和你娘去去就來。想要妹妹就不准來打擾我和你娘，知道不？」

聽了他這話，羅雲初又羞又氣，這人也太不要臉了，怎能在兒子面前說這事？

飯糰乖巧又懵懂地點了下頭，按他小腦袋的理解就是，看好湯圓就有妹妹了。

對大兒子的乖巧，二郎很滿意。在自家媳婦的屁股上摸了一把，才橫腰一攬，將她抱了起來。「媳婦，走，咱們到西屋去。」那裡沒人打擾，應該能盡興一回。運氣好的話，一回完了，兒子都睡了，兩人還能來個梅開二度，嘿嘿。

對於情事，二郎總是很霸道的。自生了湯圓後，二郎在床上就不如之前那般遷就她了。而他幾個動作，總能把她撩撥得身子發軟，情動不已。

此時羅雲初被放倒在西屋的床上，二郎摁住她的胸部就是一陣揉捏撚弄，惹得她嬌喘不已，春潮難耐的她忍不住往他身上蹭了蹭。

二郎手腳並用，三兩下便把兩人的衣服都脫了去，接著便從她的脖子往下一路吻去，在她身上種滿了紅豆。

察覺到她的旱地已經變成水田，二郎腰身一沈，羅雲初瞬間被充盈，舒爽得忍不住哼哼著迎合他的動作。

「嗯……二郎……啊……」木板床吱呀吱呀地響著，羅雲初在他身下扭動迎合著，壓抑地哼唧著，生怕聲音大了被隔壁的孩子聽到。

此情此景，有種禁忌的刺激，讓兩人沈浸在感官中欲罷不能。

高潮來臨，羅雲初的腿，死死圈住他的腰，痙攣起來。察覺她已經到了，二郎加快了動作，沒一會兒便在她體內釋放了自己。

「媳婦，妳真好，便是死在妳身上也甘願啊。」事畢，二郎怕自己壓著她，翻過身，喘息著說道。

羅雲初笑嗔了他一眼。「死樣！」

「嘿嘿，咱們村子誰都沒我有福氣啊。」二郎的鹹豬手在羅雲初柔軟的身段上不住地滑動，聲音中有說不出的得意。

羅雲初仔細盤算了一下，如今他們家共有土地近兩百畝。家中的現銀尚有一百一十多兩，本來兩百多兩的，上回老三進京，給了他一百兩做打點之用。如今家裡糧食充足，日子會越過越紅火的。不說別的，光拿那一百來畝地來說就好了，待年景好起來，光收租子就收到手軟呢。

其實此時的田地每畝產出並不多，水田產出較高，但也高不到哪兒去，一年兩季大概產出兩、三石糧食。對比現代一年兩收一千八百來斤的收成，古代的產出低得讓羅雲初嘆氣，這一百多畝地光種糧食是不行的，她心裡有另一番打算。不過此時再多的盤算也用不上，村民們米缸都沒糧呢，總得有點餘糧才好說話，遂她合計著讓農民種上一、兩收的糧食再說。

七月份的雨水果然如羅雲初所料般，漸漸地停了下來。俗話說，手裡有糧心不慌，古沙村及附近的兩、三個村子都從宋家換到了糧，加上家裡的水腫病人按照宋家說的法子做後，病情都開始慢慢好轉，村民們臉上的笑容漸漸多了起來，對宋家更是感激在心。特別是宋銘承，猶得村人們的敬仰，好些村民教育孩子都是拿宋家三爺來做榜樣的。

為了不耽擱農時，僅用了兩日時間，羅雲初和二郎在對手裡握著的田契地契有了一番認識後，便約著大郎、阿德一道，和租種土地的村民到里正那兒請他做中人簽訂了契約。

村民們見宋家守信，果然如同之前所說的，只需要在繳了賦稅後上繳四成租子時，個個都很欣喜。這樣一來，耕作出來的六成糧食加上自己山上山地的產出，養活一大家子不成問題，若勤勞一點，每年或許還有餘糧哩。心裡有了希望，日子自然就有了奔頭，在晴天裡，幾個村子都是全家出動，到地裡田間去勞作。

相比於古沙村、理村、唐西村的幸運，青河縣其他村子的災情無疑要嚴重許多。在以地換糧過後的第二日，還有別村的人求到宋家，說願意把地換給宋家，就為了每畝地能多換幾斤糧食。羅雲初逼著自己狠下心來拒絕了，那天的糧食全都換完了，這是大夥兒都看見的，她可不想因一時心軟讓人疑心。她不是救世主，實在沒有那個能力去管所有人的死活，至少現在他們還有地方可以換糧不是嗎？只是換得的糧食少點兒罷了。

此事之後，過沒兩天，青河縣就發生了幾起搶糧事件。一件發生在王曲村，村子的王地主家被搶了。其實也怪王地主他平時太缺德不積善，加上王曲村的人本就比較慓悍，這事就自然而然地發生了。還有一起是沙田村的一個富農被偷了。這兩起只是引起了羅雲初他們幾個村子的警覺，第三起就讓他們有點寢食不安了，第三個被搶的人家就是唐西村的吳家，吳家剛和宋家換回糧食沒兩天，因他們所住的房子靠著村邊，自然成了別人眼中的肥羊。

有這些事發生並不意外，畢竟青河縣裡，還有許多人家的日子不好過，但連貧民都搶，就太說不過去了。為了預防類似的事件再次發生，理村和唐西村的兩位里正，親自來到古沙村找黃里正，想商量出個辦法來預防，開小會時也叫上了宋家大郎和二郎。自換糧事件後，宋家幾兄弟在幾個村子村民的眼中，形象不是一般的高。此時的村民心眼都很實在，誰對我好誰讓我活命，我就敬著誰。

商量了大半個時辰後，他們決定，每天晚上安排兩隊人巡視，每隊三人，每個村子抽出一個壯勞力參與。幸虧他們三個村子挨得近，儼然一個村子，晚上巡視起來也不算太麻煩。其實見到吳家被搶，幾個村子的村民心裡都有這麼個擔心，指不定哪天自己家就遭了殃。現在家裡的那點糧，可是全家的命根子啊，不能有什麼閃失，所以他們對這個安排都樂見其成，也沒有絲毫推託。

接下來幾天，果然還是發生了兩起搶糧事件，被搶的人家都是村邊的，幸虧當時巡邏的村民就在附近，要不，就被那些傢伙得手了。不過只抓到一個，另外一個見機溜了，被捉到的那人也是他們附近村子的良民，迫於生活的無奈才做了這種勾當。不過不管如何，做錯了事就應該受到相應的懲罰，而且他們也需要樹立威信，給那些蠢蠢欲動的傢伙一個警告，讓他們歇了那個心思。於是被捉的那人被里正讓人綁在村口的樹下，每天除了給水和樹葉之外不給任何食物。

或許是見到了偷搶東西被捉到的下場，或許是見三個村子防備嚴謹，至此後，都沒有人敢來這幾個村子偷糧搶糧，但他們幾個村子卻沒有放下戒心。

周墩遲仍舊借酒澆愁，青河縣每天的死亡數目仍在繼續增加，也有不少人往鄰縣奔去，尋找一線生機。

七月十二日，青河縣的鄰縣澧惠縣發生民亂，澧惠知縣嚇得屁滾尿流之際，將此情況上報當地知府。明州知府余光睿震怒，當天即調兵遣將將暴民鎮壓了下來，不服者都被當場斬殺。近兩萬民，經此之後人數只剩下一半，有不少人是在抵抗官府兵將之時被踐踏至死。澧惠縣暴民之亂太過蹊蹺，引起余光睿的疑心，他放手一查，結果竟然發現澧惠縣的糧倉是空的，裡面的糧食在去年年底之時就被澧惠知縣趁高價賣個精光。

得知了這一驚駭的結果，余光睿震驚之餘便把眼光放到了其他縣裡，果然查出了許多貓膩。青河縣的問題自然也瞞不住了，青河縣裡近兩個月因飢餓而死去的人已上千，原本青河縣也算是一個富饒之地，人口達到了一萬五千人，如今一統計，方只剩下不到一萬人，人員流失慘重，當地的縣衙要負起大半的責任。

周墩遲提前私自開倉放糧的事也被余光睿知道了，自己治下的幾個縣接二連三的出問題，余光睿甭提有多惱火了。此時正是緊要關頭，多少人盯著他屁股下的位置呢，他本著不求有功但求無過的心來處理這些事的，偏這幫混蛋不給他長臉就罷了，還往他頭上扣屎盆子！

澧惠縣民亂的事是包不住的，陳慶功這個知縣他不想保了，丟出去頂罪吧。青河縣的問題，若捅了出來，他也難逃失察之罪。青河縣的事得捂住！想到這個，余光睿別提多嘔了，在這當口，他還不能收拾他們。不但不能收拾，還得幫他們擦屁股！若他治下的縣接二連三的破事上達天聽，那便是他無能了！不過徐天明暫時不能動，不代表他收拾不了周墩遲那個小小的縣丞！周墩遲這人，越權處理縣務，還搞得一團糟，不可饒恕！

青河縣徐天明丁憂了，新知縣的人選遲遲未決，如此一來，再加上澧惠縣，他管轄的州內便空出了兩個知縣的名額，他無論如何也得拿到一個安排自己人下去！

余光睿在書房內走來走去，突然，他被一封家書吸引了。聽成之姪兒說，他有個翰林院編修的好友頗得聖上喜愛，而且本人也是青河縣人，或許可以爭取一下。余光睿越想越得計，當下便坐在書桌前，拿起筆來開始寫信。

七月二十，遠在京城的當今皇帝接到各地的災報，震怒無比。接下來，便是一票官員被罷免，因此也空出了許多位置，等待有才之士填補。

這些本都和羅雲初他們這些平民布衣無關，不過接下來，倒是傳來了好消息。青河縣縣令已經確定了接任的人選，新任縣令竟然是宋家三爺！伴隨著他上任帶來了兩個好消息，一個是當今聖上免了他們青河縣兩年的稅；另一個則是，從江南徵調一批糧食到明州，他們青河縣也有分兒。

這兩則消息隨便哪一個放出來都足以振奮人心，何況是兩個好消息同時落到青河縣人民的頭上？加上之前宋家協助以地換糧的事猶如昨日，人們口耳相傳，使他的威望空前的高昂。宋銘承雖尚未上任，卻已被青河縣人們打心底裡接納了。

青河縣的歷史，至此展開了新的篇章。

戌時，宋銘承打大房那兒回來時將兩口箱子搬到大廳處，又把他二哥二嫂叫了出來。

「老三，你這是？」二郎疑惑。

宋銘承從懷裡掏出兩個金元寶，塞到二郎手裡。「二哥，這金子你拿著。」

二郎大吃了一驚，他隨便掂量一下，這兩錠金元寶加起來少說也有十兩！也就是說，他手裡握著一百兩銀子哪！「老三，這這、你、你莫要收了什麼不正當的銀子才好。」二郎急呀，他想問他這銀子打哪兒來的，卻又不好問出口，憋了許久才憋出這句話來。

似是瞭解他二哥的擔憂，宋銘承低聲笑了，他壓低聲音道：「二哥二嫂，你們就放心地收下吧，這銀子來路正著呢，京裡的官都有的。」

「老三……」二郎不信，只擔心他收了什麼不該收的銀子。

其實不只二郎，羅雲初也大吃了一驚，據她所知，正七品的官每年的俸銀是四十五兩，祿米是四十五斛。他才上任多久啊，不到三個月吧。加加減減，祿米折合成銀子加起來也才十五兩不到吧。

宋銘承見他們滿臉不信外加一臉擔憂，曉得他們是真心關心自己，忙解釋。「二哥，我說的是真的。你們不當官不知道，除了俸銀和祿米，還有其他收入呢，像冰敬、炭敬、別敬，還有印結銀、鄉賢祠外官捐銀、書院束脩等，名目多著呢。我因為上任時間尚短，書院束脩這一項是沒有的，可這些雜七雜八的加起來，收入就多了。」

羅雲初心裡感嘆，莫怪這麼多人削尖了腦袋考科舉以謀求個一官半職，原來裡面油水是大大的有哇。

這回，二郎是真的信了，不過他仍不肯收。「你現在剛到縣衙上任，上下都要打點，正是缺銀子的時候，咱當哥哥的沒法貼補就算了，哪還能收你的銀子？」

「二哥，知道你替我想，放心吧，我自己身上還留有呢。欸，不說這個了。二嫂，妳把兩箱東西收拾一下吧，都是別人送的，我也不知道是什麼東西，妳幫忙看看，若家裡用得著的就拿出來用。」

「這個自是沒問題，老三，這金子咱們拿著燙手哇。要不，你給娘幫你收著吧？」羅雲初笑道，前頭他們資助他上京一則是因為他和二郎是親兄弟，不幫他幫誰。二則也算是一個長線投資吧，二郎做農民她做農婦不要緊，但她總得為自己的子孫謀劃一番。老三高中對宋家是百利而無一害的，日後子孫若有望走仕途，多了一個親叔叔幫襯，就大不一樣了。所以她也有點擔心老三把銀子還了，就會漸漸淡忘這份情誼了。

其實這一切都是羅雲初鹹吃蘿蔔淡操心了，在這裡，官場很講究親族的力量，如果自己同族或同宗的孩子有出息的，能幫的話，他們絕對不會吝嗇力量的。其實現代官場何嘗不是一樣呢？只是穿越前，她不在體制內，不瞭解這些罷了。

宋銘承以為她顧忌他娘和大哥那邊，遂笑著安慰。「呵呵，剛才我已給了娘一些銀子。二哥二嫂，你們就收下吧，除了咱們三人，沒人知道的。」

二郎見他堅持，也明白拗不過他，深吸了口氣道：「好，這金子二哥就幫你收著，若要用就問我和你二嫂要。」

待老三回他屋裡歇息後，二郎才讓雲初拿著那十兩金子進屋，讓她仔細收好。

當羅雲初打開客廳那兩個木箱子的時候，呆了呆，箱子裡的東西真的很豐富，有茶葉、火腿、魚翅、香菇山貨以及毛筆、書籍等。茶葉有杭州龍井、白菊花、碧螺春等，這些茶葉羅雲初也認不出來，不過上面都標著字呢，十有八九是真品，送給上頭的東西，誰敢拿假的來糊弄呀。兩個箱子滿滿的都是這些東西，她不得不再次感嘆，當官真是個高回報的行業啊。

接下來，宋家開始忙碌起來了。各人有各人的活計，宋銘承拜訪了余光睿後，便到縣裡辦理交接事宜，接著便是讓人統計青河縣所剩人口及無主的土地等等，一堆事等著他忙。宋銘承原先打算再請一位幕僚的，但見韓師爺對縣務也還算了解，自己用著還算順手，況且他和二哥還有一段交情，這想法便暫時擱置了。

不幾日便分田到戶了，沒有耽誤農時，分到土地的農民都交口稱讚宋銘承這個新上任的縣令。按人口分田，羅雲初他們家十四歲以上的只有夫妻兩人，不過也分到了兩畝沙地。不知道分地的標準是什麼，她家老三太忙，她也沒問，分到就拿，聊勝於無吧，有總比沒有強不是嗎？

大郎也忙，他家倒分到了四畝地，加上之前的那些有近三十畝地，不過他是不打算租給村民種了，只是請了兩個短工來幫忙。

羅雲初他們今年是不種地了，全租給村民們了，坐等著收租子便好。這下子，二郎整個人反倒不自在起來。

宋銘承既然在青河縣上任了，自然就不能住家裡了。就在他到縣衙交接印信和官服的那天，宋母就領著羅雲初和許氏到縣衙後院給他收拾住處去了。

縣衙後院是供給縣令家眷所住，院子不大，卻已收拾得十分整潔。靠牆是一座兩層的小樓，院子中錯落有致地栽了幾棵合抱大樹，院牆邊上種了一些花草，除此之外，便沒有了，整個院子顯得簡單而乾淨。這樣一來，也沒什麼可收拾的。

宋母心疼兒子，想給兒子買兩個伺候的丫鬟，羅雲初覺得無可厚非。畢竟老三現在是縣令了，身分不一樣了，況且又獨自住在這兒，沒個人照料衣食宿行確實不妥。但在挑了兩個老實的丫鬟後，宋母在人牙的攛掇下蠢蠢欲動地想給他安排一、兩個通房，老三都十八了，是該通曉人事了。

許氏眼觀鼻鼻觀心，就是不出聲。

羅雲初對這兩個長相豔麗且神情躍躍欲試的女子，覺得不妥，便攔下了。

宋母不悅地看了她一眼，拉長了臉，聲音很冷。「妳有意見？」哼，妳一個嫂嫂，也管到小叔子屋裡頭去了？

羅雲初又不是瞎子，自然看到她眼底的不悅。若不是明白一榮俱榮的道理，若不是為了讓小叔有機會娶個望族女子，她也不會開這個口惹她婆婆不悅。「娘，我們不是正給老三相姑娘嗎？通房一事暫緩吧，若嫁進來的是小門小戶倒也罷了。若是高門大戶，恐怕未來弟媳會介意吧？」這人呀，地位一變就迫不及待地行使起應得的權利來了。這般猴急，叫外人見了怎麼想呢？

聽了羅雲初的話，宋母一凜，暗忖，老二家的說得也是。罷了，老三這麼些年都過來了，也不急於一時了，於是她便回絕了人牙。宋母不笨，若在平時這一層她早應想到的，只是此時她一心想補償老三，恨不得把所有的好東西都捧到他眼前才好。

宋母的臉色緩了下來，拉著羅雲初的手笑道：「老二家的，虧得妳是個有見識的。」

「娘誇獎了。」羅雲初臉色淡淡地說道，心裡對她這婆婆很不以為然，臉變得真快。她如今算是徹底認識到了，在她婆婆眼中，兒子孫子都是寶，媳婦都是草，隨時都可以用來撒氣發洩背黑鍋的。

說實話，此刻她有點心灰意懶，雖然她也不奢望宋母真像她親娘一樣疼她。自己之前的確是想好了，把婆婆當上司般敬著就好，但人相處久了都是有感情的，她真受不了宋母時不時的找茬了，她自認嫁進宋家後也算恪盡職守，對她婆婆也還算恭敬，即便是塊石頭都焐熱了吧？

說她無病呻吟也好，心胸狹窄也罷，她就是覺得在婆婆跟前的日子過得憋氣。

宋母情知她誤會二媳婦了，遂對她的冷淡也沒有過多的不滿。

當晚一番雲雨，完事後，二郎滿足地從羅雲初充滿彈性的身上翻了下來。末了，長臂一伸，在她臉上吧唧地重重親了一下。

羅雲初無力地在心中翻了個白眼，閒聊中，便把今兒個在縣衙裡的事和二郎說了。

「媳婦，下回還遇到這種事的話，妳能勸就勸，勸不了的就隨娘去吧。」對這種事，二郎也莫可奈何。媳婦有理，但老娘那頭又是說不得的。

二郎的話她聽著還算滿意，便懶得再想那事了。

「見著大哥和三弟都可以有平妻通房，說實話，你心動不？」羅雲初微眯著眼，趴在眼前男人的身上，眼神中透露出絲絲危險。

二郎傻樂了一陣，就是不答她，媳婦這是在緊張他呢。

羅雲初等急了，忍不住往他肩頭咬了一口，豈料他的肉太硬了，咬到牙都疼了也沒咬進去一分。她氣悶地鬆開口，瞪了他一眼。

「媳婦，只要妳負責每天餵飽它，我保證不讓它出去打野食。」二郎在她耳際輕輕吹著氣，大掌將她的腰往下微微一按，暗示性十足。

兩人腰腹相貼，羅雲初自然感覺到他腿間的昂揚，一張臉頓時羞得通紅。「色鬼，一天到晚就想著這檔子事！」

她身體微微一掙，想從他身上下來，不料卻被他禁錮著。「死鬼，放開我。」

「不放。」二郎耍賴道，只見他一手攬著她的腰，另一隻手分開她的雙腿，胯間的灼熱挺了進去。

好不容易今晚兩個娃兒都早早睡著了，他怎麼可能放過她？

「嗯……」瞬間被充滿，她全身頓時軟了下來，情不自禁地隨著他擺動起來。

第四十五章　表妹

「聽說妳婆婆正在張羅妳小叔的親事？」趙大嫂拿起剪子將衣服上縫好的線頭剪掉，笑著問道。

前頭饑荒時，趙家知道二郎家的一些底，曾和他們借過二十斤的糧。羅雲初看在兩家交好的分上便借了，當時讓他們在晚上抬回去的，也不算打眼。因此趙家度過了艱難的一段日子，倒也不用拿地去換糧，如今加上新分到的田地，家裡也有十來畝地了。

「是啊。」羅雲初給縫了一道口子的衣服打了個結，抽空看了眼在地上玩你追我趕的兩個兒子。天氣熱，而且在家，羅雲初只給他們套了件上衣。

八月分了，外面熱得緊，羅雲初他們屋裡還算涼快。小包子們又貪地上涼快，特別是湯圓，稍不注意就整個身子攤開趴在地上，就差伸出條舌頭來散熱了。

地上濕氣重，羅雲初自然是不放心的，她常常將破舊的蓆子鋪在地上，才把那個愛趴地上打滾的小傢伙放上去，順便讓飯糰幫看著。

「怎麼樣，有沒有合意的？」趙大嫂感興趣地追問。

羅雲初搖搖頭。「相了幾個，都沒有看對眼的。」

宋老三一當官，宋母挑兒媳婦的眼光自然就跟著高了起來。挑完容貌挑人品，挑完人品挑家世，還真當自己兒子是皇帝了，搞得像選秀一樣。這個嫌人家嘴角長了顆痣，那個嫌人家屁股不夠大不好生養，反正總有挑剔的理由的。

其實羅雲初覺得宋母還是不要在附近挑人好了，反正都看不上眼，何必平白無故地得罪人呢？不過她倒沒有站出來說什麼，由著宋母去折騰吧，省得人家說她耽擱了她的寶貝兒子。

「我也聽說了，妳家婆婆真是挑剔得緊，不過也難怪，她疼妳小叔嘛。」趙大嫂說完，拿起針和線，瞇著眼仔細穿了起來。

羅雲初對此不置可否，一抬眼便見兩個小傢伙還在玩你追我趕的遊戲。飯糰白白肉肉的小屁股露在外頭，湯圓追在飯糰的屁股後面，突然撲了上去，一把抱住他的大腿，露出白花花的綠豆小牙，對準飯糰露在外頭的小屁股一口咬下去。這可把飯糰嚇了一跳。「嗚哇，娘，弟弟咬我。」連聲音都帶了點哭音。

羅雲初也嚇了一跳，但猛一見著的時候，又覺得好笑。她放下手中的針線，將小湯圓撈了起來，笑罵道：「你這小魔星，又欺負你哥哥了！」這小傢伙還在長牙，幾乎隨時隨地都流著哈喇子。

「飯糰，轉過身，娘看看。」羅雲初蹲了下來。

飯糰不好意思地轉過身，撅起了小屁股。羅雲初注意到白白的小屁股上面有一圈紅紅的印子，其實除了八顆牙咬到的地方，不算嚴重，只是略有點紅腫而已。

「沒事，一會兒娘給你搽點藥就好了。」羅雲初拍著他肉肉的小屁股，笑著安慰。

湯圓小包子估計也知道自己闖禍了，兩隻肉爪子扒拉著飯糰，多多、多多地直嚷著，可憐兮兮地看著飯糰，一副小可憐的樣兒。

湯圓小包子快一歲了，現在只能叫一下爹呀娘呀哥哥之類的，不過發音都不準。爹爹叫成得得，娘就叫成羊羊，哥哥就是多多。

飯糰一見他的樣子就心軟了。「湯圓乖啊，哥哥不怪你。」說完雙手扠過湯圓的胳膊，吃力地將他抱了起來，可惜沒一會兒，便一屁股坐回地上，給小湯圓當起了肉墊。摔痛了飯糰也不哭，反而很盡職地護著湯圓這個弟弟。

湯圓覺得這遊戲很好玩，便趴在飯糰身上和他玩鬧了起來。

「二郎家的，我說妳咋養娃兒的？妳家的兩個小子像包子般白白嫩嫩的，怪招人稀罕的。」趙大嫂笑呵呵地問。

「他們兩個呀，皮著呢。」羅雲初嘴裡謙虛著，臉上的笑容卻透露著一股滿足。俗話說三歲看到老，湯圓小傢伙雖然只有一歲，但瞧著就是個精明的，日後飯糰他這哥哥莫要被他吃得死死的才好。

「宋二嫂子、宋二嫂子，不好了，不好了。」顧氏的聲音由遠而近地傳來。

羅雲初站起來，走到門口，就見她上氣不接下氣地跑了進來。「怎麼了這是？」她忙給她搬了一張椅子。

顧氏一屁股坐下後，拍著胸脯順氣，邊喘邊說：「剛才我在村口撞見，妳家二郎領著一個小腳女人回來了，估計現在快到家了吧。」

羅雲初的心一緊，她咬了咬唇，拚命讓自己冷靜下來。現在還不知道那女人是什麼人，並不一定是她想的那般。

「沒事的，別自己嚇自己。」趙大嫂也安慰。

「嗯。」羅雲初重重地點了點頭，心思紛至沓來。前頭她嫁進來的時候，宋二郎真可謂是一窮二白的，除了還有十來兩銀子外，啥都沒有。她嫁進來後，現在他家房也有了，地也有了，存款也有了，若誰想來摘桃子？門兒都沒有！

「來了來了。」顧氏眼尖，二郎他們甫一進門，便被她瞧見了。

「媳婦，我回來了。」二郎似是看不到羅雲初三人的異常，和趙大嫂她們打了招呼後，將手上的東西放下。

羅雲初的心思都集中在二郎身後的女子身上了，這女子給人第一眼的感覺就是柔弱，如菟絲花般柔弱，連眼神也是怯怯的，容貌清秀，不過比起村子裡的大多數女人來說就強上不少了。整個人看起來，惹人憐愛極了。

二郎甕聲甕氣地對身後的女子說：「表妹，妳且在此等一會兒，我一會兒就領妳去見我娘。」

那女子顯然被他的大嗓門嚇了一跳，眼眶都跟著紅了，只怯怯地點了點頭。

二郎的眼中明顯閃過一絲不耐，也沒說什麼，便擁著羅雲初進了房，順便把房門給關上。

表妹？羅雲初挑眉。「二郎，外頭那女子是誰呀？」

二郎嘆了口氣，說道：「媳婦，那位是，算是表妹吧，名叫莫小瑜。是我在鎮上遇到的，她娘和我們娘是姊妹。聽她說，她老家那頭遭了災，爹和娘都死了，她這才打算投靠姨母來了，卻沒承想，一路輾轉，短短一個月的路程竟然走了三、四個月。欸，先不說了，我先領她去娘那兒，對了，媳婦，我剛才在鎮上買了肉，就放在外頭，妳一會兒記得去處理一下啊。」

「你和她最後一次見面是什麼時候？怎麼現在她還能一眼認出是你呀？還有，投奔舅舅總比投奔姨母強吧？」羅雲初很疑惑。

「我最後一次見她是五年前吧，當時她也才十歲出頭。這回在鎮上是我先認出她的，她的容貌幾年來都沒有怎麼變化。唉，外婆家那頭的情況我們也沒和妳說過，難怪妳不知。我外公外婆早些年都去了，舅舅和小姨交過惡的，所以表妹她寧願來投靠我們也不願投奔舅舅那頭。」

羅雲初點點頭，表示明白。

「我這就領她去見見娘。」

「我和你一道去吧。」難得有親戚來，自己也該表示一下關心不是，省得一會兒宋母又找理由來數落她。

「也好。」

趙大嫂和顧氏兩人都是有眼色的，明白二郎他們有事要忙了，紛紛提出告辭，各自回家去了。

二郎抱著湯圓，羅雲初牽著飯糰，領著莫小瑜去見宋母。

一個是輾轉多時終於見到了親親姨母，自是辛酸無比；一個是初聞親妹妹、妹夫去世的惡耗，傷心至極。兩人竟然雙雙痛哭了起來，許氏在一旁勸了許久，羅雲初時不時也插上一、兩句話安慰兩人。

約一刻鐘後，兩人總算止住了淚。

「好姑娘，姨母知道妳吃了不少苦，放心吧，妳就住在咱們家。姨母定會替妳好好挑個良人的。」宋母抹了抹眼角，拍拍莫小瑜的手說道。

說到這個，莫小瑜羞紅了臉，扭捏地坐在一旁，卻用眼睛的餘光偷偷窺視了眾人一眼。

「呵呵，害羞了。」宋母笑道。

「娘，我瞧表妹一路上定是吃了不少苦吧？該讓她先歇一會兒才是，而且我瞧她身量和我差不離，我一會兒拿兩身乾淨的衣服給她換上吧。」許氏笑道。

對許氏討好宋母和新來的表小姐的行為，羅雲初心中不置可否。不是她勢利眼看不起落魄的表小姐，而是她看不上這種柔柔弱弱的人，反正她是打定主意了，禮數上讓人挑不出錯就成。表妹對她印象好不好，和她沒多大干係。

「哎呀，看我糊塗的，你表妹的住處尚未安排呢。」宋母拿眼看向許氏和羅雲初。

許氏為難地說道：「娘，咱們這邊單獨的房間沒有了。雜物房裡放著一堆東西，亂七八糟的，就姊姊房間上頭的閣樓還空著，總不能讓表妹……」

宋母看向羅雲初，羅雲初不動。笑話，你們那邊沒有單獨的房間了，他們二房那頭就有嗎？別說沒有，就算是有，她也不會讓這個柔弱的表妹住過去。她可不想放著一朵正長得嬌豔的花兒在家裡，誰知道以後會發生什麼？外頭女人接近家裡和家中丈夫發生曖昧，這樣的事情還少嗎？男人是不能誘惑和試探的，這和信任沒有關係，所以她要從根子上掐斷這種可能！善良心軟不能當飯吃，真發生了那種事，她哭都找不著墳頭。

不過羅雲初沒有那麼白目，若把這些話說出來，就得罪人了。況且宋母不是寶貝老三嗎？咱就從這兒著手便成。

「娘，我們那邊也沒有單獨的空房了。而且您知道老三的，他向來喜靜，有時好不容易回來一趟，您也不想讓他在家裡也不得安寧吧？還有呀，老三還沒說親呢。」最後一句是提醒宋母，表妹和老三男未婚女未嫁，若住在一塊兒，瓜田李下的，指不定要被人說閒話的。

被人踢來踢去，莫小瑜委屈地紅了眼眶。

宋母很頭疼，大房這邊的情況她是知道的，確實沒有空房了。雜物房東西太多，實在難收拾，況且收拾出來的東西也沒地兒放呀。老二媳婦說得也是，就衝著老三，她便不能把這外甥女放在二房那兒，她還指望老三娶個好媳婦呢。光是孤女這一點，莫小瑜萬萬是入不了她的眼的。

「娘，表小姐喊您一聲姨母的，自然是和您住一塊兒才妥當了。我記得咱們西廂後面那兒不是還有兩間泥房嗎？之前二弟和我們都住過的，不算太差，我還經常收拾來著，且讓表妹在那兒住一段時間吧？」許氏見宋母如此臉色，心下一緊。她也沒想到她這二弟妹如此滑不溜手，這得罪人的活計她躲都躲不過。

她心裡清楚，東西廂房是沒法騰出房間來了。西廂宋母和天孝各住了一間，東廂一間做了廚房，一間做了雜物房。方氏上頭的閣樓倒是空著，但她是不會讓這表妹住進主屋的！要知道，她和大郎就住在主屋的東側間，她不得不防啊。

宋母瞪了她一眼，哪有這般慢待客人的，說出去不是讓人戳他們宋家的脊梁骨？

「姨母，讓小瑜住西廂的泥房吧，比起一路的艱辛，現在能讓小瑜有個容身之所，小瑜已經感激不盡了。」莫小瑜滿臉感激地說道。

羅雲初側目，她這是真心感恩還是以退為進？

「這樣哪行啊？好了，我剛說了絕不會委屈妳的，妳且住在妳大表嫂房間上面的閣樓吧，那裡乾爽透氣，上下也方便。就這麼定了。」

宋母一槌定音，不容許氏多說。許氏頻頻向丈夫打眼色，奈何大郎權當看不見，估摸著他也對許氏慢待了自家親戚心裡不悅吧。

「小瑜是吧？一會兒我讓妳二表哥給妳送全套的被褥床罩過來，都是乾淨的，就是用過幾回，妳別嫌棄。」羅雲初笑道，到了此時，她不介意釋放自己的善意。給點東西表示而已，不傷筋不動骨，她也樂意做這些表面工夫。

「小瑜謝過二表嫂。」她站起身福了福。

羅雲初一怔，當即笑道：「果然是大家閨秀嘛，禮數就是周全。」這還是她穿到古代後，第一次見識到這般行禮的呢。

莫小瑜怯怯地笑笑。

「三郎，這是你小瑜表妹，還記得嗎？」

宋銘承如今難得回家一趟，宋母問了一回他的飲食起居便把莫小瑜介紹一下。

宋銘承看了站在一旁的莫小瑜一眼，微微頷首。「表妹。」

莫小瑜有點緊張，原來她這縣令表哥這麼年輕這麼俊啊。她朝他行了個禮，嘴角綻放出一抹溫柔的笑意，眼神怯怯地看向他。「表哥。」

羅雲初在一旁看了，心裡感嘆，這姿勢，當真是弱柳扶風啊。

打個招呼後，宋銘承便不再理會這個來投奔的表妹，逕自和宋母兄嫂們拉起家常來。難得回家，他只想好好歇歇喘口氣，不想將應付官場上的那一套手段拿回家裡來。

莫小瑜站在宋母身後，見縫插針地時不時插上一、兩句話，每逢說完後，目光總是若有似無地掃過宋銘承。

或許是次數太多太露骨了點，宋銘承的眉頭微微皺了皺，對這表妹隱隱心生不悅。不過他也沒說什麼，在官場待幾個月了，這點子忍耐他還是有的。

中午吃飯的時候，咱們小表妹捧著一碟精緻的小吃食出現了，一臉羞赧。

「三表哥，你難得回來一趟，我剛才試做了點吃食，姨母吃著覺得不錯，讓我送點過來給你嚐嚐。」莫小瑜柔情似水的目光期待地看著他。事實不是這樣的，她姨母是讚了聲好吃，她便略提了給兩個表哥送點過來。

莫小瑜不知道當時許氏在一旁聽了，心裡對她產生了不滿。這表妹，住她家的吃她家的，現在還拿著她家的糧食去討好別人，儘管那個別人是自己的小叔，但她仍舊覺得膈應。拜託，有點自知之明好吧？雖說現在的糧食略微充足，但也禁不起這般糟蹋啊，平時吃得飽就成了，還盡個兒折騰什麼吃食。想起之前十二斤糧食就能換一畝地，許氏真是心疼死了，不過宋母不出聲，她也不好說什麼。

「謝謝表妹，勞妳費心了。」儘管心中不耐，但宋銘承禮數仍舊不出差錯。

羅雲初此時敢打賭，他們的小表妹看上了她小叔！多麼意外又順理成章的事啊，這才第一次照面吧，算是一見鍾情嗎？她對這情況可是毫不意外，畢竟她這小叔在整個青河縣可是屈指有數的有為青年，有幾個愛慕者算什麼？

莫小瑜見他說了這話後便閉上了嘴，也不見他有品嚐的動作，滿心失望之餘又略顯尷尬地站在那兒。

羅雲初見氣氛僵著了，心裡嘆了口氣，站出來打圓場。「瑜表妹，吃過飯了嗎？」

見她搖頭，羅雲初邀請。「要不，一起吃？」再怎麼說，來者是客。

「不了，一會兒我回姨母那邊吃。」似是才發現自己打擾了他們用飯，莫小瑜紅著臉告辭了，臨走前還偷偷覷了宋銘承幾眼，見他不為所動彷彿毫無所覺般，她才失望地走了。

拿了筷子，羅雲初促狹地問：「老三，表妹似乎對你頗有好感，你怎麼說？」

抱著小兒子的二郎附和。「是啊老三，你也老大不小了，該考慮終身大事了。我見娘橫挑鼻子豎挑眼的，這事恐怕還得你自個兒拿主意才成。」

宋銘承苦笑。「二嫂，妳就別亂點鴛鴦譜了。」

「娘，羊，肉肉……」湯圓的小手拍著桌面，指著面前香噴噴的醬爆豬肉叫著。

話都說到這兒了，羅雲初也明白了，小表妹不是小叔的菜。當下便不再多言，只挾了塊小碎肉餵給湯圓，這小子自長了幾顆牙後，就好奇起大人的食物來，每回吃飯都鬧著要上桌。

對她這小叔，羅雲初倒不擔心，若他連一個柔弱的表妹都防不了，那他的仕途也走不遠了。

其實宋銘承對這個表妹本來沒有多大的惡感，左不過一個來投奔的親戚罷了，他娘高興就好。前面見面行禮那會兒，她眼中快速地閃過了一抹算計也沒有逃過他的眼睛，這讓他心裡生起了防備，不過他沒有表現出來罷了。他想著，總歸是自家的親戚，表面上的禮數還是要有的，但心裡對她卻是隱隱生起了厭惡感。她最好不要算計到他或他家人頭上，若不然，別怪他不念這點親戚情分，哼！

宋銘承只在老家待了小半日便回縣衙去了。縣令相當於小皇帝，品級不算高，卻什麼都要管，農事經濟官司命案忙個不停，家裡頭這個只見過一回的表妹，漸漸被他遺忘腦後了。

不過宋銘承沒良心，不代表人家小表妹無情義，人家可是每日都會過二房這邊坐坐，更是時不時叨唸他幾回的。

事不關己，高高掛起。

前頭，為了方便管理，羅雲初借著官府的便利，將一百多畝地都兌成一整片，除了坡地，沙地和水田還是緊挨著的。現在一出門，遇上租種自家田地的村民時，他們都會禮貌地叫上一聲東家，羅雲初一開始還不自在，漸漸地她也就習慣下來了。現在不需她下地，除了每日做些家務活，她一天倒是挺清閒的。

待在農村沒什麼娛樂，羅雲初也樂得看戲。很快，羅雲初就發現她笑不出來了，因為自莫小瑜跟著宋母去了一趟縣裡回來後，人家小表妹萎靡了兩天，就轉移目標了，而且目標似乎還是羅雲初的男人。這讓她像個母豹子似的警覺起來，犯強漢者雖遠必誅！她寧可錯殺也不願放過一絲可能，若她大意的話，結果太要命了，她可不準備讓別的女人住她的房子吃她的糧食還要打她的娃兒！

莫小瑜逗了一下小表姪，見湯圓不給她面子，撇過頭不鳥她。她尷尬地收回手，羞澀地問道：「二表嫂，二表哥呢？」

羅雲初原本瞌著眼的，此刻睜開眼，似笑非笑地看著她。「妳二表哥他出門去了。」

聽到這個，莫小瑜難掩失望。

湯圓張開雙手，朝羅雲初撒嬌。「娘，抱……呃……抱。」

「你個小猴兒，真真讓我片刻都不清閒。」羅雲初寵溺地將湯圓抱了起來，在他肉乎乎的臉上啃了一口，直把他逗得咯咯笑，對尷尬在一旁的莫小瑜視而不見。妳都覬覦我的東西了，我幹麼還對妳好臉色？

見如此，莫小瑜站了起來，細聲道：「二表嫂，那我先回去了。」

「嗯。」羅雲初專心逗湯圓，對她愛搭不理的。

莫小瑜瞬間紅了眼眶，感覺就像被欺負了的小媳婦一樣。

「娘、娘，飯糰回來了。」飯糰稚嫩的聲音自遠而近地傳來。

羅雲初聽了，心一喜。前兩天，飯糰的外家來人了，說他外公、外婆想他了，讓二郎帶著他回去一趟。他在那邊住了兩天，二郎倒是舒服了，若不是羅雲初逼著他今天去把人接回來，這會兒飯糰可能還在他外婆家呢。才兩天不見，羅雲初就覺得彆扭極了，湯圓也是成天多多、多多地叫。

「飯糰回來了？外婆家好玩嗎？」羅雲初摟著飯糰的小身子，看著他紅撲撲的臉蛋問。

「好玩。」飯糰點點頭，圓圓的眼睛比以往更明亮了些。

此時二郎也快到大廳了，見到站在走廊癡癡看著他的表妹。他小心肝抖了抖，這、這是啥眼神啊？貌似他只在縣裡的戲臺裡見過啊，如女鬼般幽怨。

「二表哥。」莫小瑜羞澀地笑笑，細聲細氣的。

二郎胡亂地點了下頭，就想往客廳大門走去。

「二表哥，等等。」

二郎身體一僵，扯開嘴。「什麼事？」媳婦呀，快點出來呀。二郎對這扭捏的表妹真的很沒轍，以前她不是這樣的啊，短短幾年不見，咋就這樣了呢。嗯，還是自家媳婦大方得體，看著順眼順心。

「我前天見你穿的衣服壞了個洞，特意給你做了件新的，你且試試看合不合身。」莫小瑜將手中的衣裳遞給他，見他撓撓頭，並不接。「接呀。」

「表妹，這不太好吧？」她又不是自個兒媳婦或自個兒娘，怎麼能給他縫製衣服呢？二郎心中隱隱覺得不妥。

「咱們是表兄妹，有啥不好的呀？」莫小瑜拉過他的手，將衣服放在他手裡。

神經再大條的二郎也意識到不對勁了，最近表妹來他家的次數是不是多了點？而且對他似乎好過頭了，又是送吃的又是送穿的。

羅雲初離得並不遠，他們的話隱隱傳到她耳中，惹得她心中的火氣越燒越旺！哼，真真是瘦田無人耕，耕開有人爭。她嫁進來時，二郎的家底比現在的大郎還不如，當初可沒有什麼表妹青睞的！現在日子好過了，這爛桃花也多了起來。她這表妹眼光真是好呢，首選瞧上的是當縣太爺的老三，在老三那兒無果後，又瞧上了當地主的老二！

「表妹，妳真是有心了，連妳二表哥的衣裳都照顧到了。就不知道咱娘妳姨母那邊是不是也穿上了妳親手做的衣裳了呢？還有啊，做人可不能厚此薄彼，別忘了妳大表哥和三表哥那份哪。當然，我們幾位當表嫂的，若能收到表妹妳親手做的衣裳就更好了。」羅雲初笑道，可眼底卻是一片鄙夷。哼，上趕著給人做小三的人，她也不用顧忌親戚什麼的了，這種人都沒有羞恥心了，她還給她回護臉面做甚？

雖說在這裡小三是合法的，老大家也有平妻了，但那是大嫂自己的問題，自己的家庭自己維護，維護不力怪得了誰？反正對於想當她丈夫的小三，她是不會手下留情的。

莫小瑜被羅雲初擠兌得有點狼狽，若她說自己只給二表哥做了一件，她的心思就暴露無遺了，而且於情於理，都說不過去。雖說，她的心思如今也是司馬昭之心，路人皆知。

不過若是把她口中所說這些人的衣裳都做了，費時費力不說，還費銀子，現在這些布料可不便宜呢。於是她可憐兮兮地看著二郎，希望他站出來替她說句話，豈知二郎瞧都不瞧她一眼，上前將湯圓抱過來逗玩。

見此，莫小瑜對羅雲初暗恨在心。「姨母和大表哥自有兩位表嫂張羅，我只不過是見二表哥穿著破衣裳，心裡替他委屈罷了。」

這話是暗指她不賢啊，不過她家的事，關她這個表妹什麼事？「二郎，穿破衣服，你委屈嗎？」羅雲初柔柔的聲音中暗藏了一絲凶狠。

「不委屈，不委屈。」二郎脖子間的寒毛直接豎了起來，忙搖頭否認。媳婦心裡有火氣呢，晚點可別往他身上撒啊。這般想著，對惹他媳婦生氣的表妹更是不待見了。操，老子就是喜歡穿破衣服，妳管得著嗎妳？

對於二郎的孬樣，莫小瑜既生氣又委屈外加嫉妒，嫉妒他對羅雲初這般好，於是她瞬間紅了眼眶，含情脈脈地看著二郎，希望兩人心意相通，能讓他感受到她心中的委屈。

羅雲初心裡冷哼了一聲。「表妹，聽到沒？妳表哥的衣裳就不用妳操心了。」

說完也不看她的臉色，瞪了二郎一眼，從他懷裡將湯圓抱了過來，轉身進屋。

「是呀表妹，妳若真那麼得空的話，就多縫點被褥床罩之類的吧，等妳成親的時候會用到的。對了，我聽說娘又給妳相了隔壁村的張家，妳可別那麼挑了呀，挑的次數多了就有閒話了，到時想嫁個好人家可就難咯。」二郎掏心窩子對她說了這話後，忙追著羅雲初的尾巴進了屋裡，也不管他表妹了，頗有讓她好自為之的意味。

莫小瑜看著兩人前後進了屋，屋裡隱隱傳來二表哥哄人的聲音，她咬著牙握緊了拳頭，轉身而去。那些種地的莊稼漢，她才看不上呢！

第四十六章　打算

卯時，宋大嫂起身，輕快的步子可以看出她的心情很好。

自宋銘承當上縣令後，對自家人還是挺照顧的，就是對宋大嫂他也能撇開私人感情給她到城裡去請了最好的郎中。經過一番調理，她的病果真好了許多，雖然還是有惡露，但至少不再纏綿病榻了。

她看了一眼自己房間連接閣樓的梯子，嘴角綻放出一抹詭異的笑容。再一想昨晚似乎聽兒子說他二嬸帶兩個娃兒回娘家了，她就更迫不及待了，整張臉透露出一股不同尋常的興奮。

說心裡話，宋大嫂對這個柔弱的小表妹很不待見，長得那副樣子，比周地主家的姨娘還姨娘！她很樂意見這小表妹和羅雲初兩人掐起來的樣子。

她決定，立即找婆婆一起到二房那邊看看，可惜過於興奮的她沒有注意到自己丈夫同樣是夜不歸宿的。其實若宋大嫂不是那個幸災樂禍、見不得人好的性子，或許她的日子會好過許多，不過如果她改了，她就不是方曉晨了。只能嘆一聲，江山易改，本性難移啊。

宋母不疑有他，她想著，老二媳婦不在，她過去順便幫忙做個早飯也是成的，遂婆媳倆一大早便從側門來到老二家。

二郎房內，昨晚經過一場劇烈床上運動後的男女睡得香甜。

莫小瑜迷迷糊糊地醒來，她下意識地看了一下睡在她旁邊的男人，本以為會看到二表哥那張粗獷的臉，卻不承想，竟然是大表哥。

這讓她下意識地尖叫了一聲。「啊……」一聲尖叫後，莫小瑜的臉一陣青一陣白地看著她大表哥！

大郎被吵醒了，渾身舒爽的他想伸個懶腰，看了一眼房中的擺設，很疑惑，這不是他的臥房啊。莫小瑜喘著粗氣的聲音吸引了他的注意，當他一看到表妹和他在同一張床上時，直接懵了，心中又有點若隱若現的明瞭。

宋大嫂聽到這聲尖叫，是表妹的！她渾身像打了雞血似的往裡頭衝，完全不顧跟在後頭的宋母了。

但是她剛推開房門，就傻眼了，二郎房裡頭怎麼是自己丈夫和表妹？回過神來，宋大嫂撲上前去抓打莫小瑜。「好哇，妳個狐狸精，白眼狼，我們宋家好心收留妳，妳卻千方百計摸上妳表哥的床？看我不打死妳這賤人！」

莫小瑜自然不可能白白讓她打的，而大郎又傻愣在一旁回不了神，兩個女人在羅雲初的床上扭打了起來。

宋母自然也聽到了這聲尖叫，這分明是女的聲音啊。聯想到老二媳婦不在，他們房中一大早的怎麼有女的聲音，心裡升起了一股不好的感覺。

被這尖叫聲吵醒的不只是大郎，二郎和老三本來是趴在桌子上睡著的，此時也睜開了眼睛。兄弟倆醒來後頗不好意思的，昨晚大哥走後，二郎見酒壺空了，又去滿了一壺過來，兩人喝著喝著就迷糊了，趴在桌子上睡了一晚。

「娘，一大早的，怎麼過來了？」剛走出廚房的二郎就見他娘準備往正屋走去，他一臉疑惑地問道。

宋母一見到二郎卻沒有見到老三，不好的想法瞬間上了心，老三可千萬別著了道啊。這般想著，她也顧不上二郎了，忙衝進屋內，如果真是老三，萬不能讓方氏把事情給鬧大了。焦急的她沒有注意到剛踏出廚房的宋銘承。

此時二郎房裡已經鬧將起來了，二郎和老三對視一眼，兩人心中都有不好的預感，忙跟了進去。

二郎剛踏進房門，便見大嫂和表妹衣衫不整地扭打成一團，他忙退後一步，拉住了想往裡頭衝的老三。「等一下。」

宋銘承也不是個笨的，忙住了腳，他剛才只是擔心裡面的打鬥波及了老娘罷了。

「妳們兩個，都給我住手！」宋母吼完，恨鐵不成鋼地看了一眼一臉迷茫的大郎。

宋母在宋家還是很有威嚴的，加上兩個女人打得確實累了，便都停了手。不過宋大嫂一臉怒容地看著莫小瑜，而莫小瑜則是看著大郎，委屈地默默流淚。

莫小瑜的臉上身上都被抓出了幾條紅痕，幸虧沒有見血，要不然就養不好了。宋大嫂的情況也好不到哪兒去，頭髮被扯去了好多，本來她因為身體不好，頭髮就稀疏，這下好了，打一架下來，頭髮更少了。看著兩人狼狽又滑稽的樣子，宋母卻笑不出來，她只覺得自己的頭隱隱作痛，在這緊要關頭，一個兩個的都不省心！

一番收拾，全體移駕大廳。

「說吧，到底怎麼回事？」宋母的利眼盯著莫小瑜問道。癩痢頭的兒子都是自家的好，宋母對自己的兒子一向維護得緊，在此事也是如此，有什麼錯的，問題一定是出在別人身上，自己的兒子定是無辜的那個！

莫小瑜只顧著掉金豆，心裡則是另外一番盤算。

見她不說話，宋母忍著氣道：「大郎，你來說！」

「娘，昨晚我喝迷糊了，真不記得了。」他真不知道這事是怎麼發生的。

聽到大郎說不記得了，莫小瑜心中暗喜，真是天助我也。

這傻兒子！此時，宋母不耐煩地說道：「哭什麼哭，趕緊把話給我說清楚了！」

「昨晚、昨晚我給表哥們做了兩道小菜後便回去了，然後我發現我耳墜子不見了，便忙回頭找。後來、後來，大表哥便出來了。我看他醉醺醺的樣子便好心地上前扶住他，豈知他、他……」說到這兒，莫小瑜便哭上了。

「賤人，勾引別人男人，敢做不敢承認！」宋大嫂爆發了。

「閉嘴！」宋母頭疼極了，這大兒媳到底有沒有腦子，現在是鬧的時候嗎？

「若大哥對妳不軌的話，為什麼當時妳沒有大喊？」宋銘承質問她。

「當時我怕……」話說到一半，莫小瑜繼續哭了起來。

怕什麼？這一半一半的話，讓人聽了不自覺想岔的。

宋母、二郎、老三幾個眼睛又不是瞎的，要說裡頭沒有貓膩，打死他們都不會相信的。

宋銘承儘管不相信莫小瑜在這事裡面是全然無辜的，但因為自家大哥記不清昨晚的事了，一點有力的證詞都拿不到，這事是黑是白全由她說了算。他頓時心生氣餒，他昨晚還是太大意了，才讓大哥著了道。宋銘承仔細想了昨晚的事，似乎一切都正常，他也只以為是大哥喝醉了後強上了表妹，表妹半推半就成了好事而已。

宋銘承完全沒想到他表妹會在酒裡動手腳，主要是大郎趁莫小瑜打酒那會兒去外頭小解了一下，他以為酒是大郎打的。而且那壺酒全是他大哥喝完了，而他大哥也沒提什麼，加上後來二哥又拿著那壺去重新打了酒，他們喝了也沒什麼不良的反應。同樣式的酒菜他和二哥吃了喝了都沒事，所以他沒往這個方向想。

「大哥，你真一點兒都不記得了？」宋銘承再次問道。

大郎目光一閃，遲疑了半拍後才點頭。大郎不敢和他對視，移開了目光。這點反常引起了老三的探究，他腦子迅速地分析了一遍，明白了大哥的沈默是為了保住表妹！思來想去，表妹除了美色這點沒什麼理由能讓大哥這樣了。他在心裡嘆了口氣，又覺得這一點頗正常，多收了三、五斗的農民都想娶門妾，大哥如此一點也不奇怪。昨晚大哥也說了，如今兩個弟弟出息了，他也能放下心來了。男人愛色，很正常不是嗎？罷了，既然如此，便讓大哥如願吧。

「姨母，您可得為我作主呀，嗚嗚……」莫小瑜哭得可憐兮兮的。「您要是不給我作主，我就找棵樹吊死算了，嗚嗚……」

她也知道這個局漏洞百出，但她要的是結果，只要達到了她想要的結果，過程再怎麼漏洞又如何？她就不信宋家會把這事拿到外頭去說，即便說了她也不怕，她一口咬定是大表哥強迫她的，外人信誰還難說呢。

本來她想著，當生米煮成熟飯後，便能賴上二表哥了，即便姨母再不悅，念著和她娘的交情也會讓她進宋家的門，若她能再爭取一把，當個平妻也不是不可能的事。退一步講，此時三表哥準備議親，娶的必是大家閨秀，若他們不給她一個滿意的交代，那她就鬧得人盡皆知，把他們的事都攪黃了去！反正他們不給她一條活路，她又何必顧及太多？

卻不承想，最後中計的是大表哥！問她後悔嗎？沒網中大魚，後悔是一定的。不過自見了大表嫂，她便知此事掩蓋不住了，後悔也於事無補。其實經過昨晚，莫小瑜心裡已經很願意了，昨晚那場魚水之歡委實讓她舒暢。於是她迅速盤算了起來，比起在土地裡刨食的農民，宋家的條件無疑要好上許多，就算大表哥比不上當地主的二表哥和當官的三表哥，但宋家三兄弟情誼深厚，她才不信二表哥和三表哥會不管他們大哥的死活！反正她是打定主意了，無論如何都要賴上宋家！若不然，失了貞潔的她也難找到更好的婆家了。

宋母聽了她的話，真是氣得一佛出世二佛升天！莫小瑜言下的威脅之意，她何嘗聽不懂！若一個來宋家投奔的孤女真上吊死了，那他們宋家渾身就是長了一百張嘴也解釋不清了。而且老三又是當官的，若此事被人拿住了做把柄，戳他的脊梁骨，總歸不是好事。更別提現在他們宋家還想和余府議親了！前頭她還念著她妹妹救過她命的情分，想著出一份嫁妝讓甥女體面地嫁掉，現在？算了，讓老大納她做妾！

宋大嫂一聽她這話，怒氣攻心。「我打死妳個臭不要臉的！」在宋大嫂看來，莫小瑜比許氏可惡百倍。

隱忍許久的宋大嫂想撲上去抓她的臉，不料卻被大郎按住。「妳冷靜一點行不？」

「你個沒良心的，我就知道，你的心早被狐狸精勾走了，前頭許氏是這樣，現在對這爛表妹也是這樣！」宋大嫂嗚嗚地哭了起來。

宋母對惹出這事的大郎更是恨鐵不成鋼！「妳大表哥已經有一個妻子一個平妻了，妳且等一段時間，待老三成了親，便抬了妳做妾！」

莫小瑜聽了，臉一白，她沒想到她姨母竟然這般狠，連個平妻的名頭都不給她，讓她生生矮了兩個表嫂一頭！

「姨母……」莫小瑜的聲音拉得長長的，哀求的意味很明顯。

「如果妳不想的話，這事咱們就揭過。我讓媒婆到別的縣給妳找個可靠的男人，嫁妝我自會出一份，讓妳體體面面地出嫁，如何？」宋母還想挽回。

莫小瑜咬著唇搖了搖頭。「姨母，我和大表哥已有肌膚之親，除了嫁他我還能嫁誰？」昨晚她忍痛劃了道傷口，落紅已經有了，想到這兒，她心下一安。

宋母自然聽明白了她言下的拒絕之意，當下她冷笑道：「好，既然妳不願，就別怪我只讓妳做妾！」既然她想做妾，就一輩子做妾吧！

看了一眼一臉悲憤的她一眼，宋母涼涼地道：「收起妳的眼淚，妳別把所有人都當傻子！這結果妳就知足吧，也別尋死覓活地來威脅我。這事若捅了出去，我也不懼妳，別忘了，你們成就好事的地方是老二的臥室！大晚上的，妳若真是好人家的女兒怎麼在那兒出現的？光這一點，妳就站不住腳！」真要撕破臉皮，自個兒也不怕，省得她成天拿死來威脅！但宋母也不敢把這甥女逼急了，給個妾室先把她穩下來再說。

莫小瑜見她姨母如此強硬，知道此事已沒有轉圜餘地，當下只能淒淒地應了下來。

雞飛狗跳的一早便結束了，二郎看著大哥鬧哄哄的一家，更加堅定了不納妾的想法，即便他現在有錢又有地！一家四口人和和美美地過日子，比什麼都強。

一大早回到家羅雲初就聽到大哥家的破事，頗為無語。進了房間，看到一團凌亂，床罩和棉被上還有幾個明顯的腳印。這讓羅雲初大為光火，娘的，她的臥房又不是妓院！要辦事不回家還跑她床上來了，真是氣死她了！

昨晚房門沒鎖的二郎被羅雲初一通埋怨，埋怨了後，羅雲初將床罩被套什麼的全都拆了下來，準備拿去洗，然後就收起來，待以後有客人來了，再拿出來給客人用。她床上的東西得全部換上新的！好在現在他們家也算是小有資產，要不然還得用著這套，這樣的話她會有陰影的。

許氏回來得知這消息又鬧了一回。不過宋家只敢在家裡鬧騰，可不敢讓外人知道。大郎家發生這事，自然是煩心的，而老三議親的事情則交到了二郎夫妻的手上。聽老三說，想在縣裡置座兩進或三進的院子，目前還在找，看有沒有合心的。羅雲初聽了也頗為心動，她知道打下去，大哥家是消停不了的了，兩家離得這般近，多多少少都會有點影響，還不如搬了出去，來個眼不見為淨！

在縣裡買個三進的房子，若銀子不夠，買個兩進的也行，到時飯糰、湯圓在縣裡的學館進學也方便。房子最好是緊挨著老三家吧，這樣也好抱住老三的大腿。

宋銘承揮了揮手，讓人領著縣裡有名的郎中走了出去。

「烈性春藥嗎？」他喃喃自語，右手有節奏地敲在楠木桌上，發出咚咚咚的聲音。

他回想那天走時，看到表妹眼中閃過一抹得意，當時他心裡就警覺了。又把當晚的事情細細想了一回，除了那壺酒外，大哥和他們所食並無異。謹慎起見，他走時還是將那個酒壺帶走了，心中並未抱太大的希望。不過號稱縣裡醫術最高明的盧郎中並非浪得虛名的，花了兩日時間，通過壺中的殘留液體，便檢查出其中的成分了。

烈性春藥，她一介孤女手上怎麼會有？而且她家也是殷實之家，怎麼可能有這種下作的東西？即便是有，他可不認為逃亡避難在即，她會帶上這種東西。抽絲剝繭，宋銘承便聯想到這東西必定是她在路上得的。他隱約聽他二哥提起過，表妹孤身一人在外頭走了好久，吃了挺多苦。

前頭，他真心將她當親戚來看待，也願意相信她一路平安抵達。現在麼……他搖了搖頭，決定中午抽空回老家一趟，這事可大可小，那天太混亂，他一時也沒有考慮周全。這表妹尚在守孝期間行事就這般不知檢點，一定得打發走了，希望大哥不要介意才好，宋銘承對此略有歉意。

「大人，在看什麼？」張遠華忍了再忍，終究忍不住了，大人盯著那張紙看了不下一刻鐘了，難道有什麼大案子不成？

張遠華是本縣的仵作，為人不拘小節，喜愛八卦。

「事情忙完了？」宋銘承收回手上那紙，板著臉問。

張遠華不怕他，剛才一眼瞄了幾個字，加上剛才耳尖聽到的唸叨，便好奇地追問。「大人，你家表妹有烈性春藥啊？」

宋銘承剜了他一眼，並不答，家醜不可外揚。

「也難怪了，前陣子我聽說大人的娘四處給您表妹張羅親事，當時我還在心裡暗自好笑，想看哪個倒楣鬼被挑上呢。您那表妹上回來的時候我見過，嘖，不是良家婦女哇。」

「你別亂說，只見一面，你就知道人家不是良家婦女了？」儘管他說的話戳中事實，但宋銘承還是不爽。

「嘻嘻，大人這您就不知道了吧？我娘是縣裡有名的媒婆，她呀，不只會牽線作媒，還長了雙利眼。只要是女的，她瞧一眼，就知道還是不是黃花大閨女！張某不才，也將她這門壓箱底的眼力學了個遍。」說到最後，張胖子驕傲地挺了挺胸脯。

「是嗎？你這麼肯定？」宋銘承盯著他的眼睛問。

張胖子一副受到污辱的樣子。「大人，您能懷疑我的人品，但不能懷疑我的本事！您那表妹，一看就不是黃花大閨女了。」

「怎麼說？」宋銘承難得八卦一回，他倒要聽聽這張胖子能否說出個子丑寅卯來。

「區別這個，倒容易。一看她們走路的樣子，二看站著的姿勢。黃花閨女走路一定是含肩收胸，走路身子很輕，像風擺細柳，從側面看一定是身體向前微傾的，頭微微偏前。而且，她們的腿一般會併得很緊，大多不會輕易張開，走路和坐的時候基本上都是這樣的。還有一點就是，下顎靠近頸脖處常因天氣熱而會泛出一片淡淡的紅暈。而你那表妹走起路來，屁股晃個不停，姿勢就不像黃花閨女了。」說著，張胖子搖搖頭。

說完，張胖子見他一臉沈思狀，便大著膽子問：「大人，您家表妹不會做什麼出格的事了吧？」

「滾吧你，話那麼多！」宋銘承笑罵，待張胖子走遠後，他才沈思，極有可能啊。好妳個傢伙，竟然算計到他們頭上來了！宋銘承站了起來，和衙裡的屬下打了聲招呼後便回家了。

回到家，宋銘承這麼一說。大郎聽完，臉色一陣青一陣白的，他雖然愛色，但若因此阻礙了弟弟的前程害了宋家，他是萬萬不願意的。加上那晚他也並非完全沒有記憶，他隱約記得他躺上床後，一具火熱的身子就偎了上來，但床鋪上的落紅打消了他的疑心，所以他心中才有愧，這才什麼都沒說，任由她把所有事都推到自己身上來。現在知道她或許在那晚之前便失了身子，他也不必愧疚了。當下他便表了態，此事交由三弟處理。

事發當時他們誰也沒有覺得有何不妥，現在被宋銘承提醒了，每個人的臉上都很精彩，如調色盤般，一會兒青一會兒白一會兒紅。宋母當時是氣糊塗了，沒深想，此刻悔得腸子都青了，早知道就早點將她打發出去了，沒得讓這個禍胎害了他們宋家！

當下便定計，讓羅雲初引開莫小瑜，宋母等人到她所住的閣樓上搜一搜，看看能不能找到那骯髒的物事。便宜行事，也顧不得禮貌不禮貌了。

羅雲初邀莫小瑜出去串門兒時，她也沒起疑心，很爽快便應了下來。沒多久，許氏便出來尋她們，羅雲初看她暗含興奮的神色，就知道東西找著了。

莫小瑜看著宋銘承手上的荷包，臉色發白，猶想狡辯。

宋大嫂看著她這副樣子，又是一陣冷嘲熱諷。許氏卻挪開一步，不發一語。

「表妹，要不要請郎中來給妳瞧瞧？」若真如老三所說，莫小瑜早不是黃花大閨女的話，推斷出兩種可能，一是她有可能懷孕，二是她極有可能服用過某些虎狼之藥。不管是哪個，在身體都會有症狀的，郎中瞧瞧便知。見莫小瑜驚懼又心虛的臉色，羅雲初就知道自己猜中了，只不知是哪個罷了。

此刻莫小瑜很驚慌，她怎麼會知道？怎麼會知道？

瞧她那樣子，眾人也看出不對勁了。宋家的女人都不是笨的，細細一想，便明白了幾分。

宋銘承看了一眼懵懂的二哥，除了他，所有人都明白了吧？還真多虧了二嫂，若不然，他還真擔心他這傻二哥會被人算計。宋銘承嘆了口氣，勸道：「表妹，回鄉吧。畢竟妳老家還是有些叔伯的，回去讓他們幫妳張羅一下親事，自個兒也別太挑了。這裡有二十兩的銀票，妳且拿去，就當是咱們宋家對妳的一份心意了。」老哥睡了她一回，二十兩銀子就當他替老哥付的嫖資了。

二十兩，夠普通人家好些年的嚼用了，若她省著點，也是一筆不小的嫁妝了。

宋母亦暗暗點頭，二十兩，就當是買斷了兩家的親戚情分了。做到這步，她自認能對得起九泉之下的姊妹了。

眾人都沒有說話，獨宋大嫂滿臉氣不憤，憑什麼要給這賤貨銀子啊？老三也真是的，打發走了不就完了？既然她孤身都能找到他們宋家，回自己老家有什麼不可以？

莫小瑜知道此事已經容不得她狡辯了，當下掉著淚將那銀票接了過來，算是默認了他們的安排。

「表妹，收拾一下吧，我在縣裡給妳雇輛馬車。」為免她待在宋家又出什麼么蛾子，他決定親自送她上車。

看著兩人漸行漸遠的背影，羅雲初搖搖頭，想往高處爬沒錯，但她什麼都想撿現成的，想不勞而獲，就錯了。

此事算是告一段落了，接下來便是忙老三的親事了。為表重視，二郎親自跑了一趟汾城，請了最好的官媒上余家說媒，余家沒怎麼刁難便同意議親。

二郎得知消息，暗自高興，看來余家也是願意和宋家結親的。

他們不知道，由於二小姐余歸晚是庶出，致遠侯世子的事，也讓好些人望而卻步，余成之又不忍心她嫁到高門府邸為側室或繼室。即使有人不畏流言上門求娶，但余成之又看不上他們這些貪圖富貴之輩。挑來挑去，只有宋銘承的人品入得了眼，不過他的出身太低了點，讓家中老爹猶豫了很久。但回到汾城，能入眼的青年才俊更少，大多都是些酸不可耐的酸儒，要不就是些販夫走卒，宋銘承此時來提親，高下立見。

次日便是執雁問名，這一對大雁是啟程來汾城前，二郎帶著老三捕的，以示誠意。余家把女方的八字給了媒人，二郎合了八字，雙方約定了送聘禮的日子便告辭了。

那頭二郎在汾城忙著，羅雲初這邊也沒閒著。不管成不成，聘禮都得事先著手準備了，若真成了才著手，就趕不及了。這親事有講究的，不能亂交與人。本來宋大嫂是最合適的人，但她又不能操勞，許氏名不正言不順，只好交由羅雲初來操辦了。壓錢箱、都斗、鉸剪、鏡子、算盤、尺子、木梳等物品早就備下了，其他的，待二郎他們得了准信回來再置辦。

幾日後，二郎他們果然得了准信回來。羅雲初這邊著手置辦其他的事物，聘金、聘餅、海味、三牲、生果、四色糖、茶葉、芝麻、禮金盒、香炮鐲金等等，在宋母、許氏的幫助下一一置辦下來，羅雲初不免又感嘆古人成個親如此麻煩。

為免外人看輕宋家，為了操辦這門親事，宋家可謂是掏了大半的家底。宋銘承獨自就拿出了四百兩銀子充當聘金，外加一些金貴的物什。羅雲初想了想，打開閣樓上的庫房，從裡面取出一些皮毛藥材之類的添了下去，她細細看了一下，都沒有逾制，這才放下心來。

下聘的時候是老三親自去的，接下來的事就全交給宋母了，因為羅雲初又懷上了。

後來羅雲初聽二郎說了，余家上下對他們宋家的聘禮很是滿意。她暗自腹誹，能不滿意嗎？一家子都是當官的，縣令的位置老三屁股還沒坐熱呢，能有多少油水？宋家有十分都給到十分了，還不滿意的話也沒法了。

第四十七章 妯娌

宋家老三成親，宋家可熱鬧了。席開三十桌，大郎、二郎兩家門口大開，席面從院子一直延伸到屋外，熱熱鬧鬧的。幾個村的人都隨禮來吃了一頓，送上自己的祝福。儘管老三在縣裡已經買了一處三進的院子，但成親當天還是宿在老家的，羅雲初特意將他的房間收拾佈置了一番。不過鬧洞房時她只露了一下臉就撤了，畢竟此時人多嘴雜，她又懷著身子，還是安分點好。

次日，新婦敬茶的時候，老三一臉愉悅地攙著余氏來到大廳。羅雲初看了一眼兩人，果然很相配。女的淡雅清新，雙眸含笑，初給人的印象便是溫潤隨和，男的五官清俊，氣宇軒昂，端的相配。儘管余氏也沒有端她名門貴女的架子，但自身的氣度還是自然而然地流露出來。對比余氏的大氣舒緩，宋母以及方氏、許氏她們無疑要拘謹許多，相比之下，還是羅雲初的心境比較平和。

敬茶的過程挺順利的，宋母接過茶，喝了，給了見面禮後說了一些勉勵的話便住了嘴。敬了茶後，輪到小輩們上前見禮。余氏倒沒有厚此薄彼，給幾個孩子準備的都是二兩重的銀手鐲。宋大嫂當下就將女兒的銀手鐲收了起來，眉開眼笑的。賺了賺了，自己一雙兒女得了兩個銀手鐲，一共四兩呢。

羅雲初看她大嫂那副小氣的守財奴樣子，暗自搖了搖頭，接過飯糰、湯圓兩個娃兒手中拿著的銀手鐲，給他們套在肉肉的手腕上。許氏見了，也有樣學樣。宋大嫂見了，暗自撇了撇嘴，心裡咕噥了句，就會做表面工夫。在她心裡，她一直都不認為羅雲初會把飯糰當親生的來疼，以為她不過是做做樣子罷了。都沒想想自己，連表面工夫都不願意做，整個人顯得粗俗無比。

飯糰得了銀手鐲，拉著已經能走一、兩步的湯圓上前，用糯糯的聲音說著：「謝謝嬸嬸。」兩個娃兒正處在最可愛的年紀，加上全身上下的衣裳都被羅雲初拾掇過，當他們睜著圓溜溜的眼睛，微張著小嘴好奇地看著人的時候，真讓人恨不得把他們抱進懷裡狠狠疼愛一番。昨天的滾床童子是湯圓這娃兒，對他們，余氏更是歡喜上幾分。余氏的眼中透出喜愛，但手上卻沒動作，畢竟現在她是新婦，得一碗水端平，不能表現出太過偏愛。

出嫁前，家人就把宋家的情況都和她說了一遍。她打心底裡是比較偏向二房這邊的，不光是自家夫君分家後一直和二房住，再者聽大哥說了宋家的情況後，她也覺得二房是通情達理之人。比起鬧騰不休的大房和行事不著調的大嫂，二房無疑更得她喜愛。

從進了門，余氏身後的青兒，見了羅雲初後，視線便不時地落在她身上，外加滿臉疑惑。羅雲初又不是木頭，自然察覺了她打量的目光，她從一打照面後不住地打量自己，害羅雲初以為自己今天的穿著有什麼不妥之處呢。

驀地，小青瞪大了眼睛，直直地看著羅雲初。然後不顧眾人的訝異附在余氏的耳際竊竊私語。

羅雲初不明就裡，但她隱隱聽到古龍鎮的莊子、香芋綠豆冰什麼的。突然靈光一閃，想起自己為什麼會覺得青兒熟悉了，原來如此啊。想明白的她突然噗哧一聲笑了開來。

眾人一頭霧水，羅雲初笑道：「想不到我和弟妹還有這番淵源。二郎，你還記得前年到咱們家的那個余府管家嗎？請咱們去做香芋綠豆冰的那回？後來咱們還得了兩疋好料子呢。」

羅雲初這麼一提，眾人都恍然大悟了。

宋母笑道：「老三媳婦果然和咱們宋家有緣啊。」不過她心裡卻有一絲不悅，老二媳婦提這做什麼，沒得讓宋家生生地矮人一頭！自己心裡清楚是一回事，但被人點出來又是另一回事！

余氏微訝，一般人不是很忌諱提到這些低人一等的事的嗎？受過弟媳的賞賜這種事，常人一般都不願提起的吧？適才青兒那舉動十分地不合規矩，當余氏聽到青兒低語的內容時已經想著怎麼揭過這事了，若藉由自己口中說出來，無疑是打宋家的臉。卻不料是她二嫂自個兒先說了出來，由此可見她這二嫂還是心胸豁達之人。她哪裡知道羅雲初認為這是憑她勞動所得的，並不覺得有什麼丟人的地方，態度大方自然得很。

「聽二嫂這麼一說，咱們果然有緣啊。」余氏頷首，眉眼含笑。

眾人又嘮叨了一會兒家常，宋母突然道：「老三，老三媳婦，你們在老家住兩天吧，待三朝回門了再到縣裡去。」

宋銘承怔了一下，道：「娘，怕是不行啊，縣裡堆積了許多公務，我得趕回去處理哩。娘，若您唸叨我們，可以到縣裡住一段時候呀。」

余氏也笑道：「是啊，娘，銘承說得不錯。」

宋母嘆了口氣，沒說什麼。

眾人又說了會子話便散了。余氏的陪嫁有兩房下人，只帶了一房到宋家來，其中一房留在縣裡收拾新買的院落。古龍鎮那個莊子因離得近，也劃為她的陪嫁，前些日子曬嫁妝的時候沒把宋大嫂羨慕死，家具、絲綢布疋、衣物、首飾、古董字畫、屏風、莊子鋪子等等，滿滿地將二郎他們的整個院落都擺滿了。村子裡的人見了，也有不少羨慕眼紅的。

宋家給余家的聘禮都是由二郎夫妻兩人一手操辦的，除了明面上的一些東西，給了多少聘金外人不得而知，具體的金額連宋母和大郎都不曉得。畢竟一個縣令的俸祿是多少都是有定數的，老三的銀錢大多都來自外頭商人的孝敬以及其他一些養廉銀、印結銀、鄉賢祠外官捐銀之類的，羅雲初統一將其歸為灰色收入。這些自然是越少人知道越好，不過即便這樣，也還不夠。老三成親方方面面都要花錢，又是置宅子又是辦聘禮的，為此，羅雲初和二郎兩人還掏了一百兩添了進去，一些皮料藥材之類的就不說了，這才讓聘禮顯得體面許多。

因此他們想在縣裡置宅子的計劃也擱置了下來。羅雲初也沒說什麼，她瞭解老三這人，現在給得多了，以後回報才會多嘛。反正都是她兒子得了，她不虧。

待羅雲初他們回到家時，余氏倒顯得親切許多，抱著飯糰、湯圓便不肯撒手了。早飯已經做好了，余氏帶來的陪嫁下人還體貼地做了一些點心。余氏拿著糕點哄兩個娃兒，兩小包子也不怕生，嘴甜得很，滿嘴嬸嬸地亂叫，直叫得余氏心頭暖烘烘的。兩隻饞貓膩在余氏身邊由她餵著，不肯離開了，小嘴塞得鼓鼓的，像小松鼠似的，眼睛都笑瞇了，就差長了一根尾巴在屁股後面不住地搖晃了。

「飯糰，你再吃那麼多甜點，小心你的牙喔。」羅雲初取笑他，這小胖墩，還嫌他的小肚子不夠大喔。這個時節正是桂花滿地的時候，這時候的桂花糕最是香甜了，連羅雲初也忍不住吃了兩塊。不過為了小傢伙的牙，她還是得說呀。

飯糰聽了，戀戀不捨地放下手中的桂花糕。

余氏不忍，開口道：「飯糰，別難過，這些桂花糕全留給你和湯圓。」

「真的嗎？」飯糰很驚喜，得到肯定的答覆後，揚起大大的笑臉，奶聲奶氣地說道：「謝謝嬸嬸。」

余氏摸了摸他嫩乎乎的臉，感嘆。「這孩子真是太招人疼了。」

羅雲初聞言亦贊同地點點頭，當初她不就是被他那可愛的樣子萌到的嗎？

「飯糰，跟叔叔嬸嬸到縣裡住一段時間好不好？嬸嬸上面還有好多好吃的喔。」余氏實在忍不住了，想拐他到縣上住一陣子。

飯糰睜著黑黝黝的眼睛看看這個又看看那個，最後還是搖了搖頭，然後生怕她後悔似的，踮起腳尖，抱著盤子裡的桂花糕縮回羅雲初身旁，走時還不忘將湯圓弟弟拉過來。

見他這般的松鼠習性，羅雲初和余氏都沒忍住地笑開來。惹得飯糰看看這個看看那個，愣是沒弄明白她們笑什麼，滿臉疑惑的問：「娘，妳們在笑什麼？」

羅雲初止住了笑，摸著他的腦袋瓜子道：「沒什麼。」

幾乎是羅雲初說什麼就信什麼的飯糰當下也不鬧騰，只趁人不注意時，忍不住伸出小胖手拿了塊糕點偷偷塞進嘴裡，眼睛溜來轉去，見大人們都沒注意到他，為此他還竊笑了一下。殊不知，他的小心思早就曝光在眾人眼底了，雖然他們嘴上沒笑，眼底的笑容卻洩漏了出來。

吃過了午飯，老三便領著媳婦回縣裡了。

之前余氏在閒聊時也邀請羅雲初一道去縣裡住，不過被她拒絕了。她不是沒眼力見的，錯把別人的客氣話當真，不過她瞧著余氏倒像是真心邀請的，為此她還驚訝了。轉而一想她便明白了，是看在老三的分上啊。

老三成親後不久，地裡的莊稼也陸續得收了。佃戶們也積極地將租子送了來，經過了大半年的糧荒，如今村民們將糧食看得尤其緊。俗話說，手裡有糧心不慌啊，見到家裡的糧倉終於不再見底了，心裡甭提多高興了。

待租子全部收上來後，二郎讓人秤了秤，糧食的總數是七千一百斤。當下把二郎高興得找不著北了，長這麼大，他還沒見過這麼多的糧食呢。羅雲初看著傻樂的二郎搖了搖頭，古代的收成真低，他們家不算山地近一百八十畝地，收四成租子得到的糧食不過七千一百斤，這樣算來，畝產量還不到一百斤！

羅雲初讓二郎將佃戶們送來的租子分門類別地放好，他們自個兒家還有許多的糧食呢。她見現在的糧食價格高，便讓二郎將之前他們儲藏的糧食全部賣掉，新糧也留下了三千斤左右，這三千斤包括大米、麥子以及花生、黃豆、木薯之類的。有新的糧食，羅雲初才不委屈自己吃去年的。

明年羅雲初他們打算種植棉花，她還愁著怎麼和佃戶說呢。不可能讓她直接說，明年我要收回地，不租給你們了。這不是自打嘴巴嗎？糧食倒沒什麼，因為產量都差不多，讓他們種著便是。但讓她種棉花了，還得和佃戶四六分，怎麼想怎麼不痛快。而且她敢說，如果她和二郎當甩手掌櫃的，沒一個佃戶能有他們之前的高產量。她不是那麼大方的人，讓她白白地和大夥兒共用棉花打頂技術，她不甘心哪。

她也知道，除非他們不大量種植棉花，要不這技術大抵也保不住，但至少讓她先種一回，賺上一票再說啊。可不知道她走狗屎運還是咋的，交了租子後的佃戶不少人表示不想續租了。

羅雲初好奇地問過原因，得知不少人在山上都有開墾荒地了，打算明年好好種種。羅雲初一聽就明白了，這裡在沒有增產化肥的情況下，人工投入多點，地裡的產出便會多一些，勤快的人每畝地裡通常比不勤快的能多兩、三斗米。新開墾的地產出雖然比熟地產出少點，但若捨得花功夫下去，差距也不是多大的，而且這樣耕作三、四年，荒地也能變成熟地了，到時產量自然就上來了。而人的精力有限，在自家有地人力又不夠的情況下，自然是以自家的地為優先了。貪多嚼不爛，省得到時租種的地裡收成不好，自己這頭還得貼補下去繳租子。

這麼一想，她便釋然了，不是我不租給你們喔。不想續租的人多達二十六家，這下省了羅雲初很多工夫了。而且人們還有個盲目性，一見別人做什麼得了什麼，就盲目地跟風，這不，這家見著別人家開出了三畝的荒地，羨慕之餘馬上拖家帶口去墾荒了。如此一來便有不少靠近山腳處的地方一大片、一大片地被燒開。即便羅雲初見了也無可奈何，她總不能上前去和他們說什麼可持續發展策略，讓他們不要開墾荒地什麼什麼的吧？那她不被人當怪物來看才有鬼呢。

而且在她看來，現在這種程度還算好的，畢竟他們這裡可以說是四面環山，每家每戶都有自己的山頭，在自己山頭上開幾畝荒地，真的很正常。

不過言歸正傳，正因為這種盲目，又有一小批佃戶不再續租。他們手上的佃戶，加上阿德那邊的，總共有五十二家。到目前為止，不再續租的有三十五家。他們這算是有更好的發展了，羅雲初也沒攔著，強扭的瓜不甜不是嗎？剩下還有十七家，羅雲初以為不會再有變數了。正積極地想著辦法，看看需要拿出什麼樣的補償條件把租子提上去，她這回是鐵了心了，不只沙地和坡地要種棉花，水田她也想來個統一規劃。

卻不料過了兩天，又有四戶人家過來說不再續租了。這讓羅雲初暗樂之餘又有點訝異，這是怎麼了？這幾戶人家她記得是外來的，只買了幾畝地，而且因為不是本地人所以都沒有山頭，她本以為他們會過來和她說想多租幾畝呢。不過儘管疑惑，羅雲初還是接受了這事實。

不過後來她聽到一些閒言閒語，說好些個人坐等他們宋家提租子，說他們宋家不像其他地主養有很多長工，百畝地全靠佃農耕種，現在那麼多人不再租種他們的地了，他們就不信宋家不著急！

羅雲初冷笑，真真是人心不足蛇吞象！本來他們家收的租子比其他地主少了一、兩成，現在竟然還有人打他們的主意！不過她也知道，這只是一部分人而已，倒也不會偏激得一竿子打翻一船的人。既然你們坐等咱們提租子就等吧，等吧，到時候後悔就成！她就不信了，難道她還得跪著求他們回來租自家的地不成！

剩下十三戶人家有些還特意跑來宋家和他們表衷心，讓他們放心，明年他們仍舊會租種宋家的田地的，讓羅雲初見了好笑之餘又有點感動。

羅雲初見情況如此，就和二郎商量，現在的十來戶人家租種的地且按著這個租子讓他們種著先。罷了罷了，他們誠心以待，她羅雲初也不是無情之人，且讓他們搭趟順風車吧。

既然打算種棉花，那就得早做準備了。他們這邊，坡地比沙地要蓄水，而棉花又是比較需要水的生物，於是羅雲初有了和阿德換地種的想法。阿德聽了，當下便應了下來。他們現在一家三口幾乎都住在鎮上了，主要忙和著自己的小店，地反正是租給別人種的，沙地和坡地沒差。

如此一來，今年羅雲初他們的地就變成了八十七畝水田，七十畝坡地，二十一畝沙地。

二郎夫妻兩個都有這想法，趁著年前這段日子還不算忙，抓緊耕作時間才是。遂秋收之後，他們便開始深耕了。此時有些耕作技術已經很成熟了，像深耕，根本就不必羅雲初這個現代人提醒。深耕既是把田地深層的土壤翻上來，淺層的土壤覆下去，其實說得粗淺一點就是犁地耙地。深耕好處多，不僅能顯著促進增產，冬天深耕還能減少病害、蟲害。

而且這裡的人很勤勞，即便沒牛，空閒的時候，人們也願意拿著鋤頭將地一塊一塊地翻起來，以便來年能多收幾斗糧食。

工欲善其事，必先利其器，好的工具能讓人做起事來事半功倍。前頭羅雲初他們沒那麼多地的時候，每到播種時都是和別人借牛來整地的。古沙村裡二十來戶人家就只有一戶有兩頭牛，每年都會把牛租出去，頗有生意頭腦。但如今他們家有近兩百畝的地，再和別人借牛似乎就說不過去了，而且也划不來。

宋二郎打算買兩、三頭牛，和羅雲初說了想法。讓她很糾結，一頭成年的牛是二兩銀子，她倒不是心疼那銀子，而是擔心買回來後誰看啊？讓她天天拉著幾頭牛去河邊去草地看牛，打死她都不願意。餵養幾頭牛，真不是一件輕鬆的活兒。以前小時候她就看過牛，看牛真是一件很無聊的事，而且水草茂盛的地方通常蚊子也多，待牛吃飽了，那裡的蚊子也吃飽了。

二郎聽了她的話，打心底裡他也不願意媳婦那麼操勞，而他自己也沒法天天看牛啊。他認真地想了想，倒還真給他想出了一個法子。「媳婦，妳看這樣成嗎？咱們買三頭牛，一頭公的，兩頭母的。在佃農裡挑三個實誠的人家讓他們幫看三年，若三年內生了小牛，就每家送一隻？」

「二郎，不錯啊，這倒是個好法子。」羅雲初看向他的目光裡充滿了讚賞。

二郎的辦事效率很高，挑了三戶人家談妥條件後，便風風火火地到鄰縣買牛去了。被選中的三戶人家沒有不樂意的，他們家裡都有半大的男孩，讓他們看牛最好，而且三年下來還可能得一頭小牛，很不錯了。而且這頭牛，自家的地也能用上不是？

每頭牛的勞動力很可觀，一頭牛一天大概能犁個七、八畝地，如果起早貪黑趕點緊，還能犁得更多些。如此忙和了十天左右，一百七十八畝的地總算是全都犁完了。

當水田犁好的時候，有好些漢子腆著臉來問東家是否可以讓他們在地裡種些菜，像蘿蔔頭菜心之類的，羅雲初自然不會反對，而且還告訴他們，種得多少產出都歸他們，不必繳租子了。那些漢子千恩萬謝地走了，不過等地裡有收成的時候，都會叫自家婆娘整上一籃子的新鮮蔬果過來讓羅雲初他們嚐鮮。不過這是後話了。

自從見了二房大車大車地將糧食拉去賣，宋大嫂就嫉妒得發狂。成天絮絮叨叨的，少不得將大郎數落了一番。說當初家裡又不是沒糧食，咋不多拿點糧食出來換地啊，近兩百畝的地白白叫二郎他們得了去什麼什麼的。

這事大郎本來就悔得腸子都青了，當時他不是怕拿多了出來餓著家人嘛，他又不是神仙，哪裡知道官府會在八月初就放糧了呢。偏她還一個勁兒地往他傷口上撒鹽！於是他也火了。「這日子妳若不想過了，大可收拾包袱滾出我們宋家！」

這話重了，把宋大嫂嚇了一跳，她咕噥了一句。「實話也說不得了啊？啥時候慣出來的壞脾氣！」

此時天孝剛從學館回來沒多久，正喝水，就聽到老娘的嘮叨，眉頭緊皺，還沒開口呢，他老爹就發脾氣了。

「娘，您就少說兩句。」子不言母過，但他這娘真真是——唉。

「大郎，得空不？得空給我搭把手，抱天恩到外頭轉轉吧。」許氏在一旁說道。

「嗯。」大郎悶頭悶腦地應了聲，抱了天恩就往外走。

天孝朝許氏點點頭，算是謝過她的解圍了。「娘，我去二嬸家看會兒書。」

「去吧，要用功知道不？別淨顧著和飯糰玩。」宋大嫂是被小叔刺激到了，縣太爺欸，她可指望著天孝日後也能當個官老爺，那她就跟著享福了。

天孝一聽，眉頭又皺了起來，罷了罷了，他娘就這個性子了。

許氏看著走遠的天孝，宋大嫂得意地睨了她一眼，便回屋了。許氏搖搖頭，搭上這種專門扯後腿的娘，天孝這孩子也不容易。

第四十八章 寒凍

將地犁了後，大夥兒都忙著準備年貨過年了。羅雲初看著犁好的近兩百畝的地，若說心裡不急那是假的，再不抓緊點，趕不上春耕可怎生是好，總不能自個兒種完這麼多地吧？按她的想法，就是去鄰縣或外地雇一批長工回來，十個八個都得。被隔壁李大爺家二兒子李重武知道後，啥也沒說，勾肩搭背一副哥倆好的樣子將二郎勾走了。晚點二郎回來的時候，滿臉笑容的，拍著胸脯說沒問題。羅雲初聽了，便不再追問，反正別誤了農時便成。

冬至的時候，宋銘承攜媳婦回了老家一趟。羅雲初接到消息時，一行人已經到了，她忙披了件厚外套和二郎到大門處迎人。此時她已有了三個月的身孕，不過因為穿著厚實的衣服，完全顯不出來。

羅雲初一見了他們，忙笑道：「你們可算回來了，娘都嘮叨了好幾回了。快進門，趕緊的，這天氣冷得邪乎，莫要被凍著了。」一看著嘴裡呵出的氣都變成白霧，她禁不住攏了攏衣裳。心裡直犯嘀咕，今年冬天怎麼回事呀？冷得不像樣兒了，這些日子地裡的青菜又凍死了一批，今年過年可難挨了。

余氏忙上前一步，拉過羅雲初的話，嗔怪道：「二嫂，咱是回家，用不著妳親自來迎。

妳是有身子的人，該注意的可得注意點啊，凍著了我的姪兒我可不依。」

宋銘承和余氏兩人新婚，經過幾個月的磨合期，兩人的日子過得也頗滋潤，雖然沒有愛得轟轟烈烈死去活來，但也頗為甜蜜融洽。余氏又是讀過書的，只要不涉及太深奧的問題，夫妻倆常常能說到一塊兒去。漸漸的，宋銘承也會把家中的情況拿出來和她說說，讓她心裡有個底兒。當說到二哥二嫂往他衣內塞銀票，讓他得以順利進京趕考時，語氣中不乏尊敬佩服。當然，提及他二哥二嫂時，自然還有一些生活中的小事。

余氏是個很傳統的女子，恪守婦道自是不必說。嫁雞隨雞，嫁狗隨狗，丈夫尊敬的人她自然得尊敬。而且聽了銘承說的話後，余氏看得出來，他二哥二嫂是真心疼他的，凡事都替他考慮得很周全，所以她心裡沒有絲毫抵觸，很快便打定了主意，要好好和二哥二嫂相處。

夫家難得有這麼好的兄弟妯娌，她自然得好好親近，她還真怕遇到一些光知道要好處、扯後腿的親戚。當官並不如表面看得光鮮，她在娘家時見多了，她知道好的親族對一個當官的來說有多重要，若她丈夫周圍的親戚都是一些唯利是圖、仗勢欺人之輩，那他從政之路也無法走得太遠的。

「呵呵，瞧妳說的，我哪有這般嬌貴了。」見余氏說得親熱，羅雲初也高興。嫁進宋家後，大嫂莫名其妙地和她不對盤，若說心裡不介意那是假的，最重要的是她自認沒哪裡得罪過大嫂，卻被如此針對。她為此鬱悶過，她也嘗試地伸出過橄欖枝，可惜人家依舊老樣子，她也不是沒脾氣的，喜歡拿著自己的熱臉去貼人家的冷屁股。後來她明白了，人家是天生看她不順眼，無關乎什麼。現在難得老三媳婦親近自己，她自然不會拒絕。

宋銘承笑著叫了聲二嫂後，便對身後的下人說道：「你們先把這三口箱子抬到大房。」

僕人們應了，便手腳麻利地抬著那箱子往大房走去。羅雲初瞅了一眼，果然是三口箱子，只不知裡面裝的是什麼？

宋銘承笑道：「二哥二嫂，這些都是我給你們準備的年禮，先抬給娘看看，一會兒我們一塊兒過去。」

羅雲初嗔怪道：「一家子人，何必這般多禮？而且現在又逢年節，你上下打點的地方多著呢，家裡也幫不上什麼忙，你……」

新官上任頭一年，需要打點的地方著實多。

余氏笑著打斷她。「好啦，我的好二嫂，妳就別嘮叨那麼多了，他懂怎麼做的。」

羅雲初想想也是，如今老三不是光棍了。而他媳婦又是出自名門，自然會打理妥當的，自己真是鹽吃蘿蔔淡操心了。當下便轉了話題，引著他們往屋裡走去，二郎和老三落後了一步，在後面小聲地聊著。

進了屋，總算暖和許多，老三夫妻在僕人的幫助下，將披風解了下來。聽到聲響，在床上待著的兩只小包子忍不住下了床，穿著羅雲初為他們做的毛絨絨的室內拖鞋，邁著小短腿從房間裡跑了出來。

羅雲初向來都不會虧待自家人，上回李重武回來時，顧氏領著她去挑好貨，她只挑了兩張皮子，後來顧氏又給她送了一些來，一共有五張皮子。老三成親那會兒，她拿出兩張添作聘禮，只剩下三張庫存，羅雲初全拿來做衣裳了，加上宋母，一家子人每人都得了一件。虧得飯糰、湯圓兩個娃兒小，若不然恐怕料子還不夠呢。後來剩下的一些碎小的邊角，她也仔細地拼接好，鞋底還是請顧氏幫納的，兩雙鞋子做了好幾天。

「叔叔嬸嬸！」飯糰的叫聲充滿了驚喜。

「叔……呃……嬸嬸……」說話不流俐的湯圓，是個大結巴。

宋銘承將眼巴巴看著他的飯糰抱了起來，笑道：「喲，又重了。」

飯糰樂呵呵地笑著。

而余氏則把湯圓抱了起來，湯圓眨巴著眼睛，余氏親了親他嫩乎乎的臉。「湯圓，來，叫嬸嬸。」

湯圓睜著圓溜溜的眼睛，看著余氏直流口水。「嬸……呃……」

「乖。」余氏讚了一句。

「老爺、夫人，老夫人催你們趕緊過去呢。」

「嗯，知道了，你先下去吧。」宋銘承對下人說完，就對飯糰道：「飯糰，咱們過去奶奶那邊好嗎？」

「嗯，好。」去奶奶那兒就意味著可以見到天孝哥哥了，飯糰自然是樂意的。

羅雲初進房間，替兩個小傢伙拿了件袍子出來，給他們穿上。

「二哥二嫂，咱們走吧，省得娘久等了。」

到了大房的客廳，發現大房裡的人全到齊了。屋裡也被燒得暖烘烘的，屋裡屋外，一門之隔，竟然猶如冬夏之分。

「老三啊，你已許久沒回來看我這老婆子了，衙內竟然如此忙碌啊？」宋母一見到宋銘承就嘮叨上了。

「是啊娘，快過年了。事事都要妥當處理好啊，而且有些事還得提前防範，若不然過年鬧出個什麼不好的事，反倒不美了。」臨近年關，正是一年中最忙碌的時節，且不說今年的冬天還特別冷。而明州又處於交通要道，青河縣裡聚集而來的遊民越來越多。那天他派人統計了一下，這些流民多達十二人，讓人去勸，卻又勸不走，他現在還在發愁呢。

如今他新官上任，不求有功，但求無過。要知道這種天，食物不繼的時候凍死人是常有的事。而一個官員治下的地方，自然是人命官司出現得越少越好，特別是現在這種的，若真凍死了人，人家可不會管他是不是青河縣的人，一律都算到他頭上的。攸關人命，這事可不是小事，若上頭一個心情不好，他頭上的烏紗帽不保都有可能。或許有人會說，那就努力保住那些人命啊，他倒想，但舉國上下剛經歷災荒，國庫不豐，加上今年他們青河縣的賦稅是被免了的，糧食收不上來，當地的糧倉自然都是空蕩蕩的，拿什麼來救濟啊？

虧得他老家也是有眼力見的，前些日子讓人送了兩車炭和一車糧食到縣裡的木棚子發放，解了他的燃眉之急。雖然為了避嫌用的不是他的名義，但誰不知道宋大郎、宋二郎是縣太爺的兄弟啊？這是他家兄弟在幫他做名聲呢。宋銘承明白這法子以他大哥、二哥的腦子是想不到的，定是背後有人給支的招，若說家裡還有誰是聰明的，就數他那二嫂了。他這二嫂，做事不顯山不顯水，關鍵時刻卻讓人覺得貼心溫暖得緊。不過這麼少的物資也撐不了許久了，眼見著這天氣還得再冷一段時候，他回頭還得想想法子呢。

聽了他的話，羅雲初心裡很認同。從古到今，治安情況大抵如此。

前些日子，二郎忙完地裡的事後，和大郎、趙大山幾個人合夥倒騰著木炭來賣。因今年比往年要冷得多，炭的價錢也好，倒也小賺了一筆。看著今年這個冷乎勁兒，羅雲初和二郎商量，留下了近兩千斤的炭。她留了個心眼，她畢竟不是無知的村婦，縣裡的情況她多少能猜到幾分。想到這兒，她倒同情她小叔了，他怎麼那麼命苦呢，臨危受命，百廢待舉啊。不過她轉念一想，若是做好了，得到的好處可是太平盛世裡的官員都撈不著的，果然是高風險高回報嗎？

「那都辦妥了嗎？」對於老三，可是宋母心頭上的一塊肉，她緊張著呢。

「娘，您放心吧。對了，那三口箱子，娘，您和大哥、二哥各拿一口吧？」宋銘承不想家中老娘太過擔憂，遂轉了話題。箱子裡裝的都是一些布料、果脯、瓜子、餅乾之類的年貨，他媳婦準備的，倒沒有厚此薄彼，三口箱子都一樣，只不過是布料的花色不一樣而已。

接著，宋母笑呵呵的又是一通埋怨，但不難聽出她話中的歡喜和驕傲。

剛才進了大廳時，羅雲初便讓飯糰帶著湯圓去找天孝玩了。此刻大人們圍在一起說說笑笑，氣氛倒也其樂融融。

吃罷了飯，眾人移至大廳，宋銘承讓下人退下後，便從懷中拿出一紙契約來。「二哥、二嫂，這是一座三進的院落，房契上寫的也是你們的名字，你們拿著。」

二郎和羅雲初面面相覷，自從老三當縣令後，這銀子來得也太快了點。雖然他們這裡是小縣城，但這三進的院落，不說三百兩，二百兩是肯定要的。

猶豫再三，二郎還是決定直接問。「老三，你該不會向縣衙裡頭伸手了吧？」二郎不知怎麼說那個詞，只能含糊帶過。

但除了他，幾個都是人精，哪能不明白他所指的是啥意思。

宋銘承有點啼笑皆非。「二哥，你想哪兒去了？我像那種人嗎？」咋每一回他拿銀子出來，二哥就吃驚一回呢？看人家二嫂，多鎮定啊，從頭到尾都是淡定的表情。

其實他誤會羅雲初了，她心裡也吃驚著呢。而且聽他話裡的意思，似乎這真的只是灰色收入，而不是黑色收入？三年清知府，十萬雪花銀，這話果然是真的嗎？

「老三，路要一步一步走才好，莫要被此時的富貴迷花了眼。」羅雲初語重心長地說，當官確實是門賺錢的營生，而他根底淺，她怕他操之過急，留下什麼把柄，自毀前程就不好了。

宋銘承聽了好氣又好笑，心內充滿了感動，他的兄嫂真是，真是……若是一般人，得了如此大的好處，恐怕早就語無倫次地感謝他了吧？而他的二哥二嫂卻在擔心他……

「放心吧，這回我手頭寬裕，不過是朝廷發的兩季俸祿等到了，加上文山書院送來了一筆束脩，就差不多有六、七百兩了。」老三細細地和哥哥嫂嫂交了個底，以免他們提心弔膽的。前頭他考中了一甲榜眼，連帶他恩師的行情也跟著水漲船高，文山書院，明州有名的書院，也邀請恩師去坐館，雖被恩師以年事已高的理由推拒了，不過倒是介紹了宋銘承去，希望他為本籍書生做點貢獻。

師父有事，弟子服其勞是應該的。再者文山書院離得也不算遠，遂宋銘承倒是真去上過幾回課，後來因為縣務繁忙，便推了。但每個月學生考試的卷子還是會送來，他都抽時間一一詳細批改，當時他也沒想那麼多，只覺得能幫一點是一點。卻沒承想，每年還有六百兩的束脩可拿。

宋銘承的一席話，直聽得羅雲初羨慕不已。他這項工作有點像是現在的兼職教授，一年就有幾百兩銀子收入了，收入相當豐厚啊。果然，有知識的人在哪兒待遇都是高的。

如此一來，二郎便放下了心。宋銘承把房契給了二郎後順便叮嚀道：「二哥二嫂，這房子你們對外就稱是自己買的便好了，不用把功勞歸到我身上，明白嗎？」

兩人都不是白目的，自然曉得裡面的利害關係，點頭應了下來。二郎一向是個木訥的，而羅雲初自個兒又不是大嘴巴之人，答應了不會說出去就不會說出去。

余氏笑著插話道：「好了，可算收了。我還想著，這三進的院子，你們再推來推去，我便自個兒收起來，留給我女兒當陪嫁去！」

話方罷，余氏對著羅雲初又說道：「二嫂，妳不知道吧？你們這院子緊挨著咱們院子哩。」

「那敢情好，日後咱們串門兒也方便啊。」老三真是有心了。

余氏一聽，笑著追問。「二嫂，你們啥時候搬上去啊？到時我讓人來給你們拉行李。」

羅雲初一想到家裡地裡的一攤事，嘆了口氣。「唉，早著呢，等開了春後吧。」

那頭老三和二郎也聊起近日來城裡流民流連不去的煩惱，以及縣裡一些窮人的接濟問題。縣裡鎮上同樣還有一些人是沒有地的，光靠做些小買賣維持生計，可今年的生意也不好做，大夥兒都縮衣節食地湊合著過一年呢。但也有一些連基本的禦寒物品都沒錢買的貧戶，如果他這做縣令的不理會，指不定整個冬季下來，有好些人都給凍死了。

這邊羅雲初妯娌倆在談話時，也會留意男人那邊的情況，羅雲初聽著老三的問題，暗自思索了下。

以古代這種環境，每年冬天總要死幾個人的，去年天氣還沒有今年嚴峻呢，他們青河縣都死了八個人。朝廷方面雖然也明白這避免不了，但每回各省各縣統計上報後，按例都會被斥責一番的。有些運氣不佳死亡人數眾多的省縣，指不定管著的那位就被摘了頂戴花翎。這兩年萬歲恐怕煩著呢，去年到今年上半年又是旱又是澇的，還有地龍翻身！民生生計都尚未完全恢復，眾多官員都是夾著尾巴做人，就看誰倒楣撞到刀口上了。

想明白這層，羅雲初也挺擔憂的，現在宋家就老三這根苗挺起來了，可不能隨便蔫了才好。她想了想，古代幫窮人和乞丐度過寒冬無非就那麼幾種方法，粥棚已設，每日都會有人在那兒施粥，正因為如此，那些乞丐流民都圍著粥棚找了個棲身之所。不過因為大多數粥棚都是臨時搭建起來的，甚是簡陋，根本就避不了風雪。

炭也送了一些過去，每日都會點上幾爐，一點上就是一群乞丐流民圍著，不過因為是在外頭，風大，撐不了多久便滅了。禦寒的衣服怕是難了，如今生計艱難，誰家不缺衣物的？

為今之計，便只能在原有的兩點改善一下，希望有所幫助了。一則是在縣裡找幾處還算結實的空屋，收流那些個流民和乞丐。二則是拿些少許的銀錢出來和農民購買一些稻草放在空屋子裡，每晚再攤派一些木炭過去。粥棚是一定不能斷的，再召集縣裡的大夫定時定點地給他們診一回脈，確保他們的性命安全。待這寒冬過去，便功德圓滿了。

晚上羅雲初和二郎說了後，二郎次日便和老三說了。老三聽了，覺得很可行，看著一臉與有榮焉的二哥，心中暗忖，家有賢妻，虧得了二嫂，若不然二哥如今指不定還窩在宋家大宅的破泥屋裡呢。復又嘆道，若他二嫂是當家的就好了，有她在，老家亂不了，他也不必時常擔憂老大一家是不是又出什麼狀況了。

羅雲初提到的，還有一些宋銘承想到的，他都一一落實下去了。效果立竿見影，往年在最冷的月分裡，青河縣少說都要凍死七、八個人，這回直至開春，青河縣也只出現了一個死亡人數，還是因為那老頭年紀大了，前兩年的飢寒交迫把他身體的底子都折騰壞了，才捱不住的。

資料報上去時，新任知府大人魏知山正在大發雷霆呢。據不完全統計，上報上來的死亡人數高達三十人！要知道，明州歷來被凍死的數目最多也只是四十人而已。而如今還有幾個縣尚未上報，死亡人數就高達三十人了！他現在不求有什麼亮眼的表現，只求這死亡人數不要捅破了四十這個紀錄就成。這幫混帳要捅破天了，若他吃了掛落兒，這幫傢伙一個也別想討得了好！魏知山氣呼呼地瞪著眼前的那張紙，覺得這個三十一真他娘的刺眼。

所以當青河縣的資料報上來時，真如一場及時雨，極大地緩解了他的壓力。一個人！只死了一個人！只要另外兩個縣的死亡人數不超過八個，那麼這場危機就算解除了，想到這兒，他忙讓下屬去聯絡下頭的人。不過青河縣這麼小的傷亡人數還是引起了他的疑惑，若這宋銘承有好的防寒扶貧方法為何不早些上報與他？若每個縣都如青河縣一般的話，那死亡人數是不會超過十個的，如此一來，他豈不是在聖上面前大大地漲一回臉了？要知道，這些都是政績啊。

想到這兒，他忙招人來問了。得知去年年尾的時候，宋銘承的確來過，而且還不止一回，每回都沒被知府接見。原來，魏知山是個嫉惡如仇的人，在他看來，宋銘承是個靠裙帶關係起家的傢伙，他特看不起，因此一上任就給宋銘承來了幾個下馬威。現在想來，他悔呀，悔得腸子都青了。

不過經過此事，可以看出宋銘承這個縣令的確有兩把刷子。去年上半年，周墩遲把縣務處理得一團糟的事他也是知道的，比起姓周的，宋銘承無疑更適合這個職位。魏知山是個上進的人，雖然有時會釋放一些個人情緒，但不妨礙他欣賞一個下屬。

這回宋銘承這個青河縣令在他上峰面前可是狠狠地漲了一回臉，也給新上峰留下了一個好印象。這些都是後話，暫且不提。

剛過了十五，二郎就到鄰縣靈沼領了十來個長工回來。靈沼人多地少，許多人待在家鄉都吃不飽，紛紛到鄰縣去做長工短工或找一些活兒來幹，因此二郎不費什麼力就弄回來了十來個長工。

羅雲初早讓二郎找人在大門靠南那兒加蓋了幾間泥屋，給長工住的，用料自然沒有之前的講究了。一間大的正屋，正屋裡用的都是大通鋪，旁邊給他們加蓋了一間小廚房和澡房。至於廁所，羅雲初猶豫了好久，還是決定不加蓋了，蓋那麼多廁所熏得四處都是那種味道。等這些地播種下去，他們二房就搬到縣裡了，讓長工用著他們原來那個就成。

家裡請來了長工，本著人盡其才的原則，羅雲初讓二郎在西邊緊挨著原來浴室廁所的那排小矮屋又加蓋了一個大的豬圈，兩個豬圈裡一共養了十二頭豬。還加蓋了兩間矮泥屋，一間用來養兔子，另一間用來裝豬和兔拉出的糞便，豬的糞便可以隨便使用，但兔子的糞便羅雲初讓二郎留著，輕易不許動用。做這些羅雲初心裡都有數的，日後自會用得上。

羅雲初笑著看忙碌不停的長工，心裡很滿意，現在的人還是滿實誠的，幹活也肯賣力氣。不過她滿意歸滿意，該剝削的時候就得剝削，該壓榨的時候她也絕不手軟。那啥，她可是付了工錢的，每人每年三兩多的銀錢，這可不能白花了，這價錢還比周地主家高了五百文哩。

既然打算今年將地裡的作物收成翻一番，羅雲初老早就倒騰起自己腦袋裡的知識，看看能有什麼可改進的地方。還真別說，想了幾個晚上，真給她弄出了點東西來了，稻田養魚就是其中一項。

以前她老聽她爺爺說起生產隊的時候，稻田裡常常有魚出沒，隨便在水裡洗個手，都能抓到一、兩尾魚，當時羅雲初還小，聽了後又是羨慕又是嫉妒的。她曾好奇地問了她爺爺這方面的技術，她爺爺也不嫌煩，樂呵呵地和她解釋起來。她本就是農村裡長大的娃，而且那技術並不複雜，所以時隔多年，她仍舊有些印象。

她想，現代稻田能養魚，那他們這裡應該也沒問題的。稻田養魚以鯽魚鯉魚最易成活，她又細細地想了一遍，只要把秧苗之間壟溝掏深一些，再掏些魚洞，待秧苗長穩長青了，在水田追肥的時候把魚苗放下去，如此一來這些豬糞、人糞既能肥田又能養魚，反過來，早間晚間，魚也是可以吃蟲子的。羅雲初來回想了幾遍，覺得沒有遺漏了，便站了起來，扶著腰去屋後的菜地找二郎商量去了，她實在是等不及了。

二郎細細地聽完，把他的疑問點了出來。「媳婦，妳說的掏魚洞挖壟溝，這些都沒問題，但能確保那些魚苗不會把咱們田裡的稻苗給啃了呀？」

「這個你就放心吧，魚兒不會啃那些長穩了長青了的稻苗的，因為那時的稻苗對它們來說太老了，它們啃不動。」

羅雲初又補充了一點。「而且它們還可以吃田裡的雜草，因為雜草鮮嫩。這樣一來，咱們都甭定期派人去除草了。」

二郎一聽，一拍大腿站起來，興奮地說道：「媳婦，這個法子不錯。眼看就要春播了，我得趕緊去聯繫魚苗。」

接著兩人又討論了一畝田大概放多少魚苗合適等等的問題，二郎回屋裡拿了二、三兩碎銀子便出發了。

羅雲初看著幹勁十足的二郎風風火火地跑去辦事了，笑了笑，扶著肚子回屋。到裡屋看了兩個娃兒一回，發現他們還在午睡，羅雲初也覺得有點春睏，打了個哈欠，回頭將大門關好就爬上床午睡去了。

二郎顛顛地跑到縣裡，阿德早先幫忙聯繫了兩、三個魚販子，談好了價錢又訂了契約，約定一個月後將魚苗送到古沙村後，二郎爽快地付了訂金。辦完事後，他覺得時間尚早，便溜到縣衙裡看了老三一回，將自家的情況和老三提提，自然也提到了今年的計劃。

老三是個敏銳的人，自然看得出來他二哥家折騰的這個稻田養魚和棉花的意義。他頓時覺得熱血沸騰，若真如他二嫂所說的那樣，這稻田養魚在青河縣推廣開來的話，將給青河縣帶來多大的好處哇。如果現在開始幹，到了後年，技術肯定成熟了，上繳的賦稅極有可能上一個等級啊，這一件件一樁樁的都是政績啊。

老三忙放下公務，跟著二郎回了一趟老家，向他二嫂問起了詳細的養殖步驟。羅雲初皺了皺眉，看了老三一眼，見他一臉興奮的樣子，知道現在她說什麼他也聽不進去，待他去碰碰壁後自己再勸吧。當下也不藏私，把稻田養魚的步驟說了出來。

至於棉花種植這項，她還隱瞞了一個增產的關鍵地方，那個關鍵也是她最近才想起來的，她決定看看老三接下來做出的情況再說。其實她也盼著老三的推廣能成功，她心裡有個計劃，不過現在說還太早。老三得了法子後，連晚飯也不吃，回去召集信得過的屬下商議去了。

水田本來就比旱田高產兩斗米，若伺候得好了，每畝高產三斗也是極有可能的。他們家近兩百畝地，要用到的肥料著實有點多，自家是供應不足的，施基肥又是尤為緊要的一環，輕忽不得。現在可沒有化肥這種東西，除了和別人買肥料，沒別的辦法了。於是二郎放出話來要收一些當肥料，價錢也說好了，若是已經用草木灰混好的糞便是一文錢兩斤，若是糞坑裡的糞水，一桶三文錢。

二郎他們的做法惹來村中眾人的圍觀，聽說過買瓜買豆的，再不濟也有人買稻草的，他們還真沒聽過，連糞水都要買的。他們都是種地的老把式了，自然知道基肥的重要，但宋家和他們不一樣啊，都是地主了，把地租出去當甩手掌櫃便成了唄。他們這兒的周地主就是這樣，哪像他們事事親力親為。

草木灰混著豬糞的倒沒多少人肯賣，畢竟他們開墾出的荒地也是需要肥的。山地較遠，用這種農家肥最好，若用糞水，挑得累死喔。於是二郎他們買到的肥料都是糞水，因為幾乎家家戶戶都有自己的糞坑，大門一開，讓二郎領著長工到糞坑裡挑就行，挑完再給錢。

因為宋二家收購糞水一事，一時之間，連最噁心的東西都變得金貴起來。為此，飯糰還鬧了個笑話。

話說某天，羅雲初在葡萄架下做針線，飯糰興沖沖地跑回來，小小的身子一顛一顛的，那速度彷彿被什麼東西追著他的尾巴跑一樣，可把羅雲初嚇了一跳，以為發生什麼事了。

她立即站起身跟了過去，卻見飯糰在廁所前站定，小胖臉憋得紅彤彤的，小胖手則迅速地將褲子脫了下來，然後開始釋放，一臉舒爽地轉過小身板，見著羅雲初時眼睛一亮。

羅雲初好奇地問：「飯糰，剛才你跑那麼快就為了這個啊？」在外面不行嗎？他小小年紀的，該不會就害臊了吧？

「是呀娘，大胖說，現在的尿尿和粑粑金貴，他娘不許他把尿尿和粑粑給了別家，每回他都是一有了就衝回家去了。他娘一直都誇他好乖呢，娘，飯糰也有很乖對不對？」飯糰仰著小臉，期待地看著羅雲初。

「對，咱們飯糰一直都很乖的。」對於飯糰，羅雲初一向都不吝嗇誇讚，小傢伙一直都很努力，希望得到她的認可和贊同。

「不過，飯糰，以後想撒尿就撒，別憋著忍著知道嗎？」

飯糰難過地垂下頭，烏黑的腦袋瓜朝天。為什麼他和大胖做的事一樣，娘和大胖他娘的回答卻不一樣呢？

「哦……」這個哦字聲音拉得長長的，不難聽出裡頭的失落。

「因為娘不希望娘的小飯糰憋尿憋出病來啊。」羅雲初蹲下身，和他平視。

小傢伙聽了，陰霾一掃而光，朝羅雲初露出大大的笑臉，重重地點頭答應下來。

春播如火如荼地展開，那些個等著宋家降低租子的人實在坐不住了，腆著臉來到宋家，希望東家能把田地租給他們。

羅雲初瞥了他們一眼，慢條斯理地放下針線，一臉為難地道：「你們怎麼不早點來？這都快插秧了，啥都準備好了，實在是沒法……」羅雲初一開口就是拒絕，這等奸猾之輩，他們宋家可用不起。

「呵呵。」好幾個人乾笑著，這讓他們怎麼回話？

接下來，四、五個人回答的理由都是千奇百怪，各不相同，接著他們又苦苦哀求了許久，羅雲初就是不鬆口。

「東家，妳就當可憐可憐我們，把地租給我們吧。」說這話的漢子，都快哭了，哪有之前說不再續租的得意和囂張？

「這個，真的不行啊。」羅雲初毫不心軟。「要不，你們到周地主家瞧瞧？沒準兒現在還有地可租種。」她不是沒給過他們機會，在十五之前他們誰來說，她都會不計前嫌租給他們的。現在？晚了。

見羅雲初的態度如此強硬，幾人都知道沒戲了，其中有個叫李三的一臉憤怒地看著羅雲初，被其他幾人按住了，羅雲初絲毫不懼地瞪回去。他們自己做錯事，還有理了？「張大牛、劉民，送他們出去吧。」張大牛和劉民都是長工，一直站在她身後。雖然她不曉李三他們被拒絕後會不會使用暴力，但她覺得防著點總是好的。

出了宋二家的大門，幾個人都是垂頭喪氣的。有些個更是抱怨開了。「李三，都怪你出的什麼主意，現在好了，宋家不肯把田租給我們了，今年可怎生是好？」

「怪我？你可以不跟著做的啊，我拿刀逼你了？當初是你自己貪心，現在卻來怪到我頭上，我呸！你這沒擔當的孬種！」

李三這話狠狠地砸在幾個人的心口上，雖然他們剛才沒說話，但心中對他也是埋怨的，認為是他害了自己。如今一想，果然都怪自己貪心啊，本來宋家給佃農的條件都是極好的了，自己偏還把主意打人家頭上，如今有這下場怨得了誰？

「好了好了，別吵了，趕緊到周地主那兒看看吧，指不定還能租到幾畝地，若不然，就等著家中的妻兒老母活活餓死吧！」

眾人沒精打采地去了周地主家，地是租到了，租子卻要收七成，一番討價還價後，才變成收六成。不過和宋家比，還是遠遠不如，此刻他們真是悔得腸子都青了。

前頭沒有解約的十三家佃農，這些人家都是租了兩畝水田、兩畝沙地或坡地。羅雲初讓二郎把租給他們的地都劃到一處去，這樣方便他們自個兒管理。

待把整飭好的水田全都施過基肥後，十二名長工全都被派下了田。其間那些佃戶忙完自己的活兒後，有些個見著東家還在搶春播，紛紛都來幫忙。羅雲初也不好虧待他們，每日都以短工的價錢給他們付工錢，花了十天左右，才將六十一畝水田全都插上了秧。

第四十九章 搬家

果然如羅雲初所料，直到他們家的水田都種完了，老三的動員工作仍舊沒有一絲成效。見他煩惱，余氏也寬慰了幾句，仍不見效，她嘆了口氣，待他又出了門後，讓人備好了馬車回古沙村一趟。縣務她幫不上忙，但她可以在他忙碌的時候回老家幫他盡盡孝道。

羅雲初和余氏妯娌倆歪在寬大的躺椅上拉著家常。

余氏眼睛的餘光瞄到一個在院子裡走動的長工，秀氣的眉頭微微一皺。「二嫂，你們啥時候搬上去啊？屋子我都讓人打掃好了，家具物什也挺齊全的，到時直接搬進去就能住人了。」

羅雲初算了算日子。「快了，前後半個月這樣，待地裡的棉花種下去，種完了棉花，稻田裡估計也可以放魚苗了，忙完這些就上去。」

說到這個，余氏忍不住將宋銘承的煩惱說了出來。

這個結果，羅雲初倒不意外。這事不是那麼容易就辦好的，首先，對於新事物，人們通常都是畏懼得多，讓鄉民接受需要一個過程，只有看見了實惠，群眾才會自願接受，硬性的強迫只會讓鄉民反感，即便你說得天花亂墜。還有一點，防止穀賤傷農，什麼東西多了，價格反而賤了。對於這一點，縣衙得給予重視，必要時，可以幫農民事先聯繫好賣家。羅雲初可不想見到因為價錢賤，果子熟得掉到地上都沒人撿的場面，如果到時魚的價格太賤，就實在太傷民了。

當下，羅雲初也不藏私，掏心窩子把自個兒的想法說了。由著余氏去勸老三最是合適不過了，她雖然是他嫂子，到底不大合適。

余氏聽完，將這番話放在心裡細細琢磨一番，發現正是這個理兒。

「三弟妹，妳出自大家，道理定然比我們懂得多。」

余氏聽到這話忙謙虛地說了幾句。

「這是事實，妳也不必自謙，妳且聽我說下去。妳讓老三放寬心，別急，要知道，心急吃不了熱豆腐。他在這個位置上，不求有功但求無過，他還年輕，以後有的是機會，不必如此心急。」老三最近的行事有點急進了。唉，年輕人畢竟是年輕人啊，老三再怎麼老成持重，也只是個快滿二十的大男孩罷了。她理解他急於做出政績的心理，但理解並不等於贊同。

有這種想法，並不是她多有政治見解，而是旁觀者清。

余氏認真地點了點頭，心裡對羅雲初的好感又上升了一個層次，長嫂如母這話，她當得起。

兩人都是聰明的，這種事點到為止就行了，接著妯娌倆便聊起其他話題。

水田插上秧後，又到了搶種棉花的日子。棉花是喜溫作物，在發芽出苗時，要求較高的溫度，過早播種和過晚播種都不行，時間要掐得非常準。六十五畝地需要種上棉花，這不是一個小工程，而且他們又得搶時間，光靠十來個長工人手恐怕不太夠，所以二郎後來又請來了八名短工幫忙。

準備開工時，二郎特意走了一趟大哥那邊，交代他一些種植棉花的細節，現在他們做什麼都會拉大哥一把。怕他家田地不夠，今年山上的五畝地，也給他種了。

大郎認真地聽著，一一將那些需要注意的地方記在心裡。這回他可學精了，決心緊跟著弟弟的步子走，不再自己自作主張了。

春播最是累人，羅雲初也是個捨得的主兒，她明白將軍不差餓兵的道理，若想別人賣力幹活，自己也不能太吝嗇了。於是在最忙碌的這段日子裡，羅雲初特意請來了村子裡燒菜手藝最好的大娘，每日都會割上幾斤豬肉外加買上幾斤骨頭來熬製大骨湯。果然，這些長工、短工吃飽了，幹活的力氣也足，速度快了不少。

花了六、七天，可總算是把全部的坡地和沙地都種上棉花了。種完棉花，二郎讓長工們好好休息了兩天，接著便是查看稻田，此時田裡的稻秧已經長好了，夠老了。二郎跑了一趟縣裡，讓魚販子將之前預訂的魚苗送來，放養在田裡。六十一畝水田，按每畝放養兩百條來計，二郎總共預訂了一萬兩千尾魚左右，全部都是鯉魚和鯽魚。放養的那會兒，村子裡老多的人圍著看熱鬧。

羅雲初他們的動作這麼大，村子裡的人自然都見著了。不過大多數人都在觀望，好些個人問過村子裡的老人後，都不看好。這些老人都是耕地的老把式了，他們不看好的東西，村民們自然不敢嘗試。不過有些精明的，倒悄悄種上了一、兩畝地。

羅雲初他們家的幾十畝水田都是連成片的，自個兒一家都占了一條水溝，而這水溝在整飭水田的時候就已經加寬加深過，只要今年不出現大旱，水田就不會有缺水的情況發生。

一連幾天，稻田裡都沒出什麼狀況，水田裡的鯽魚苗子、鯉魚苗子成群結隊地在稻田裡穿來穿去，煞是喜人，由此可見，稻田養魚很是順利。

原本羅雲初他們的佃戶還在觀望猶豫的，此刻見了，立即找上了魚販子，往自家的兩畝田裡也放了些魚苗。羅雲初見了也沒說什麼，因為他們的田也是掏了壟溝和魚洞的，當初他們不明白東家的意思，只照著做，現在可派上用場了。旁的人見了，也眼熱，跟風在水田裡養起了魚苗來。羅雲初知道後，讓二郎去勸一下，把其中的道理和他們說道說道。他們這樣可算是提醒過了，聽不聽就在他們了，若大夥兒一意孤行，到時魚死了可別怪在他們頭上。

為了預防魚苗被偷，二郎他可是煞費了苦心，用木頭沿著田際把自家的水田全圍了起來。而且在四個方向建了間簡單的木屋，每日都讓長工輪流地守著。

待地裡的活兒告一段落後，他們便開始著手搬家的事宜了。

其實除了一些衣物用品等也沒什麼可收拾的，畢竟又不是不回來了，待上面安頓好後，二郎還得時不時回來照看田地的。不過儘管如此，二郎還是鄭重地拜託大郎幫著照看田地和房子，兩家的地挨得近，今年種的作物又一樣，讓他幫著照看一下也不費什麼事。

現在天氣轉熱了，讓那些長工全窩在矮泥屋裡，還睡著大通鋪，就太熱了。夫妻兩人商量了一下，便決定把東西廂的幾間房搬空，讓他們住進去，至於正屋是無論如何都不能讓他們碰的。

上回挑長工時，由李重武和阿德把關，那些奸猾的都被剔除了，挑回來的長工都是憨厚的實誠人。此時一個餡餅砸下來，個個都莫名驚喜，長工們得到了如此好處，個個都感激涕零的，暗地裡發誓，要好好幹活。

宋母對二郎一家子搬到縣裡這事很不諒解，宋母是個喜聚不喜散的主兒，她喜歡兒女孫子都環繞膝下，老三為了前程住縣裡，她沒法。但如今老二也想搬到縣裡，她心裡就不痛快了。老以為他們是想拋開她這個老婆子單過，即便二郎說了，他們在上頭為她準備了房間，她什麼時候想上去住一段時間都可以。

老三為此還特地回來了一次，和宋母詳細談了。此後，宋母雖然接受了這個事實，但心裡仍舊不痛快，見著羅雲初都沒好臉色。

羅雲初很乖覺，輕易不出現在她的視線範圍內。其實說心裡話，她不難過，真的，嫁進宋家這麼久，她早就看明白宋母這人了。既然她都不在意自己，自己又何必太過顧及她的感受？羅雲初在二郎面前也會做做樣子，她不想扎二郎的眼睛，讓他卡在中間難做，不過私底下她該吃吃該喝喝，完全不當一回事。

收拾妥當，余氏早早便派了馬車來幫他們搬家，阿德也親自過來幫忙了。臨走前，羅雲初再三叮囑長工頭子劉民千萬要幫她看住了那些兔糞，別給人亂用了。

這新房還是羅雲初第一次來，當下人將行李都搬到內宅後，羅雲初便讓他們回去覆命了，並讓他們帶話給老三媳婦，說待他們這頭安頓後他們自會親自登門拜訪。

阿德見沒什麼地方需要他幫忙了，便告辭了，羅雲初知道他忙，也沒多作挽留。

接著二郎領著一家子轉悠了一圈，這房屋果然很大，三進三出，景致也好，垂花小門、抄手遊廊、鬱鬱蔥蔥的院子。羅雲初特意去東廂看了兩個孩子的住處，現在湯圓還小，就讓他跟著他哥哥湊合在一塊兒，待他大點，再讓他搬到西廂去。

不過這麼大的屋子只有他們一家子住，也單薄了點，羅雲初琢磨著，該不該添幾個下人呢，她越想越覺得有必要。門房肯定是要的，她也快生產了，生產後要坐月子，最好再添

一、兩個丫鬟和一個管廚娘。買下人也是一筆花銷，月例又是一筆，羅雲初想到這兒，就覺得一陣陣肉疼。花銷那麼大，她得趕緊想個法子開源方成。

羅雲初在收拾房間的時候和二郎提了，二郎倒沒什麼意見，只說這些全由她作主了，想添幾個就幾個。其實整個院子余氏已經讓下人收拾得很乾淨了，偏羅雲初不放心，又挑了一些地方親自收拾了一回，停停歇歇，忙碌了近兩個時辰才整理妥當。

小孩子對新鮮事物總是特別好奇的，趁羅雲初收拾的空檔，飯糰、湯圓兩兄弟手拉著手在院子裡玩。羅雲初在裡頭聽到他們的笑鬧聲，舒心一笑，日子總算是越過越好了。

晚飯是在老三家吃的，余氏特意準備的。老三家的廚子是余氏的陪嫁，燒得一手好菜，飯糰和湯圓兩個小傢伙吃得肚子圓滾滾的。

湯圓小傢伙本來在吃飯前就餵了他了，但他顯然是個愛湊熱鬧的，單獨吃時常常只能吃小半碗，怎麼哄都不肯吃了，等眾人上了飯桌，他又吵著要跟著坐在飯桌上。

羅雲初無法，只好讓他坐在自個兒旁邊，給他拿了專用的木碗和勺子，將這位小祖宗伺候好了再說。

「老三，老三媳婦，真不好意思。你們先吃啊，這小祖宗折騰著呢，沒有兩刻鐘恐怕擺不定他。」羅雲初頗不好意思。

余氏笑道：「沒事，二嫂，咱們家裡沒那麼多講究，小孩子調皮一點才可愛嘛，我瞧著飯糰和湯圓就不錯，妳可不許說他們。」對這兩個姪子，她是真心喜愛的。

二郎笑著點頭，忙招呼大家吃了起來。

趁著餵湯圓的空檔，羅雲初也挾了幾箸菜。

湯圓看著他娘拿著勺子一勺一勺地餵自己，他左看右看，發現哥哥和其他人都是自己吃的，小傢伙伸出小手想抓勺子自個兒吃。「娘，呃，湯圓，自……自己吃。」

要放在平時，羅雲初肯定很爽快地答應了，但此時在老三家的飯桌上，她擔心一會兒他吃得到處都是飯粒。就在她猶豫的空檔，湯圓的小手已經牢牢地抓住勺子了，羅雲初掙了掙，沒掙開，索性就由他去了。

眾人都有趣地看著湯圓，只見他笨拙的拿著勺子往自己嘴裡填飯，豈知勺子上的飯太多，他的小嘴一下子吃不下這麼多，一大半飯粒都從嘴巴漏出來了，好在上桌前羅雲初已經給他用了圍兜，要不然小傢伙身上的衣服就被他弄髒了。

湯圓的平衡感和手感都很好，別的小孩子學吃飯時很多時候都會出現用力過猛或者手抖的情況，但這娃兒愣是穩穩當當的，比一般孩子要強上許多。

「哇，弟弟好棒喔，能自己吃飯了呢。」飯糰看著能幹的弟弟，笑眯了眼，小胸脯挺得高高的，一臉與有榮焉的樣子。

對於飯糰的讚美，羅雲初也是贊同的，但這小混蛋能不能別那麼貪心啊？湯圓穩穩地抓著勺子，又從碗裡滿滿當當地舀出滿滿的一勺子飯，就往小嘴巴裡塞去，又一半從小嘴裡漏了出來。

說他，他就一臉無辜地望著你，真是讓羅雲初又好氣又好笑。「你這小貪吃鬼，嘴沒那麼大，倒貪心，看吧，飯都掉完出來了。」

湯圓眨巴著眼睛，撒嬌道：「娘，娘，肉肉，肉肉，湯圓要肉肉。」小胖手指著放在不遠處那香氣四溢的紅燒肉。

羅雲初不鳥他，小混蛋當她不知道這是他慣用的招數啊。「小子，來，先吃菜才有肉肉吃。」這小子也不知道和誰學的，自能吃副食開始就愛喝肉粥，略大點的時候，就吵著要吃肉，整個人就是個無肉不歡的主兒。

湯圓皺著白白胖胖的包子臉，一臉糾結地看著他娘挾給他的青菜。「娘……」聲音拉得長長的，就盼著他娘能收回這根青菜。

「不吃青菜就不給肉。」她才不上當呢。

在家裡，最寵湯圓小混蛋的不是羅雲初而是二郎和飯糰，哪回若讓二郎給他餵飯，必定能讓他飽餐一頓肉的，二郎和湯圓都抵擋不住湯圓撒嬌的功夫，總能讓這小混蛋得逞。二郎就常和她抱怨，說兒子就算頓頓吃肉又能吃得了多少，還勸她，兒子既然喜歡吃，就讓他儘管吃好了，反正他老子有能力把他養得白白胖胖的。對上二郎一副暴發戶的嘴臉，羅雲初是好氣又好笑，當下和他說了一番葷素搭配營養均衡的道理。

湯圓習慣性地看向他爹，羅雲初順著他的視線看過去，發現他爹快速地低下頭，和碗裡的雞腿較起勁來，肩膀像篩糠一樣，一抖一抖的。湯圓收回目光，看向坐在一旁的飯糰哥哥，卻發現人家根本就不看他，直盯著他面前的魚頭出神。

湯圓癟了癟嘴，審時度勢，知道他娘是鐵了心讓他吃青菜了，當下委委屈屈地看了他娘一眼，張開小嘴。「娘餵。」小傢伙用力地嚼著嘴巴裡的青菜，彷彿和它有仇似的，吃完後，忙討好地笑著。「娘，肉肉。」

羅雲初言而有信地給他挾了一塊紅燒肉，小傢伙樂得笑瞇了眼。

因為有了湯圓小混蛋的搗亂，一頓飯吃了差不多半個時辰。讓下人將剩飯剩菜撤了下去，一大家子人移步正廳。

「二哥二嫂，房子還滿意吧？」余氏輕啜了一口茶，笑問。

羅雲初將飯糰和湯圓抱上臨窗大炕，才笑呵呵地答道：「嗯，很滿意。對了，三弟妹，我想添幾個下人，不知道妳有相熟的人牙子嗎？」

「東武街尾那個黃婆子調教出的下人還不錯，明日我讓她領幾個人過來給妳瞧瞧？」

「成。」接著，羅雲初又向余氏請教了一些挑下人的法子，余氏也不藏私，細細地和她說了。羅雲初聽完，心中將余氏的話和現代一些用人單位招聘人才的方法相互比較了一番，發現其中有異曲同工之妙。

余氏看了羅雲初幾眼，猶豫了半晌才問：「二嫂，下人買回來還得調教一番才能頂用的，我把鍾嬤借給妳用兩天吧，她是我們余府的老人了，在調教人方面頗有手段。不過，妳若不願意，我就……」

羅雲初打斷她，微笑俐落地說道：「三弟妹，虧得妳提醒了，我剛才還尋思著和妳借人來著，妳肯將這樣的人借與我便是再好不過了。這下可便宜我了。」

聽到羅雲初如此說，余氏也放下心來，若是別人，她肯定不會那麼魯莽地說出剛才那番話。這話她的確是為著二哥二嫂好，但她也挺怕二嫂聽了後想歪了，以為她別有用心。

那頭，二郎也在和老三商量著飯糰的事。飯糰今年六歲了，送去學館是早了一點，但早有早的好。羅雲初寵孩子，但絕不溺愛，她將飯糰當作親生兒子來疼，自然希望他長大後能有一番出息。

「老三，咱們縣裡有兩個學館，哪個比較好點？」事關兒子，二郎不得不慎重。

「暮春學館比較好點吧，這裡有兩個舉子坐館。青竹書院這邊只有一個舉人坐館的，而且年紀也挺大了，加上青竹書院離我們這兒比較遠，暮春學館倒近一點，就是束脩比青竹書院貴一點。」

「聽起來，似乎暮春學館好點啊。」羅雲初低喃，師資雄厚離家近，束脩貴一點，她完全不看在眼裡。和天下大多數的爹娘一樣，有能力給孩子最好的教育，他們都不會吝嗇。

「不過。」老三覺得還是把情況都攤開來說，才能讓二哥二嫂作出更好選擇，而且說實話，他也看不上那人。「暮春學館其中之一的坐館是周墩遲。」

前些日子他為了稻田養魚的事四處奔波時，那傢伙還跑到縣衙裡對著他指手畫腳的。說他不懂農務就不要胡亂插手農事什麼什麼的，聽得他一陣膈應和反感，憑什麼啊？被罷了官後就好好做他的坐館先生就行了，他以為他是誰，竟然還敢跑來指著他的鼻子教訓他？哼，當時他也沒和他客氣，讓兩個當值的官差將他扔了出去。

那傢伙忘了，他還欠著他銀子沒還呢。當初信誓旦旦說還他的，至今他連一個子兒都沒見著過！而且每逢他提銀子時，姓周的就一臉受傷的樣子，彷彿他那話給了他多大的傷害似的，再不然就是數落他渾身銅臭老惦記著這些阿堵物。久而久之，他也懶得提了，就當那錢被狗叼走了。

「什麼？」羅雲初驚訝地叫了出來，若說除了親人外，最令她印象深刻就非這姓周的酸書生莫屬了。

「不成，飯糰不能進暮春學館。」她可不想她好好的兒子被那姓周的教成一副書呆的樣子，像姓周這人，書讀得再好又如何？不知道變通的人，永遠只是一本活動的教科書。

二郎深以為然地點了點頭，顯然他也對姓周的這號人物印象深刻。

「可是青竹學院離咱們這兒有點遠。」

「沒事，不就是兩刻鐘的路。」羅雲初琢磨著，明天人牙子來時，得給飯糰挑個身板結實的小廝才行。

「嗯，既然二哥你們決定好了，明天我就親自到青竹學院走一趟。」稍有名氣的學館都有一些臭規矩，對所收的學生要求挺多。宋銘承倒不怕飯糰達不到，他只怕有些人狗眼看人低。飯糰這姪子性格是有些內向，但卻是個聰明的，如今《千字文》和《三字經》都背得滾瓜爛熟。

「呵呵，老三，謝謝你了。」二郎真誠地道了聲謝。

「咱們都是一家子人，客氣啥？」

羅雲初和二郎都是明白人，老三在書院學館方面都是能說得上話的，不是因為他縣令的身分，而是因為他在文山書院還擔任著他們的夫子，雖然是掛名的多。但每月的卷子，他是實打實地批閱了，每回他閱卷後，那些學生看了他的批語，都覺受益匪淺。

文山書院算得上是明州數一數二的書院，輕易不肯收學生的。因為進了裡頭的，只要肯下功夫，鄉試時，中舉不是難事，再不濟，也能混個秀才當當。羅雲初也是在天孝進了文山書院後，才對其有所瞭解的，莫怪乎這麼多人削尖了腦袋兒想進去。

元宵後，天孝就離開老家去了文山書院，晚上回來就住在老三家。余氏特意將西廂收拾了出來給他住，不過他今兒個在書院那邊有事，回不來，已經讓人帶話回來了。在她看來，天孝能進文山書院，固然有老三使力的原因，但最主要的是天孝的資質好加上底子紮實。

對飯糰的培養計劃，羅雲初早想好了，先讓他在學館啟蒙三、四年，待他九、十歲時，再走老三的後門，把他送到文山書院去。

當晚，二郎摟著羅雲初睡覺時，在她耳畔一個勁兒地呢喃著未來的一些打算。「飯糰進學館了，再過兩、三月，棉花該打頂了，屆時稻田裡的魚苗也能收了。」

絮絮叨叨，羅雲初一看就知道他這是心中歡喜，卻又不知道如何表達的樣子。羅雲初開始的時候還認真聽他說，時不時應上兩聲。到後面，她睏意上湧，有點撐不住了。見二郎仍沒停嘴的意思，她微微打了個哈欠，腦袋靠著他的肩窩蹭了蹭，然後閉上眼，時不時地哼唧一聲當是回應。

二郎說完一段，見旁邊的人兒沒有回應，側過頭一瞧，發現媳婦睡著了。他微微挺起身子，就著窗外的一點星光，伸手將床鋪裡側的軟枕拖了過來，放在她的身側，然後才重新躺下，小心地攬過她，吧唧地在她臉上親了一口，才滿足地閉上眼睡去。

次日，黃婆子領了十來個人來，在院子裡一字排開候著。

昨晚余氏見他們沒安頓好，直接拔了兩個下人過來給他們搭把手。鍾嬤扶著她從屋裡出來，另一個姓計的老媽子早早便在院子裡早擺了一張椅子，羅雲初的身子有七個月了，肚子高高地隆了起來，不宜久站。

黃婆子見了羅雲初，就是陣誇張的恭維，羅雲初只是淡笑，不鹹不淡地應付著。察覺到羅雲初的不耐，鍾嬤打斷黃婆子的自唱自說。「好了，黃婆子，別拍馬屁了，趕緊開始吧。」

黃婆子滿臉堆滿了笑容道：「是是是，宋二夫人，不是我自誇，我黃婆子調教出來的人，沒一個不說好的。您呀，儘管放心地挑吧，保准您買一個賺一個，買兩個賺一雙。」

對她的話，羅雲初不置可否，她只略掃了一眼，直接將一些打扮得豔麗的，眼睛不住地轉悠的，一看就是不安分的主兒過濾掉。點了八個人出來，這些都是她第一眼看上去感覺還不錯的。她一揮手，讓沒被挑上的退到旁邊。

黃婆子看著沒被挑上的人，暗道了聲可惜後忙打起十二分精神應對羅雲初。在領人來之初，她就打探了這宋二家的底細，發現不過是一暴發戶罷了，雖然與縣太爺是兄弟，但她估摸著這宋二夫人也是一個兩眼一摸瞎的主兒，哪裡懂得如何挑下人？這裡頭的彎彎繞繞，沒點出身的人都難懂呢，她這才將那兩個容貌豔麗的領了過來。誰知甫一照面，宋二夫人這通身的氣派雖然比不上高門大院的女眷，但也渾不似農婦。

其中一名長相豔麗身姿窈窕的姑娘不甘地看了羅雲初一眼，慢吞吞地挪著步子，不肯下臺一鞠躬。

見到如此情況，當下她便湊上前，指了指那姑娘，笑道：「宋二夫人，這丫頭叫麗娘，平時伶俐著呢，而且長得也端莊，放在跟前也舒心不是？而且宋二夫人您有所不知，麗娘也是個可憐的人，她以前是江南那邊的大家閨秀，因家道中落才自願賣身的，琴棋書畫都是通的。」

羅雲初復又看了一眼那叫麗娘的，發現她雙眼水盈盈地看著自己，一副欲語還休的樣子。

「黃婆子，還是不了，咱們家只是一座小廟，可容不下她這尊大佛。」而且她這是挑丫鬟，不是給她家二郎挑姨娘好嗎？

見羅雲初回覆得如此堅決，黃婆子便知不是個好糊弄的，心裡嘆了口氣，瞪了麗娘一眼，罵道：「還不給我滾過去？妳們這些個沒福氣的，宋二夫人多好的人哪，偏生妳們就入不了夫人的眼！」她心裡暗自發愁，買麗娘幾個俏丫頭那會兒，她可是花了不少銀子，眼下帶著她們給幾戶人家相看了，就是挑不中，她還要白養著她們到幾時啊？

羅雲初沒理會黃婆子，細細看了那八個人，衣裳、手、指甲方面都一一看過，剔除了一個指甲烏黑的。接著讓鍾嬤扶著她圍著他們走了一圈，又去掉了一個散發著濃重異味的，如此一來，便只剩下六個人。黃婆子此時可不敢造次了，乖覺地將這些人的基本情況一一說與羅雲初聽。

羅雲初早打算好了，這回挑六個下人，一個管門房，一個管廚房，在飯糰和湯圓身邊各放一個小廝、丫鬟。挑人的過程很順利，畢竟經過二輪篩選，剩下的六個都是不錯的。

只一點，關於一對姓嚴的夫妻。這對夫妻，要麼就一個不買，要買就得兩個都買下來。當時羅雲初不知道還有這種說法，她才挑了嚴嬸，黃婆子便湊上前和她說了這對夫妻的情況。原來夫妻兩人前頭一直在大戶人家裡頭當差，去年發生饑荒時跟著主人舉家搬遷，豈料途中遇變故，嚴叔的腳在那時斷了，因此和主人家斷了聯繫，虧得嚴嬸一直跟在他身邊不離不棄。不過他的腳因耽擱了治療，所以跛了，平時慢走看不太出來，走快了就顯眼了。嚴嬸有一手好廚藝，許多人家都願意買下她，但有了這個前提，便有了許多限制。

羅雲初聽完，挑了挑眉，讓嚴叔出來走走，發現腳跛得不是很嚴重，見夫妻兩人眼巴巴地看著自己，當下便痛快地將人買了下來。他們這又不像高門大院極注重面子，門房有一點點跛還是可以接受的。

當下夫妻兩人喜極而泣，直和羅雲初道謝，羅雲初讓他們退下後，又挑了兩個，兩個都是十歲左右，加上一個丫鬟如意，一個小廝金水，總共花了二十一兩，這四人簽的全都是死契。除了跟在飯糰身邊的小廝需要比較機靈的人，其他幾人羅雲初都是淨挑實誠本分的。

羅雲初給了銀子，將眉開眼笑的黃婆子打發走後，便將四個人交給鍾嬤了。自此，羅雲初一家子在縣城的生活就此展開。

「媳婦，這真能成嗎？」二郎看著地上的兩大袋粉末，語氣中很不確定。

「放心吧，保管能成。」羅雲初安慰。

「嗯。」如今他是沒辦法了，活馬也只能當成死馬來醫。

棉花剛出苗不久，二郎便發現有一小片地遭了蟲害，向李大爺請教了，兩人折騰了許久，都拿它們沒辦法。和羅雲初說了後，她讓二郎將整個青河縣裡所有藥材店的楝樹種子都買了下來，連近一點的鄰縣藥鋪都被搜括一空，然後把它們磨成粉末，撒在地裡。楝樹種子粉末可以使生長著的棉花、小麥等避免遭受蟲害。

這土法子，她忘記好久了，還是上回無意中回憶起來的。種棉花的時候太忙了，她一時也沒記得告訴二郎。

將整片的棉地都撒上楝樹種子粉末後，一連幾天，二郎都往老家跑。他高興地發現蟲害總算抑制住了，只是那近半畝的棉地可惜了，因為他們耽擱了幾天，那些棉苗病的病死的死。二郎狠了狠心，將那半畝地那些半死不活的棉苗全拔了，種上番薯藤。老家還養著十幾頭豬和十來隻兔子呢，不多種些番薯藤怎麼夠？

前頭的那隻母山羊羅雲初他們養了幾年，生過兩隻崽兒，不過崽兒都被賣了，而如今這隻老功臣也被接到縣裡享福去了，自個兒獨占後院的後罩房，每日裡只產幾斤奶，啥都不用做，讓人好吃好喝地伺候著。

自羅雲初他們搬上縣裡和老三他們比鄰而居後，兩家的關係越發的親密了。尤其是余氏和羅雲初兩人的感情漸漸牢固，平日裡不是妳過來我這兒坐坐，就是我過妳那兒串串門兒。

這日，羅雲初午睡剛醒，丫鬟如意給她打來一盆清水，她接過濕布巾擦了把臉，邊擦邊感嘆，萬惡的封建社會啊，有人服侍的感覺真好啊。洗了把臉，羅雲初頓時感覺清爽涼快許多。

「大少爺、二少爺呢？醒了嗎？」自搬進這裡，羅雲初便讓下人們改稱飯糰和湯圓兩人為大少爺二少爺或者叫他們的大名——天仁少爺、天瑞少爺。想到當初如意小丫頭一時口快叫了飯糰少爺、湯圓少爺，羅雲初就一陣惡寒。

「醒了，剛才兩人還手拉手來找夫人您呢，不過見您還在睡著，便沒吵醒您，兩人結伴去了書房。」

羅雲初點了點頭，站了起來。「走，去書房看看。」自飯糰去了學館後，不多時就結交了許多小夥伴，又學到了許多新鮮的東西，整個人變得開朗許多。本來飯糰的性格有點內向，羅雲初對他的轉變很欣喜。飯糰是個好孩子，不斤斤計較也不霸道，學館裡的孩子都愛和他玩。加上每回羅雲初給他準備的點心，他都捨得拿出來和大夥兒兒一塊吃，從來不搞獨食，所以他在學館裡的人緣是一等一的好。有這種結果，羅雲初不意外。

如意聞言立即過來，扶著她慢慢往書房走去。遠遠地，就看到飯糰挺直了小身板，如同夫子般坐在矮書桌後面，繃緊了小臉，滿臉嚴肅地看著坐在桌子對面的弟弟。「湯圓，來，跟著哥哥唸，人之初，性本善。」飯糰稚嫩的童音遠遠地傳了出去。

湯圓懵懵懂懂地看著他哥哥，一字一句地唸道：「人之初，性……性本善。」

「好乖，繼續，性相近，習相遠。」飯糰皺著眉頭，動了動微麻的小腿，繼續。

「性相、相近，習……習……」習不下去了，湯圓小包子委屈地看著他哥哥。

見弟弟唸不出來，飯糰忙道：「習相遠！快唸。」弟弟怎麼那麼笨啊，教了兩遍了，還唸不全！

飯糰小包子也不想想自己當初，唸了三、四遍還沒像模像樣呢。

「哥哥，我們出去玩好不好？外面的花花開了，我們去摘，摘給娘，好不好？」湯圓自動忽略了哥哥讓他唸書的話，滿臉期待地看著飯糰。

「不行，得唸書！」他答應過娘的，要把他學到的東西都教給弟弟的。

因為去學館之時，娘的一句叮囑「好好用功，認真學習，學到什麼回來可以教給弟弟」，讓飯糰牢牢記在心裡，如臨大敵般，鄭重地將為湯圓啟蒙的責任攬了過來。其實飯糰不知道，羅雲初那句話不過是如同天下父母一樣習慣性地叮嚀而已，特別是後面那句，不過是玩笑話罷了。

小孩子的耐性本來就差，湯圓剛睡醒就被飯糰抓來書房讀書，一開始還覺得新鮮好玩，讀了兩遍後，他就覺得膩了。

湯圓嘴一癟，眼眶一紅，控訴道：「嗚嗚，哥哥欺負湯圓，哥哥不喜歡湯圓了，嗚嗚……」

見到二少爺哭了，如意急了，看向羅雲初，卻被她阻止了。

飯糰手足無措了，他急忙站了起來，下了地，繞過桌子，將哭得慘兮兮的小傢伙抱了起來。「別哭別哭，湯圓別哭。」

湯圓不理他，繼續掉著金豆。

「好啦好啦，怕了你了，哥哥帶你去玩了。」飯糰老成持重地嘆了口氣。

聽到飯糰的話，湯圓揉了揉眼睛，打了個嗝，問道：「真的？」

見他哥哥點頭了，得寸進尺地要求。「哥哥，揹，揹。」

飯糰認命地蹲了下來，湯圓俐落地爬上他的背。飯糰很用力很用力才能直起腰來。「湯圓，你好重喔。」他低低地抱怨了句。

這兩年飯糰的身體經過羅雲初的調理，比同齡人長得高了點壯了點，揹起湯圓這小不點還是有點吃力。

「胡說，爹舉起湯圓的時候，都不費力！」湯圓不依地反駁。

羅雲初見兄弟倆往她這邊走來，忙讓如意將她扶回房裡，她想起剛才的情景，忍不住笑倒在床上，捶床。

晚上，吃過飯後，飯糰又追著湯圓讓他唸書，羅雲初在一旁看了又好氣又好笑。為了不讓大兒子繼續禍害小兒子，省得將小兒子學習的興趣都折騰沒了，她只得出言相攔了。「飯糰，當初娘可沒有一開始就教你《三字經》、《千字文》喔，還記得娘讓你寫的大字吧？」

見弟弟如此厭惡學習，飯糰很失敗，此時他娘的話讓他眼睛一亮。「娘是說，讓飯糰先教弟弟認字？」

「對，先教他一、二、三、四，山、石、田、土、方等簡單的字。」

「那飯糰明白了。」

第五十章　大收穫

二郎家的日子漸漸過得紅火起來了，老家那頭水稻和魚苗都在茁壯成長，棉花的成長情況也不錯，一派欣欣向榮。

進入五月後，趁著魚兒的價錢好，二郎陸陸續續也撈了些個頭大的來賣。虧得今年的魚價不錯，貴的時候能賣十五文錢一斤，便宜的時候也能賣十文錢一斤，這魚一直賣到稻子成熟，每日賣個幾十斤，每天都有七、八百錢的進帳，一個多月下來，就賣了兩、三千斤。

摸著熱呼呼的銀子，二郎每日的心情都很好，逢人便笑。

五月中旬，水稻開始抽穗。二郎往老家跑得更勤快了，有時實在忙得很了，他索性就在老家住上兩天。隨著時間的推移，水稻漸漸彎腰成熟，稻穗也變得金黃金黃的。

羅雲初他們家六十一畝的田全種了水稻，如今都變得金燦燦的。風一吹，那場面甚是壯觀，常惹來村民們的佇足觀望，看著這一串串沈甸甸的稻穗，總是欣羨不已。

「唉，看來還是老宋家的人懂得種地啊，瞧這稻穗，比別人家的都長得飽滿。」一位老人抖著手，輕輕摸了摸在他手中的稻穗。

「欸，八叔公，人家肥料都不知道施了多少，產出當然多了！」老人旁邊的青年撇嘴，其實他看向這一片稻田的眼睛裡有掩飾不住的熱切，特別是看見稻田裡不時躍出水面的鯽魚、鯉魚，更忍不住偷偷地嚥了嚥口水。

老人自然也看到他這饞樣了，一個鍋貼拍到他後腦勺上，笑罵了句：「沒出息的傢伙，光知道吃！」老人微瞇著眼看向這一片稻田，接著說道：「不僅僅是施肥的原因，咱們家的地施的肥也不少了，要我看呀，指不定老宋家每畝水田的產出要比咱們家多兩斗呢。」

「不是吧？比我們還高兩斗？」青年怪叫，要知道，他們這裡每畝地的產出，不過是一石多的稻米而已。他們家可是花了大力氣下去的，施肥鋤草不落人後，伺候那幾畝地比伺候他家老爹還勤快。這才讓一畝地比別人的多產出兩、三斗，如果老宋家的比他們家還要高出兩斗的話，就是比一般人家高出近半斛的產量啊。這般一想，青年嘖嘖有聲地望著這片稻穀。

老人瞥了他一眼。「大驚小怪，你瞧瞧是不是，人家這稻穗結得是不是比咱們家的還長一點？高兩斗還是我保守估計呢。走吧，回家去了，眼紅人家有什麼用，回去記得好好伺弄那幾畝地啊。」

說完老人就率先走了，年青人老老實實地跟在身後。

六月中旬，青河縣全面收割早稻，羅雲初他們家那六十一畝水稻也不例外。而他們三個多月前在稻田裡放養的魚苗，更是大面積豐收，稻田裡的鯉魚鯽魚普遍有四、五兩重，個頭大點的竟然有八兩！當然也有些個偏小的，只有三兩左右。二郎保守估計，減去前頭賣了的那些，每畝稻田還能產魚八十斤左右，六十一畝地大概就還有近五千斤的魚。想到這兒，二郎心裡頭火熱，真恨不得立即就把水田裡的魚全撈了上來！

因為稻田裡有魚，所以要趕緊將稻穀收割完。預訂好了收割的日子，二郎到別村請了十來個短工，加上長工、佃戶等，有近四十人。

羅雲初的身子八個多月了，她每天挺著個肚子就像抱著個球，低頭時已經沒法看到自己的腳了，進出都讓人扶著。她聽到二郎說收割早稻了，吵著要去看。孕婦的情緒總是那麼莫名其妙，二郎怎麼哄都哄她不住，只得摸摸鼻子，到老三家將他們的馬車借來一用。

余氏聽著二郎的抱怨，對稻田養魚的成果也頗為好奇，遂提出了和羅雲初一道回老家的想法。她用的理由很正當，好久沒有回去看看娘了，也不知道她老人家身子骨好不好，今天正好得空就回去看看。

得，二郎本來還指望他這弟妹將媳婦勸一勸的，這下好了，一塊兒去算了。

將馬車停在大路小路的交叉口，交代好了媳婦要好好待在馬車裡，不要隨意下地走動後，二郎便領著人往田裡走去。

姊姊、姊夫搞出的東西，阿德也是好奇的，得知要收穫了，他忙將店門一關對外說休息一天，就屁顛屁顛地來幫忙了。

「啊啊，東家來了，開始了開始了。」留守的長工一見著二郎就興奮地大叫。

「水放掉了？」二郎問。六十一畝地，被分成三大塊，如今又是收割又是撈魚的，自然要將田裡的水放掉一些了。

「好了好了，東家，開始吧，我們都等不急想吃魚了呢。」眾人起鬨，二郎是個隨和的漢子，長工們和他打了幾個月的交道後，見到他也渾不似之前的拘謹。

「呵呵，好，咱就開始。」二郎光著膀子，手裡抓著一把禾鐮，率先下了地。

眾人紛紛散開，各自下地。

老三領著人，遠遠就看到自家的馬車了，他忙走近。青兒見著自家老爺，忙向余氏稟報了聲，余氏掀開車簾，老三正好趕到。

「二嫂，歸晚，妳們在這兒？二哥呢，下地去了？」

「是啊，喏，就在不遠處。」余氏指著前方說道。

「嗯，妳們在這兒待著，我帶人過去瞧瞧。」自從得知自家二哥這兩天收割時，宋銘承就琢磨開了。前頭他口水都說乾了，青河縣裡都沒什麼人相信稻田能養魚。事實勝於雄辯，趁著二哥收割水稻這個機會，他有意向全縣的人展示這個成果。他就不信了，等他們親眼見了成果，他們還會不相信？所以這兩天他也忙開了，每個村子他都抽一個人出來，今兒個正好帶他們來見識見識。

中國人的劣根性，愛湊熱鬧。二郎他們還沒開工多久呢，村子裡的人都出來田裡看熱鬧了，田頭地間，人頭攢動，吵吵鬧鬧，有說有笑的，恍若過年般，豐收的喜悅讓人止不住地興奮。

村子裡半大的男孩最是調皮，有些個膽子大的，在田邊光看著覺得不夠了，手癢癢的，非常想下田試試。

「宋二叔，俺想下去幫你捉魚，中不中（注）？」

一個人帶頭說了，其他的男孩也跟著起鬨。

「你要下便下吧，我可說好了，沒有工錢給的啊。」二郎開著玩笑。

「俺不要工錢，只要宋二叔送我兩尾魚就行。」

二郎笑罵：「喲呵，你小子，算盤倒打得響亮。趕緊的，下來吧，幹活可得給我賣力點啊。」鄉里鄉親的，送兩尾魚給大夥兒嚐嚐鮮，二郎心裡高興。

「來了來了，宋二叔，我王虎子幹活，您就放心吧。」王虎子下了地後，見一班兄弟都還在田埂上張望，忍不住催促。「沒聽到二叔的話嗎？趕緊下來啊。」

這些傢伙都是精的，一聽這話哪有不明白的，個個將腳下的草鞋脫了，爭先恐後地下了

注：中不中，河南方言，好不好、行不行之意。

地。

時辰越來越近午，日頭越來越熱人，余氏讓車夫將馬車趕到不遠處的大樹下。青兒拿出一塊方布，挑了一塊草地鋪了上去，將著又回馬車上將出發前帶來的茶點拿了出來，讓飯糰和湯圓兩人坐在上頭作耍。

馬車上，余氏看著羅雲初的肚子，語帶羨慕。「二嫂，說實話，我真羨慕妳。不管這胎是男是女，妳算是站穩了腳了。」

羅雲初知道她的壓力也大，嫁進來也有半年多了，肚子裡一點動靜都沒有。余氏現在的情況比不得她當初，她當初那半年是故意避開受孕的，而余氏則是盼都盼不來孩子。

羅雲初看著她落寞的神色，安慰道：「妳和老三還年輕呢，而且妳才嫁進宋家不到一年，急啥？指不定妳肚子裡已經有了，只不過沒有察覺罷了。」

余氏看了她一眼，嘆了口氣。「唉。」二嫂她不知道，前些日子婆婆來家裡住了兩天，直盯著她的肚子瞧，話裡話外都是暗示她要趕緊懷上。她是有苦說不出，這事又不是她一個人就能行的，況且他們夫妻倆一切都正常，孩子不來，她也急啊。

這種事羅雲初也無能為力，突然間，她想到有一回她和二郎討論的話題。於是她向余氏招招手，余氏不明所以，還是湊了過來。

「三弟妹，妳和老三一般是什麼時候行房最多？」其實問出這個，羅雲初也覺得自己臉蛋熱熱的。這麼尷尬的問題，若不是為了余氏，自己也不必如此……

余氏驚訝地看了她一眼，見羅雲初一臉認真，臉紅紅地說道：「一般、一般都是在小日子前後。」聲音比蚊子還小，後面漸漸沒聲了，若不是挨得近，羅雲初都聽不清呢。

羅雲初拍了拍她的手，湊近她的耳畔低語。「我聽人家說，在小日子結束八、九天之後這段時間內行房，能提高懷孕的可能性。」

余氏訝然。「還有這種事？」怎麼和她娘教給她的不同呢？

「妳且試試便知了。」

「嗯。」

此話題到此為止，兩人都很有默契地拉起家常來。

此時金水跑了過來，喘著氣叫道：「夫人、夫人，老爺剛賣了一千二百斤的魚。」

「哦，才一個多時辰就撈了這麼多了？」

「是啊，人手足嘛。夫人，老爺剛才說了，中午熱頭毒，讓您早點回去。今天中午他們還得接著幹，爭取午時的時候再撈一千斤上來，老爺和另外兩個縣的魚販子約好了。」

「知道了。」

「剛才老爺還問了，回去時要不要弄兩條魚給您帶回去嚐嚐鮮？」羅雲初愛吃魚，二郎惦記著呢。

「不用了。」自五月分他們家賣魚開始，飯桌上就沒少過魚，不過那些魚都是用水養了一天半天，去掉了泥腥味才煮來吃的，所以她不是很稀罕這些剛撈上來的魚。

「夫人，沒什麼事，小的就去田間幫忙了？」金水是半大的孩子，為奴之前也是掏鳥捉魚無一不精的主兒，平日在府裡還能拘著他的性子，難得今兒個能乘機玩個痛快，自然不想放過這機會了。

「去吧去吧。」羅雲初揮手，讓他去了。

金水走遠了，余氏才笑道：「二嫂，二哥如今是越來越出息了。」

羅雲初嘴上謙虛。「哪裡哪裡，妳二哥這人笨得和木頭似的。」但她的嘴角卻微微上揚，心中不可抑制地湧出一股名為驕傲的情緒。如今二郎也能獨當一面了，處理事情的手段也越來越成熟老練，最近半年，老家的事全權是由二郎一手操持的，除了一些他解決不了的一、兩件事會拿來和她商量之外，她啥也不用操心。

余氏將她的神色瞧得明白，自然明瞭她的言不由衷，不過她也真心為二哥二嫂感到高興。官場上從來都是魚幫水、水幫魚的，二哥一家發展得越好，對自已家就越有助力。

中午的時候，羅雲初早早就請余氏幫忙，在老家那邊用大鍋煮了幾鍋魚湯外加白米飯，又炒了十斤左右的豬肉，讓下人全搬到田間給二郎他們當午飯。

不管是長工短工還是來幫忙的，見到如此豐盛的菜餚都很高興，也不拘什麼，大夥兒就在田頭湊合著吃了一頓，吃完歇了一會兒，又開始幹起活兒來。

晚上收工的時候，二郎沒有食言，不管是來幫忙的孩子還是短工、佃戶，每人送了兩尾魚。那些孩子高興極了，提著活蹦亂跳的魚一個勁兒地說明天還來幫忙。

既然回到了古沙，可不能過門不入。她們婆母尚在，過門不入那是不孝的行為，被人知道了要戳脊梁骨的，所以甭管妯娌倆心裡怎麼想的，也得回去宋家老宅一趟。

難得回老家一趟，飯糰帶著湯圓去找大胖等昔日的小夥伴玩去了，羅雲初讓金水跟著兒弟倆，倒也不怕出什麼亂子。

今天老二給她掙了大臉，宋母高興，倒也沒給兩位兒媳擺臉色添堵。

宋大嫂神色不自在地僵笑著，和羅雲初妯娌倆套著近乎，尤其是面對余氏時，態度中更多了絲巴結。態度轉變之大，鬧得羅雲初不甚明白她唱的是哪齣，遂小心應付著，絕不讓她近身。宋大嫂這人是不能以常理來推斷的，剛才打照面那會兒，羅雲初可是有注意到她面色不豫盯著自己高聳的肚子的。巴結余氏她理解，天孝如今住在老三家嘛，老三空閒時也會指點一下他的學問，對老三媳婦親熱一點這沒什麼。但對著自己假笑是怎麼回事？羅雲初很想告訴她，不用這麼勉強的，她這樣讓她很不自在耶。

羅雲初不知道，大郎今年緊跟著二郎的步伐，稻田裡也養上了魚，九畝水田產魚千斤，前前後後賣得了十兩銀子！如此一來，他們自然得巴著老二一家了。老三當著官，自不必說。

「二弟妹，三弟妹，喝杯水吧。」許氏笑呵呵地給兩人倒了杯水。許氏抽空瞄了宋大嫂一眼，果然見她的臉僵了一下，心裡對她很是瞧不上眼，她淨幹些不倫不類的事。要她說，巴結就巴結，討好就討好，巴結討好中還端著大嫂的架子算怎麼回事？連水都不給人家倒一杯，淨說些虛的有什麼用？

「謝謝。」雲初和余氏對視了一眼，接過水，道了聲謝。

她們對大房如今的情況也很無奈，說心裡話，許氏的確比宋大嫂稱職一點，至少做事不會那麼沒腦子，而宋大嫂就是個成事不足敗事有餘的傢伙。不過再怎麼樣，也得顧及天孝、語微的感受。

妯娌幾人又扯了一會兒家常，就有下人來報，二房那邊已經收拾妥當了，羅雲初和余氏便站起身往外走去。

許氏看著相攜而去的兩人不無遺憾，瞥了宋大嫂一眼，逕自忙去了，獨留宋大嫂在那兒恨恨地瞪著她們幾個的背影。

妳們等著，等我兒出息了，定要妳們好看！

羅雲初一回到熟悉的大廳，待下人退下後她就忍不住歪在上頭。過慣了舒適的日子，回來面對這些糟心事的時候竟然覺得累得慌，果然是太鬆懈了啊。

她才歇了一會兒，顧氏和趙大嫂就連袂而來。顧氏帶了兩罐醃製好的酸菜，趙大嫂則送來了一籃子雞蛋，趙大嫂還交代她，待她坐月子時，得一天吃上兩、三個，若不夠了讓二郎再回來拿，直聽得羅雲初感動不已。要說他們一家子搬到縣上後，最捨不得的就是顧氏和趙大嫂了。在鄉下，雞蛋都金貴，常常都是攢下來賣錢的，輕易捨不得吃。

如今正是農忙的時節，誰都沒有多少空閒光坐著聊天的。幾人說了好一會子話，又交代了一些生產該注意的地方，兩人才散了。

晚上的時候，一大家子的人擠在大郎家吃飯，除了天孝在書院外，宋家全體成員都到齊了，一共十一人，那張大大的圓桌子勉強坐得下。

一家團聚，宋母看著高興，晚飯多吃了半碗。今晚三兄弟的興致很高，大郎讓許氏將他珍藏的好酒拿了出來。

湯圓小混蛋是個挑嘴的，此時跟著上了飯桌，羅雲初給他挾了他最愛吃的紅燒肉。

小傢伙呸的一聲，將嘴裡的紅燒肉吐了出來，皺著小臉委屈地看著羅雲初。「娘，肉肉好難吃喔。」

「混小子，胡說什麼？」羅雲初輕拍了他的小屁屁一下。她的視線在許氏和宋大嫂臉上掃過，注意到宋大嫂的神色有點扭曲，心道，壞了，這頓飯難道是大嫂準備的？她不是一向不管事的嗎？

羅雲初猜得沒錯，宋大嫂有意在三兄弟面前表現一下，想拿回管家的權力。卻沒承想，她的廚藝八百年都沒個進步，煮什麼菜都習慣放些油放些鹽，頂多再加個醬油就行了。之前宋家沒一個人抱怨過，宋家人前頭是不挑，有得吃就行了，卻害得人家宋大嫂以為自己的廚藝很好，此時被湯圓點破，她自然要變臉了。

「娘欺負湯圓。」小傢伙用手捂著小屁屁，控訴地看著羅雲初。「本來就難吃嘛，湯圓說的是實話，娘教過湯圓的，要做個誠實的孩子，不要說謊。」

其實湯圓小傢伙平時很好伺候的，只要不讓他餓肚子，穿著也舒適，一切都好說。而他才陪著哥哥瘋了一個下午，正是餓著的時候，偏偏他娘又讓他吃這麼難吃的東西，小傢伙覺得委屈極了。

聽著湯圓的話，一干人都努力憋著笑。

哎喲喂，我的湯圓啊，娘知道你說的是實話，但咱們偶爾也可以撒個善意的謊言啊。羅雲初瞄了黑著臉的宋大嫂一眼，忍著笑問：「湯圓，紅燒肉不好吃，咱們吃別的肉好不好？」說話間，羅雲初給他挾了一小塊魚肉，還細心地剔了魚刺才放到他碗裡。

小傢伙氣呼呼地拿著小勺子將它填進嘴裡，呸，湯圓又吐了出來，這回直接哭上了。

「哇，娘，有泥巴，臭臭。嗚嗚，湯圓好餓。」

見到金孫哭了，宋母心疼極了，忙伸出雙手想將湯圓抱過去，豈知湯圓一扭頭，朝羅雲初張開雙手。「娘，抱抱，嗚嗚……」

羅雲初對宋母笑笑，將湯圓抱過來哄，這下他連眼淚都哭出來了，想必是餓得很了。

宋母訕訕地收回手，臉色不是很好看。

「別哭，別哭，娘吃吃看。」羅雲初挾了一塊魚，嚐了下，發現魚沒去腥，可能連薑和酒都沒放。她再用筷子一戳，發現大嫂不知道是忘了還是怎麼的，魚腮也沒去掉。

二郎雖然也心疼小兒子，但他這樣鬧騰著兩家臉面都不好看，忙拿出當爹的威嚴輕斥。「哭啥哭，趕緊吃飯！」

二郎一向寵著這個兒子，從來都捨不得和他大小聲。湯圓哪裡受過這種待遇，頓時怔了一下後撲到羅雲初懷裡哭得更厲害。「不吃，這麼難吃，湯圓不吃，嗚嗚，羊咩咩吃的都比這個好吃！」

自買下嚴叔、嚴嬸後，兩老感念羅雲初的恩典，做事很是賣力。加上和飯糰、湯圓相處久了，膝下荒蕪的兩老真心將兄弟倆當孫子般疼愛，比之羅雲初有過之而無不及。有時湯圓調皮，羅雲初教訓得重了點，都要被兩個老人埋怨幾句。嚴嬸有一手好廚藝，每日變著花樣給兄弟兩人做吃食，難怪兩人的嘴要被養刁了。

飯糰在湯圓鬧騰將紅燒肉吐出來的時候就擱了筷子，其實他也沒吃幾口，飯糰安慰地拍著弟弟的小背脊。「弟弟，莫哭，莫哭。」

「湯圓別哭，來，吃一點，一會兒回家娘給你做蛋羹，鮮鮮嫩嫩的喔。」羅雲初輕聲哄著。

「真的？」湯圓抬起淚汪汪的眼睛，得到他娘肯定的點頭後，他伸出胖胖的兩隻手指頭。「那湯圓要兩碗。」

「行，趕緊吃點飯。」羅雲初將他的碗拿過來，讓他自己舀著白飯吃。得了承諾的湯圓眼簾上還掛著淚珠，吸了吸小鼻子，乖巧地拿過勺子，一勺一勺地往嘴裡填飯，桌子上的菜他是一眼都懶得看。

趁著吃飯的空檔，二郎不好意思地道：「大哥大嫂，你們莫要見怪，湯圓這孩子給我慣壞了。」

「是啊大哥，湯圓這孩子嘴太挑了。」羅雲初也忙說道。

「可不是嗎？也不知道二弟妹怎麼教的孩子，想必日日都是山珍海味吧？自然就吃不習慣咱們家的粗茶淡飯了。」對老二家的孩子如此落自己的臉面，宋大嫂自然是生氣的，想起剛才她到二郎家拔蔥時見到的情景，她心裡更是不舒服。「看看咱們家過的都是些什麼日子啊，人家長工吃的都比我們家好！」

羅雲初心裡明白宋大嫂說的是什麼，今天她見大夥兒幹活都賣力得緊，加上稻田養魚大獲豐收，有意好好犒勞一下長工。遂讓人買了十來斤豬肉和一些豬大骨，還殺了兩隻雞給他們當晚飯，想必大嫂見著了心裡不舒服吧？不過她這大嫂，管得也太寬了吧？

大郎不高興地道：「說什麼呢，陰陽怪氣的。妳若覺得長工的伙食好，儘管給人當長工去！」

他轉過頭來對二郎和羅雲初說道：「別理她，成天抽瘋，現在不知道又在發什麼神經。」說完低下頭，悶悶地吃飯，心中有說不出的心煩。難得兩個弟弟回來一趟，他這妻子怎麼就不能安生一回呢，偏要在弟弟們面前給他沒臉。

「好了好了，一個個都給我閉嘴，難得大夥兒在一塊兒吃個飯，你們安生一點成不？」宋母板著臉訓道。

羅雲初知道宋母是連她一塊兒捎帶進去了，當下抱緊兒子，埋頭吃飯降低存在感。這頓飯可以說得上是不歡而散的，吃了飯沒多久，眼看天色已晚，二郎讓車夫套好馬車準備回縣裡。

上車前，兩個神色不安的佃農叫住二郎，三人嘀嘀咕咕，不知道說了些什麼，二郎回來的時候神色不是很好。羅雲初問了，他也不隱瞞，將情況一五一十地說了。

原來剛才那兩個佃農告訴二郎，說有人找上他們，想買稻田養魚的詳細法子，佃農們覺得不安，特意跑來問二郎的意思。他們還透露了，其中一人看著臉熟，似乎是他們宋家的遠房親戚什麼的。另一人似乎是周地主派來的。

二郎聽了，冷笑不已，告訴佃農，稻田養魚的法子可以給他們，人家給多少銀子就讓他們全都收下，也不用上繳了，就當自個兒撿到了。

羅雲初聽後，挺無語的。今兒個的事她是知道的，二郎在中午又賣了一千斤魚後，傍晚撈上的四百斤，兩百斤給了老三，讓他拿去做人情，兩百斤除了給幫忙的那些孩子一些外，和宋家交好的親戚朋友都各送了一些。卻不承想，才得了他們宋家的好處，轉過頭卻挖起親戚的牆腳來了，對這種人，她也打心底裡看不上。

本來稻田養魚這法子是準備在全縣推廣的，只不過現在正是搶收稻穀的時候，二郎也顧不上和他們解說。加上這工作讓老三來做最好，到時他在旁邊做個示範就成，偏有一些人自作聰明，罷了，讓長工們和佃農們都發個橫財也好。

第五十一章　棉花增產

張大牛一手提著一簸箕的兔糞進了旁邊那間密封的矮泥房，沒一會兒便憋得滿臉通紅地出來了。「呼呼，憋死我了。」

見到在院子裡劈柴的劉民，忍不住咕噥了幾句。「劉哥，這兔糞真是熏人，也不曉得東家留著這兔糞兔尿來做什麼，眼見著晚稻就要種了，地裡正缺肥呢。」

想起裡頭的近二十個大缸，張大牛就直搖頭，他還真沒見過如此寶貝這些兔糞兔尿的，比藏大米還仔細。

劉民瞥了他一眼，又專注起手上的活兒來了。「你管這麼多做啥？做好你手頭上的事就成了，你可別打這兔糞的主意，這兔糞東家看得緊呢。」

可不是，前幾天東家難得回來一趟，還巴巴地把那一屋子兔糞瞧上一眼才安心。算了算了，他也懶得想那麼多了，東家做事自然有他們的深意，若他能猜得中，現在也不會只是一名長工了。

連續忙碌了三、四天，總算把水田裡的稻子和魚都收完了，魚也賣完了，後面兩天的價錢略降了點，比不得頭天的價。那也是沒辦法的事，畢竟五千斤魚全傾銷在青河縣及其周邊的幾個縣裡，頭一天大家覺得新鮮，漸漸的就不稀罕了，價錢自然就上不去了。不過也能賣到八、九文錢一斤，她知足了。

她之前還愁著，若那些魚販子壓低價格，這麼多魚該如何處理呢。前世她是吃過不少魚製品，但她卻是一樣都不會的。最常見的就是把魚做成鹹魚乾了，但這裡鹽比魚還貴，她哪捨得用鹽來醃製魚乾？

這兩個月賣魚一共賺了五十八兩，減去魚苗和肥料的成本大概淨賺四十八兩左右。因為搬家，買下人、給新家添購物品，處處都要銀子，這些全都是支出的，如今家裡好不容易才有了進項，總算彌補了前頭的花用，還尚有盈餘，如今羅雲初的私房也不比家中的銀錢少。

阿德確實有生意頭腦，也捨得下本錢來經營，開春的時候他又買了一頭奶山羊和一頭奶牛，正養在後院呢。羅氏食坊的生意是越來越紅火，羅雲初每個月拿到的分紅可不少。

賣完魚的當晚，羅雲初讓二郎拿了五兩銀子又割了一隻豬蹄送給大哥，算是謝過他的幫忙了。

「二郎，棉地裡的棉花長勢如何了？可千萬記得要及時打頂啊。」羅雲初一邊收拾衣物一邊叮嚀，她記得打頂的最佳時期是六月十五前後的，正逢麥收。割早稻的時候她就問過二郎了，二郎說還沒到打頂時候，現在過了五天了，莫要誤了時候才好。

「今兒個我去看了，差不多都結出了四、五個果枝了，明兒我就帶人去打頂。」

羅雲初點點頭。「二郎，上回我跟你說的，用兔糞煎液噴施在棉葉上的事，你可別忘了啊。」兔糞是一種不可忽視的有機質肥料，用兔糞煎液噴施在作物葉片上，可以促進糧棉增產，即便是噴施到果樹上，也能顯著提高座果率（注）。她現在身子重，若不然，她肯定是得親自去看看的。

「媳婦，妳放心吧，我曉得的。妳說的我都記在心裡了呢，妳呀，就別操心那麼多了，好好養身子要緊。」二郎過來，扶著她坐在床上，伸出手不輕不重地幫她揉捏著腰際。

羅雲初靠在他身上，繼續囉嗦。「那天我看了放置兔糞兔尿的泥房，共有二十個大缸，你把它們分成三份來煎。記得要兌水啊，第一份一百斤尿糞兌三百斤的水，第二份是一百斤尿糞兌四百斤的水，第三份是一百斤尿糞兌五百斤的水。」這些話其實她已經交代過一遍了，但因為焦慮和不放心，她不得不多說一遍。

這些東西都是她爺爺教給她的，老人喜歡把一些治病秘方、種植方法當作寶貝來教給後人。當時她還小，只記得爺爺帶著她去給龍眼噴兔糞肥，具體的比例她不記得了，只得用三種比例來實驗一下。許多事情她都是看到了某些東西才記起的，刻意去想，反而啥都沒想到。

「嗯嗯，明白了。」

注：座果率，果樹上所結果數占開花總數的百分率

「還有喔，兔糞煎液的事你讓劉民一個人幫你，別給其他人知道啊。」打頂技術她估計是保不住了，六十五畝地的棉花統統沒了頂端嫩芽，除非瞎子，要不肯定都能見著，後頭長出側枝時以及結出棉鈴時，有點腦子的人都會明白過來的。既然打頂技術沒法捂住了，那麼兔糞增產這手段他們就得緊緊握在手中。這十來名長工中，唯劉民是二郎常掛嘴邊的，說他腦子好嘴巴緊，為人俠義，長工們都服他，羅雲初也觀察過幾回，也覺得他是個忠心可用的。

「媳婦，妳就放心吧，我曉得裡面的利害關係的。」二郎不願意她想那麼多。「不早了，咱們歇了吧？」

「嗯。」

二郎將她扶上床，然後給她的肚子蓋上薄被，這才把油燈給熄了。

「老三那事忙得怎麼樣了？」這兩天老三忙著把稻田養魚的技術教其他村子，二郎也前去幫忙。

「沒什麼問題了，大家都是弄地的老把式了，稻田養魚又不是多難的事。學一學便都會了，大夥兒興致很高，都打算甩開膀子大幹一回呢。」

羅雲初點了點頭，稻田養魚只適合水田，這年代，有水田的人家本就不普遍，即便有水田也不過是一畝、兩畝罷了，就算他們全養了魚，也不用太過擔憂銷售的問題。

不過話是這麼說，但對外的銷售一定要搞好，這些事情，羅雲初和二郎細說了做法，便教給他去跑了。待聯絡了賣出的渠道，談妥了契約及價格，回頭再來和農民們談，願意委託他們宋家代售的，就簽一份契約，不願意的，他們也不勉強。當然，其中是有一個差價的，不過不大，就是一、兩文錢每斤的差價罷了。這年頭，誰願意勞心勞力淨幹些費力不討好的事啊？

收割的早稻經過六、七天的高溫晾曬，如今已經能入庫了，六十一畝地總產稻穀一百三十八石，佃農上繳的租子，大概也有十五石左右。那麼羅雲初他們家大約收穫早稻兩萬四千斤左右。羅雲初早早便讓下人將正房後面的後罩房空了出來準備放糧食，兩萬多斤的糧食，放在老家哪裡能行，只有放在自己眼皮底下他們才能放心。

幾輛牛車加馬車將這些麻袋裝好的稻穀一一運到縣裡來，惹來眾人的側目。羅雲初在心裡算了算，每畝產量大概是兩石左右，比一般的水田高出四、五斗。有這好收成，羅雲初估計稻田裡養魚了，魚稻相得益彰，田變肥了，蟲害少了，產量自然就增了。連帶的幾家佃農的這季產量都不錯，比一般人的都略高些。

幫羅家幹活的十來戶佃農這回可算嘗到了甜頭，繳了租子後他們的收成可不比家有田產的人差，比起其他佃農收成好了一倍不止，兩相一對比，更堅定了他們要跟著宋東家的決心，原因無他，只為跟著宋東家，有肉吃。而其他解約了的佃農豔羨之餘更是後悔不迭，連忙找上二郎，希望能租幾畝田地給他們。但送出去的東西容易，想要回來就難了，再說他們家中養了這麼多長工，可不是讓他們白吃飯不幹活的。而且這幾十畝地養過一回魚後，肥著呢，二郎哪捨得租給別人？

當提及打頂時，眾人都以為東家瘋了。這棉花長得好好的，怎麼能把它頂端的嫩芽給去掉呢，萬一死了可怎麼辦？

見二郎查看了一下棉株後就動起手來，沒一會兒，十棵棉株均被去了頂，長工才知道東家說的是真的，按照東家說的，一一動工起來。二郎查看完長工們的成果後，點了點頭，讓他們繼續。隨後他叫上劉民，兩人回家忙去了。

僅花了一個上午，六十多畝地的棉株都被去了頂，十來名長工在回來的路上遇到不少人好奇地探問，他們都茫然地搖頭，其實他們也不知道東家為什麼要這樣做。村民們得不到答案，心裡撓癢癢似的，開始時不時地關注那片棉地。

長工們回到家就能吃飯了，吃了飯稍歇一會兒，二郎就讓他們開始幹活，把他用大鍋煎的兔糞挑到棉地去，他還說了，今天若把活都幹完了每個人加三十文工錢。此話一出，長工們就像打了雞血似的激動起來，活兒幹得飛快。

二郎挑著一擔兌水煎過的兔糞出了門，他停住腳步，猶豫地回頭看了大哥家一眼，最後咬咬牙，往自家的棉地走去了。棉花打頂他已經和大哥說過了，兔糞自己的地也才勉強夠用，實在勻不出來給大哥家了。等今晚他把棉地的事弄好了，把去年他和李大爺用的法子給大哥吧，用那法子伺候得好的話，畝產四百來斤棉花不成問題。

棉花打頂以及葉面噴肥後，二郎又忙著給它們根部施肥，一連忙碌了三、四天。二郎看著新出的嫩葉顏色變深，有光澤，葉面出現皺摺，葉片上舉，棉花改變了株型，而中下部結鈴極少出現脫落的現象，他心裡激動啊。去年打頂後，中下部的棉鈴多少都脫落了些，側芽的生長也沒有現在快，看著這片棉地，他幾乎能預見豐收的景象。

「可惡，被宋家老二擺了一道！娘的，老子花了十兩銀子，買來一個人人都會的方子，氣死我了！」周有財一手拿過擱置在桌面上的古董花瓶，作勢要砸。

周地主的貼身小廝四喜忙上前緊抱著花瓶。「哎喲喂我的老爺啊，這是您最愛的折枝梅花瓶啊，價值二百兩，二百兩，您老可別砸了啊。」這花瓶要是壞了，等周老頭回過神來，一準找自己的晦氣。

周地主的嘴角抽了抽，手可緊緊抓緊了那花瓶，二百兩二百兩，砸了回頭他可得心疼死啊。

「老爺，您何必跟宋二家計較那麼多，您瞧瞧，他就算當上了地主，也還像個貧農似的日日在田地裡忙和，哪有您過得清閒自在？」四喜知道他家老爺的，最是貪財。前些日子他聽了村裡的人議論，說那宋二家的水田養出的魚賣了幾十兩，直聽得他眼紅不已，這才有了使人暗中買方子那齣。可惜偷雞不成蝕把米，老爺心疼那十兩銀子，面子上又掛不住，前面他還想憑著那稻田養魚的法子大撈一筆呢，如今全被宋家的給攪黃了，他不氣才怪。

「也是，這些個人草根出生，天生的賤命！就是披上龍袍也不像太子。」周地主的神色中有說不出的鄙夷，這般發洩後他總算覺得舒爽了些，端起茶來裝模作樣地喝了幾口。

他不爽宋家很久了，在古沙村附近幾個村子，一直都是他周有財最大，宋家莫名其妙出了個官老爺也就罷了，接著又出了個地主和他搶食，真真是可忍孰不可忍！都怪他大意，要不是宋家，自己肯定能多收兩、三百畝地，青河縣其他幾個老傢伙家的糧都沒有他的多。

當時他就想動手給宋家一個教訓了，可惜宋銘承回來了，害他的計劃功虧一簣。宋老三在京城他不怕，天高皇帝遠，但他回來了，他可不敢在他眼皮底下搞小動作，這種事要查起來太容易了。

周地主陰陰地來了一句。「早知道當初摸著黑夜一包老鼠藥投進他們的水田裡，將他們的魚全都毒死！」

四喜嚇了一跳，想起那人的話，忙勸道：「老爺，您可不能這麼做呀，得為小少爺積點福。」

「嗯。」想起他這一把年紀了才得到的唯一一個兒子，他忙把不好的想法屏棄，就怕折了兒子的福。況且當了這麼多年的地主，能把周家的產業發展成這等規模，他的城府自然不淺。他就不信宋家老三能護得住宋家一輩子，三年一任，這時間他還等得起。

「我去看看景兒去。」提起寶貝兒子，他真是一刻都坐不住了。

「老爺真這麼說？」珠簾後，一抹人影若隱若現。

「是。」四喜恭恭敬敬地說道。

「我知道了，老爺那邊你多勸著點，讓老爺別那麼上火，省得做錯事知道嗎？」柔柔的女聲卻讓人生不出抵抗的情緒來。

「是。」

「出去吧。」四喜出來的時候抹了抹額頭上的汗，這八姨娘，不，是夫人了，可是位心狠手辣的主兒。當初一位丫鬟不順她的意頂撞了她，被她讓人生生打死了，而她卻若無其事般從丫鬟的屍首上踩過去，至今想起都讓人毛骨悚然。

珠簾內，莫小瑜閉上眼，細細思量。沒錯，莫小瑜，宋家的表妹，此刻應該說是周有財的繼室了。

當初她上了馬車離開宋銘承的視線後，就讓車夫將車停在一個角落裡，而她去了藥店買墮胎藥，想將肚子裡的孽種給打下來。她還沒到藥店便被坐在馬車上的周有財攔住了，問她願不願意做他的第八房姨太太。

周有財她曾遠遠見過一回，知道他家大業大，當時她心中狂喜。經歷一番變故的她心裡奠定了一個想法，那就是寧為鳳尾不當雞頭。當時憑著她的一番演技，半推半就的就同意了，卻讓他覺得她被強迫了一樣，更得周有財的疼惜，憑著手段，周有財對她越來越上心。後來她就稱懷孕了，她體型弱，四個月的胎兒和三個月的沒多大差別。再後來，六月初的時候她產下了一名男胎，幸虧這年頭早產的現象比較多見，周有財的臉陰沈了兩日便轉晴了，然後她就被扶為正室了，雖然只是繼夫人。她和宋家的關係瞞不住，她便撒了個謊言，說兩個大表嫂容不下她，姨母便讓她啟程回老家了。虧得宋大嫂惡名在外，周有財並未懷疑。在他看來，鬧翻了才好，日後……

莫小瑜嫁進周家，有利也有弊，好處她已經占著了，壞處就是，周家和宋家離得太近了。自己可是有把柄落在他們手上的，她怕有天周有財和宋家鬥起來，自己會被牽連進去，所以她一直都勸著周有財別和宋家作對。她如今是周家的主母，不可能一輩子不出現在外人面前，前頭還可以用安胎坐月子混過去。想到即將大辦的滿月酒她便一陣頭疼，宋家的聰明人很多不假，但蠢婦也不少！希望她不要那麼倒楣地遇上吧。

思來想去，她還是沒有想到什麼好辦法能杜絕事發的可能性，雖然她可以抵死不認，但事情若發生了，總會讓周有財疑心的。剷除了宋家？癡人說夢，如今的宋家可不是什麼平頭百姓，打蛇不死的後果她可承受不住。除非……那周家的財產就全是她兒子了。

其實莫小瑜不知道，周有財已經滴血認過親了，兩人的血是能融在一起的。周有財可不是什麼善男信女，他四十好幾才得了這麼個寶貝蛋，頭戴綠帽替人家養龜兒子的事他是堅決不幹的。對於這個結果，不知說是莫小瑜的幸運還是說周有財不幸，大概這是周有財這輩子缺德事幹多了的報應吧。

「夫人。」

一聲夫人，將莫小瑜給嚇醒了，她捏了捏手掌心的汗，瞪了那丫鬟一眼。「作死啊叫那麼大聲！」

小丫頭忙跪下，瑟縮著。

羅雲初的肚子越來越大，像抱了個大西瓜似的。已經過了穩婆所說的產期，二郎等人焦急之餘拚命安慰她晚個幾天而已，不用怕什麼的。

羅雲初抱著個偏大一號的球心裡惴惴不安，她肚子裡不會是雙胞胎吧？這是穿越女的福利，難怪她會多想了。其實她個人比較偏向一個個來的，兩個太費心力。不過若是兩個，她也不會嫌棄。

七月初一，大吉。經歷三個時辰的折磨，羅雲初產下一名哭聲嘹亮，全身通紅的胖小子。這可把宋母喜得合不攏嘴，在二郎家住了兩個晚上，她擔心她不在宋大嫂和許氏會鬧騰起來，也不敢久住，只住了三天便匆忙回去了。

湯圓看到小老頭似的弟弟很傷心很難過，以為弟弟長大也是這個樣了，眼淚啪嗒啪嗒地往下掉，直把大夥兒唬了一跳，忙問他是不是哪裡不舒服。得知了答案後，大家啼笑皆非。

「湯圓，你就放心吧，你弟弟過些日子就會變得白白胖胖了。告訴你喔，你以前也是這麼過來的。」

湯圓驚恐地向哥哥求證，得到飯糰肯定的點頭後，癟癟嘴，好嘛，他以前也這麼醜過。湯圓抱著飯糰的手臂直搖晃，滿臉期待地看飯糰。「哥哥，現在湯圓醜嗎？」

飯糰拿出當大哥的範兒，認真地搖了搖頭。「湯圓很漂亮呢。」

「嗯，那就好，弟弟以後也會長得像我一樣漂亮的。」說著還肯定地點點頭。本來湯圓都打算好了，如果弟弟以後都這個樣子的話，他也不會讓別人說弟弟醜的，他一定會擋在弟弟面前保護他的。

或許是感受到眾人的忽略，小娃兒扯開嗓門大哭起來。羅雲初忙將他抱了過來餵奶，小傢伙眼睛還沒睜開，聞到熟悉的味道，很委屈地哼了兩聲，便埋頭賣力地吃起奶來。

這回雖然又是在炎炎夏日裡坐月子，但羅雲初坐得比上回舒服。羅母也抽空過來伺候了她兩天，見她這邊時刻都有下人服侍著，嚴嬸的湯湯水水做得比她還正宗，放心之餘未免有些失落。兒女大了，她也老了，他們身邊漸漸有了可以取代她的人。

羅雲初是個會看人臉色的，見她老娘盯著那碗香噴噴的雞湯落寞出神的樣子，不禁有些鼻酸，忍不住靠近抱著她的胳膊蹭了蹭。「娘，我還是覺得您熬的雞湯有味道一點。」

羅母緩緩地回過神來，笑了。「都多大的孩子了，還撒嬌，羞不羞啊？」她幫羅雲初捋了捋掉落的髮。「初兒，可曾怪過娘偏心？」

羅雲初一怔，卻不知如何回答，她不是真正的羅雲初，不好回答羅母這個問題，此時只能沈默了。而羅母卻把她的沈默當成了默認。羅母嘆了口氣，卻是什麼都沒說，走出了她的房間。

羅母住了兩天，便回去了。

大房那邊宋大嫂和許氏也來看了羅雲初一回，宋大嫂只和她聊了兩句就到老三家等天孝回來了。

羅雲初瞪大了眼。「妳是說表妹她做了周有財的第八房姨太太？」這消息既出乎意料，卻又在情理之中。

許氏撇嘴。「現在她已經被扶正了，今兒個周有財正大擺流水席慶祝他兒子滿月呢。」她們都知道那孩子肯定不是周有財的。時間上不對，若莫小瑜落過胎後，少說得也休養一、兩個月才能行房，那娃兒可不是七、八個月的早產兒？

過了最初的驚訝，羅雲初對莫小瑜做了周有財姨太太這事不置可否，畢竟誰都有向上爬的權利，談不上她的做法是對是錯。

許氏繼續嘮叨。「今天上來縣裡的時候，我聽到她嘴裡嘀咕著什麼要去戳穿這賤人的假面具，讓大家鬧明白這女人有多下作之類的話。」

「什麼？」聽到這消息，羅雲初大叫一聲，心思百轉。「嫂子，妳趕緊到老三那邊，讓三弟妹拖著大嫂，別讓她離開，覷個空把這事告訴三弟妹一聲。妳出去的時候順便讓下人幫我把二郎叫來，這事事關咱們宋家的臉面，妳得趕緊去。」長嫂如母，即便大嫂再不對，也不是他們這些做弟弟做弟妹的能教訓的，只有把大哥和婆婆請來才行。這事還得二郎去辦。

許氏見羅雲初變了臉，而且見她說得如此嚴重，心也慌了起來，忙站起身往外頭走去。

見到如意時，讓她將二郎找回來。

羅雲初狠狠地捶了下床，她這大嫂，真真是頭髮長見識短，腦子裡裝的恐怕都是豆腐渣吧？他們二房都搬得那麼遠了，怎麼感覺他們還是陰魂不散似的？

這兩年他們宋家還不夠打眼嗎？不知道多少人暗中等著看宋家的笑話，不夾緊尾巴低調做人也就罷了，偏她還上趕著要去演一齣給人家看。她以為自己是青天大老爺呢，戳穿人家的面具？莫小瑜和他們宋家是表親關係，真鬧將開來，何嘗不是打他們宋家的臉面？而且甭管這事是真是假，一旦宋大嫂做了，宋家和周家肯定是勢不兩立的，她這是給宋家樹敵啊。

這事口說無憑，上回為了顧及莫小瑜和宋家的臉面，可是私下請郎中診的脈，莫小瑜可是從頭到尾都沒露過臉。若大嫂去鬧時，周有財是個能忍的，他就是忍著噁心將孩子承認下來，反過來咬宋家一口，說宋家居心不良，那宋家就百口莫辯了。

堂堂宋家竟然還容不下一個孤女？即便她做得不對，也是宋家的親戚啊。到時追根究柢下來，大郎那事也捂不住。

這事捅破了，不管是真是假，於他們宋家都沒有半分好處。若是真的，他們宋家也得跟著丟臉；若是假的，宋家處心積慮對付一個孤女，別說這人還是宋家親戚，居心何在？光村民的口水都能把人淹死，他們宋家幾輩子攢下來的臉面也要被敗光了。

最好的做法便是以靜制動，只要莫小瑜不來招惹宋家，他們又何必斷人生路？

莫小瑜自去年九月後就沒再出現過了，這不也是莫小瑜擺出的態度嗎？大家各過各的，你別來招惹我，我也不去搭理你。

前頭的事，說到底還是大郎占了便宜，宋大嫂為什麼就不能給人一條活路呢？就當不知道不就行了。若不服氣，她這大嫂想斷人活路趕盡殺絕，若妳有這個能力，行，她是沒意見。但妳沒這個能力，就得忍，別淨給家族惹麻煩。

事關重大，大郎和宋母都來了。事情是在老三正廳那邊解決的，羅雲初坐著月子不宜出門遂沒有參與，不過她也沒太擔心，余氏是個聰明的，鎮住場面不成問題。

果然，二郎回來時把事情的經過結果都提了下，宋大嫂被宋母大郎勒令禁足，輕易不准踏出大門一步。而宋大嫂原本不服氣的，在天孝的請求下，終於蔫了下來，她可以不在乎宋家任何人，可以不在乎外人的任何看法，但她不想耽誤了她的孩子。

聽二郎提起天孝，羅雲初嘆了口氣，其實整個宋家，日子過得最艱難的不是宋大嫂，而是天孝這個孩子。宋大嫂就像一個任意妄為的揮霍者，而她的兒子天孝卻一再地為她的行為買單。

第五十二章　離家

小寶寶就和地裡割過的韭菜頭，一天一個樣。才幾天的工夫，小寶寶的皮膚就變得白嫩紅潤，如同一隻剝了殼的雞蛋，黑黑圓圓的眼睛也睜開了，當他靜靜地看著人的時候，就像兩顆黑溜溜的葡萄。二郎老愛在出門前或回來時抱著小寶貝猛親，粗粗的鬍碴常刺痛他嫩乎乎的臉蛋，惹得他大哭出聲。後來羅雲初看不下去，他下巴刮乾淨前，禁止親小寶寶。

這孩子也好帶，只要吃飽喝足讓他小屁屁保持乾爽，他就一個人在那兒咿咿呀呀地自說自話，也不鬧騰人。

關於小寶寶的小名，全家展開了一次激烈的討論。大名宋天青毫無爭議地過了，至於小名，飯糰、湯圓兄弟倆可是有自己的想法的。

床上，小寶寶全然不知道大家正在討論著他的小名，小手握成小拳頭，直往嘴裡塞，啊嗚啊嗚地發出聲音企圖引起眾人的注意，口水流了滿臉，但他不嫌髒，蹬著小腿獨自一人兀自玩得開心。

「娘，弟弟小名叫毛蛋好不好？」飯糰扳著指頭數。「要不，就叫皮蛋或肉蛋吧。」

羅雲初聽得直冒冷汗，毛蛋、皮蛋、肉蛋？我還鹹蛋咧。飯糰啊，你取這名，以後弟弟長大後知道罪魁禍首是你，肯定會找你拚命的。她正想開口，偏旁邊還有個唯恐天下不亂的小混蛋。

「嗯，叫蛋蛋，好。」湯圓沒心沒肺地在一旁拍手叫好，邊喊還邊點頭。末了，他被小弟弟吸引住了，邁著小短腿湊近床邊，學著小弟弟啊啊了兩聲。床上的寶寶聽了估計高興，又啊嗚啊嗚地回了兩聲，直把湯圓樂得。腿一蹬，就將鞋子脫掉了，撅著小屁股，小身子扭啊扭的，像條小肉蟲般，沒一會兒果然被他爬上了床。

羅雲初叮嚀了湯圓一句，讓他小心點別壓著他弟弟，便由著兄弟兩人一仰視一俯視，大眼瞪小眼，在那兒啊來啊去地說著外星語。

她笑對飯糰說道：「飯糰啊，小弟弟的名字我已經想好了，就叫豆包，你看怎麼樣？」豆包總比毛蛋好聽多了吧？

飯糰歪著腦袋瓜子想了想，勉強同意了，末了他還補充了句。「雖然沒有毛蛋好聽，但是外人一聽就知道我們三人是兄弟呢。」

「嗯嗯，是啊是啊。」羅雲初附和，為小豆包逃過這麼一個恐怖的小名而慶幸。飯糰、湯圓、豆包，得，三兄弟的小名都是吃食，湊一塊兒看著也喜慶。

七月中旬左右，羅雲初他們那片棉地便可以採摘棉花了，不過現在採摘的大多數為棉株底部果枝的棉鈴，羅雲初這回讓二郎分批採摘。主要是因為棉花的品質不盡相同，即便是同一棵棉株上的棉花也有優劣之分。根花是頭噴花，靠近地面，吐絮不暢，容易病爛或沾上泥土，所以僵瓣、污棉較多，品質不好。而棉株中部所結的棉鈴稱中噴花，品質、成熟度是整株棉花中最好的；棉株頂部棉鈴結得晚，成熟度不好，品質也較差，霜後開裂的品質更低。

不同級別的花混合到一起軋花後成為混級棉，大大降低了中噴花的價值。畢竟中噴花在整個棉株裡所占比例不小，像去年山上的那五畝棉花全混在一起，不過因為山地的傾斜，造成許多中噴花也被泥土弄髒了。這回在坡地、沙地上種植的棉花比去年的好多了，於是羅雲初讓二郎分批採摘分開收藏。

八月初一，小豆包滿月，二郎和羅雲初商量好了，只請了相熟的幾家人熱鬧了一回便成，不想大辦，畢竟這些日子已經夠招人眼了，此時低調沈寂一下也好。不過他們不大辦，卻有不少人送了禮，包括一些認識的不認識的。二郎暗自猜想，這其中的大部分恐怕是衝著老三來的吧？

前些日子，棉花地裡那大片大片半盛開的棉花桃差點耀花了人眼，不少人趁著二郎去地裡採摘棉花的時候圍著他打探過口風的，不過二郎對種植棉花這個話題笑而不語，其他的倒是知無不言。

漸漸的，有人咂摸（注）出味道了，宋家這是保密呢。有些人捫心自問，如果自己處在宋

注：咂摸，尋思、分辨、體會之意。

二郎這個位置上，能大大方方地把種植經驗分享給別人嗎？想到這裡他們自個兒都搖頭。

二郎沒有告訴他們種植的方法，卻也沒有不准他們在棉地逗留，遂有些通透之人看了一圈後都略有所得，笑著和二郎告辭。

宋家的親戚不少，尤其是這兩年眼看著宋家的日子是越過越紅火了，上門打秋風（注）的也不少。這不，那些個親戚在二郎這邊磨不到方法，便厚著臉皮找上了宋母。不過這回宋母倒沒有頭腦發暈，親戚再親，能親得過她親生兒子嗎？

這些流言蜚語自然也傳到了周有財耳朵裡。

「想不到宋家老二竟然還有這番能耐？那棉地果真如傳言般，渾身上下都長滿了棉花桃？」周有財抱著兒子，微眯著眼睛不知道在算計什麼。

一旁的莫小瑜看了，心中莫名一緊。滿月酒後，她提心弔膽地過了好些日子，都沒見宋家的人找上門，心中方鬆了口氣，現在心又被提了起來。

「可不是嗎？小的可是親眼見著的。比平常人家種出的多了五倍不止。」四喜道。

「哼，果然是個能折騰的。四喜，找個和咱們搭不著關係的人去問問，花點銀子也無所謂，我得拿到宋家種植棉花的法子知道嗎？還有，我可不想像上回一樣火燒回自個兒身上，明白嗎？」

「老爺……」

「又開始說那套為兒子積福的話？哼，莫小瑜，妳成天為宋家說話，妳當我不知道？我告訴妳，記住妳現在的身分，也別拿我當傻子耍。要不是看在妳為我生了唯一兒子的分上，哼！」

「二郎，聽說李二哥回來了？」羅雲初輕輕地拍著豆包的後背，哄他入睡。

「是呀，這回帶回來的東西還真不少，他還給了些新奇的東西讓我帶回來給飯糰他們把玩呢。」提起這個李重武，二郎興致很高。

「那他今年還出去嗎？」

「聽他說，休整兩天就出發了。」

羅雲初直奔主題。「二郎，如果有機會，你願意跟著李二哥出去走一趟嗎？」

二郎驚訝地看了自家媳婦一眼，不過聽到她的話，自己心跳的確加快了許多。男人，對外面的世界沒有不好奇的，他也不例外。特別是和李重武閒聊時，聽他說起北邊金髮綠眼的胡人，說起各地不同的人情風俗，總能讓他驚奇之餘又心生羨慕。他一直都知道媳婦聰明，她什麼時候察覺了自己的心思呢？

「媳婦，說什麼傻話呢。妳和兒子們都還小，地裡的棉花又正是採摘的時候，我怎麼可

注：打秋風，假借各種名義向人索取財物。

能跟著李二哥去外面到處亂跑？」

其實是二郎想多了，羅雲初只是單純地覺得，男人，有機會時應該到外面走走，看看外面的世界，而不是局限於一個天地。

前頭她的確只想過那種農夫山泉有點田的生活，這樣的話，二郎最好是一輩子都不要見識到外頭的花花世界。但自從有了孩子後，做爹娘的總想把最好的東西留給子孫。而且老三做了官，他們這些做人家哥哥嫂嫂的，總不能光享受著人家帶來的方便和利益，而在他最需要的時候啥助力都不能提供吧？沒有的時候沒辦法，但至少他們自個兒得努力過才知道。

要給老三助力，在這個十種九不收的年代，光靠那不到兩百畝的地是不夠的。而且稻田養魚的技術已經公開，他們已經不具備什麼優勢了，而魚製品加工，她是一點頭緒都沒有，唯一想到過的鹹魚因為食鹽的問題被扼殺在搖籃之中。

棉花種植的技術他們雖然捂得緊，但將來會如何，她也不知道，但打頂技術估計是保不住了，看著吧，明年肯定很多人跟風種棉花的。

狡兔三窟，雞蛋不可放在同一個籃子裡，這些道理她都懂。正因為懂，才有了迫切感，形勢逼人，不進步不領先，就得被人家淘汰。

她想讓二郎跟著李重武到外面走一趟，通過歷練，提高他各方面的能力。二郎不是個笨的，她相信，只要他看得多了，經歷得多了，眼界自然就開闊了，做事自然就能漸漸面面俱到。

現代的一句話說得好，人無我有，人有我優，人優我新。凡事領先一步，能占據許多優勢，靠原材料創造的價值永遠比不上產品加工後的價格。這就是說，如果他們光靠賣棉花，的確能賺一部分銀子，但大部分的銀子都被另外的人賺走了。

這裡三斤棉花可得一疋棉布，現在棉布價錢漲了，原來三十六文一尺的，現在是四十文一尺了，如此一來，就是三斤棉花加工出價值四百文的棉布。這是零售價，且不去說它。儘管如此，也可以看出中間的一大截利潤。如今是三斤，如果是三千斤、三萬斤棉花呢？

所以她打算開個棉麻加工廠，對，不只是棉，還包括麻！這地不能連年種棉花，正好，可以把棉花和苧麻交替種植。棉花和苧麻都是織布的材料，但是棉花怎麼加工成棉布的，她是一知半解，這些她就不打算精通了，交給二郎忙和就行了。不過現在想這些為時過早了，待二郎從外頭回來再說吧。

「二郎，你坐下來，我與你詳細說。」羅雲初將她所思所想細細道來。

「二郎，你到外面走這趟，我希望你能透過李二哥結識一些做買賣的朋友。」多個朋友多條路，羅雲初想了想，也沒想出有什麼要補充的了。

「可是家裡……」二郎掙扎。

「擔心什麼？棉花採摘的事讓劉民盯著管著，大哥得空時也讓他幫咱們看看。那幾十畝水田也全部插上了秧，待秧苗老一點了再放魚苗下去就行了，這些都是有法可循的事，他們做慣做熟還不懂？你就別擔心了，出不了亂子的，再說家裡不是還有我嗎？」

次日二郎就親自去了李家，和李重武說想跟他出去見見世面，問他願不願意帶他。李重武沒有不答應的道理的，走南闖北的，常孤身一人上路的他自然希望人越多越好了。約好了離家的日子以及碰頭的地方，二郎就回老家安排事情去了。

出乎意料，對二郎離家之事反應最大的竟然是宋母。她死活不肯讓二郎離家，說外面世道亂壞人多，沒見著李家老二出去這麼些年才得回來嗎？眾人勸了幾回，她雖有鬆動，但心裡仍舊不願。但二郎出門這事勢在必行，只有對不住老人了。

「出門在外，你可得當心點啊，要住就住大客棧，別圖省錢淨挑些偏僻的客棧來住啊。還有哇……」羅雲初邊收拾行李，邊和二郎嘮叨，其實她在古代也沒外出的經驗，她說的全是之前看過的一些古裝劇的經驗。

「行了行了，妳當妳是說書的啊，連蒙汗藥都出來了。」二郎一把攬過她的腰，將頭埋在她的豐盈間，聲音模糊不清地傳出來。「囉嗦那麼多，還不如陪爺再來場床上運動呢。」

羅雲初翻了個白眼，估計這人臨行前不做個夠本是不會甘休的了。算了，體諒他將出門很長一段時間，她忽略掉疲軟的腰肢，半推半就地被他抱上了床。

做到一半的時候豆包醒了，睜著圓溜溜的眼睛好奇地看著他倆，嘴裡還啊啊地叫著。儘管小兒不知事，羅雲初還是臉紅了，她伸出手輕輕捂住他的眼睛，感覺豆包柔軟的眼睫毛忽閃忽閃的刮著自己的掌心，加上身後二郎不斷挺進的刺激，羅雲初的腳趾忍不住蜷縮起來。

小豆包以為他娘在和他玩，手舞足蹈，咯咯咯地笑了起來。

「媳婦，專心點。」二郎拍了拍她的臀部，一個挺身。

房間裡頓時只剩下壓抑的呻吟。

「二哥，這裡有兩張一百兩的銀票，你拿著，出門在外，多點銀錢傍身沒壞處。」老三拉過二郎的手，把銀票塞到他手裡。

二郎沒和他客氣，他知道老三現在的家底可不弱，吃起大戶來，二郎顯得毫無壓力。

「三弟，謝了。」

多虧了老三這二百兩銀子，要不然他和李重武那時也吃不下那批貨，或許就賺不到那大筆的起家資本了。不過這都是後話了，暫且不提。

「咱們兄弟倆客氣啥呀。」宋銘承想起他上京應試那回，促狹地眨了眨眼，打趣道：「二哥，二嫂幫你收拾好行李沒？有沒有往你的衣角裡塞銀票？」

二郎撫額。「誰說沒有？四、五件上衣的衣角都縫上了，大額小額的都有。她還說了，堅決不把雞蛋放在同一個籃子裡，偷了這件還有那件。」

提起這事，老三和二郎相視而笑。

在中秋前夕，二郎走了，和李重武結伴而行。

在二郎離開的當天中午，羅雲初回到老家，將一干長工敲打了一番，他們別以為東家離開了，他們就能放肆了。打了一巴掌自然得給只甜棗，這招羅雲初用起來也頗為順手。她給出承諾，若他們接下來的幾個月像上半年一樣賣力幹活，收成不比早稻差的話，那過年時，她給每人多加五百文錢的工錢。眾人聽了歡呼雀躍，個個都保證會好好幹活的。

羅雲初滿意地點點頭，前頭她想每人只給三百文錢而已的，後來她覺得，太少了起不到刺激作用，這才追加到五百文的。看來她這做法還真對了。如今二郎不在家，她也不可能成天盯著，有這五百文錢吊著他們，想必他們幹起活兒來會賣力很多。

交代完事情後，羅雲初讓劉民留了下來。「知道我為什麼把你留下來嗎？」

劉民目不斜視，態度恭敬。「小人不知。」

在二郎重用他之前，羅雲初讓二郎去查了查他的底，得知他家除了他就還有一個六十出頭的奶奶了。來做長工的原因不過是一沒什麼本事，二沒什麼本錢。得知他大半的工錢都給了他奶奶後，羅雲初對他就上了心，孝順的人人品壞也壞不到哪兒去，他們用起來也放心。

後來，她讓二郎去探探他的口風，問他願不願意賣身給他們宋家，當然這個賣身的意義並不是劉民知道的那樣，羅雲初要的只是他的忠誠而已。簽了那份契約，他就要一輩子都留在宋家工作，當然如果他日後有了孩子並不會入奴籍。簽了賣身契的另一個好處便是，工錢是原來的三倍，若日後他活兒幹得好，再往上漲也不是不可能的事，若他想贖身也可以，不過得在二十年後。劉民當時並沒有考慮多久，便答應了，後來二郎才會在弄兔糞煎液的時候帶上他的。

「也沒什麼事，只是現在你們東家外出了，田裡的事就麻煩你多上點心了。若他們哪個敢耍奸弄猾的，你儘管修理，若有不服管教的刺頭兒（注），你就報到我這兒來。」

「夫人放心，奴才省得。」劉民依舊低眉順目的。

「棉地那頭一定要加強戒備，特別是這兩個月，不能放鬆，知道嗎？」害人之心不可有，防人之心不可無。現在天氣乾燥，多加防備準沒錯。

「放心吧，夫人，棉地裡日夜都有四到六個人守著的，白天幹活，晚上就睡在那兒。」

羅雲初滿意地點點頭，笑道：「我知道這大熱天的，你們辛苦了，這五百錢就與你們買酒喝。不過我話可說在前頭，喝酒可以，絕不能誤事，知道嗎？」

「我替他們謝謝夫人。」

「對了，我已經去派人去靈沼縣將你奶奶接過來了。你若得空，就在門口靠東邊的那排矮泥房挑一間出來收拾一下吧。」說完羅雲初就領著如意往大門走去。獨留下愣怔的劉民站

注：刺頭兒，比喻遇事刁難，不好對付的人。

在那兒，久久不能回神。

中秋的時候，羅雲初領著三個小包子，和老三他們一道回了老家過團圓節。二郎剛走兩天，大夥兒也沒什麼心思過節，只吃了一頓飯聊了會兒天，便各歸各家了。

卻不知，今晚，陰謀詭計乘虛而入。

「看，快看，山上是不是著火了？」

「是啊是啊，好大的火光。」

「那山頭是誰家的啊？范老大，不會是你家的吧，我記得你家的就在南山那頭啊。」

「放你娘的狗屁！老子才沒有那麼倒楣，那是宋家的啦。」他們家的山很高很陡，沒有這麼平坦好不好？

在夜深人靜的時候動靜這麼大，幾乎好幾個村子的人都被陸續吵醒了，各自披了衣服出來，看著山頭的火光議論紛紛。

大郎剛從窗戶往外看的時候心中已經隱隱不安了，這會兒來到院子遠遠看去，心頓時沈到了谷底。「著火的是咱們家的山頭啊，不好，咱們那十畝棉地！」

「大郎、大郎，別急，你冷靜一下，這大半夜的，你可能看走眼了呢。」許氏安慰。

那座山頭他在家中院子不知看了多少回，怎會認不出？「不行，我得親自去看看。」

山頭的火還在燒呢，水火無情，他去了，有個萬一，讓他們一大家子的人怎生是好？

許氏忙拉住大郎。「大郎別去，現在上山，太危險了。明早再去吧，現在去，即便果真是咱們的山頭我們也沒轍啊。」

「山上的棉花已經能摘了妳知道嗎？現在正是中噴花能摘的時候，前頭的那些根花根本就不能和它比，妳知不知道？如果真是咱們山頭著火了，咱們這大半年的功夫就白費了妳又知不知道？」大郎一拳打在樹身上，滿目通紅。

許氏一陣鼻酸，她何嘗不知道如果著火的是他們家那山頭，他們損失的是什麼？大郎常和她叨唸，若這十畝棉花全收回來，他們少說也能賺三、四十兩，一家子好些年的嚼用就有著落了。現在，一切都沒了，沒了。

宋母也被吵醒了，見大郎拿著鋤頭要往山裡去，忙攔住他。

宋大嫂也被吵醒了，披了衣服出來。「怎麼了怎麼了？發生什麼事了？」

沒人理她。當她得知自家的山頭著了火時大驚小怪地叫了一陣。「哪個殺千刀的幹出這種缺德事啊，哎喲喂，心疼死我了。」

宋母皺皺眉，沒理會她。

眾人就站在院子裡，沈默，一直等到四更天，天空淅淅瀝瀝地下起了秋雨。大郎面無表情地看著天空，這場雨為什麼不早點下呢？經過了幾個時辰，該燒的不該燒的都燒完了，山頭的火已漸漸熄滅，大郎二話不說，抄了把鋤頭就往外走。

這回宋母沒攔著，許氏立即跟了上去，本來畏縮著的宋大嫂見許氏如此，也二話不說，追在屁股後面。清亮的月光，照得土地滿目瘡痍，四處都是灰燼。大郎來到山地，怔怔地看著，他覺得難以接受眼前的景象，昨天這一片棉花地長滿了半開的全開的棉花桃，這才一天時間……

大郎病了，高燒不退。羅雲初和宋銘承他們知道後，帶著縣裡最好的郎中趕回老家。

「老三，你覺得這火是意外嗎？」大郎客廳裡，羅雲初抱著豆包，問道。

「難說啊。」不排除意外的可能。

「我看這火來得蹊蹺，為什麼哪兒不起火，偏偏就咱們家的山頭起了火？而且還那麼巧就把大哥家那十畝棉花地燒了？」世界上哪來這麼多的巧合？許多巧合都是人為操縱的。

他們宋家向南這片山頭被燒了大半，那十畝棉地也不例外。虧得之前大郎整出一片空地，想用來挖窯燒炭，要不，這火若向上燒去，還有得燒。若非他們這座山頭地形特殊，和相鄰的山脈隔著一道寬寬的山澗，這場火，指不定得連累多少山頭呢。

「二嫂，妳說的我也想到了。」

「是誰，是誰要害我們？三弟啊，你現在是縣太爺了，可得拿出官老爺的氣勢來啊，可不能眼睜睜地看著你大哥被人欺負啊。」宋大嫂一見宋銘承就嚎上了。

宋銘承聽了她的話，皺了皺眉頭。「大嫂，妳先坐下吧。」

「三弟啊，你趕緊帶兵去搜吧，壞人一定就在咱們附近幾個村裡。將他揪出來給你大哥一個公道啊。」宋大嫂眼巴巴地看著宋銘承。

「大嫂，這沒憑沒據的，擾民不好吧？」

「什麼擾民？平時不做虧心事，晚上不怕鬼敲門，說擾民的那些個人心裡一定有鬼！」

宋銘承苦笑，他這大嫂，只會出些餿主意。

「方氏，剛才讓妳去煎藥，藥呢？」宋母不滿地瞪著宋大嫂。「還有，這事不用妳操心，妳管好自個兒，別給咱們宋家惹麻煩就好了。」

宋母積威已深，宋大嫂諾諾答應後就飛也似的跑到廚房。

「老三，這事能查嗎？你大哥這樣，我看著心疼啊。若能把罪魁禍首查出來，賠點兒錢也中啊。」宋母關心地問。

羅雲初覺得這事查起來有相當的難度，這裡的人都是日出而作日落而息，那人是昨晚摸黑作案，也不曉得有沒有人見著。

宋銘承搖搖頭。「剛才我讓人出去打聽了，也沒打聽出什麼。這事估計是無疾而終了。」

宋母聽後，滿臉失望。

羅雲初說出自己的想法。「老三，我估計如果這事是人為的話，極有可能是那些和咱們宋家結過仇的，或者和咱們宋家有利益衝突的。」

宋銘承點點頭。「娘，二嫂說得對，最近大哥有沒有和什麼人發生過衝突？」

「衝突？沒有啊，最近兩個月他都忙著呢，哪有空和人家吵架打架？」他們宋家向來都與人為善，如果不是別人太過分，他們一般都不計較的。

三人坐在客廳，一時之間也沒想出什麼頭緒。

「敵人在暗我們在明，最糟糕的是，現在連個可疑之人都沒有，咱們只有暗自防範了。」

羅雲初點頭，她決定一會兒得和劉民說一聲，讓他晚上加強戒備才行。

「四喜，幹得漂亮。」周有財笑咪咪地讚道：「昨晚沒人看到你吧？」

四喜嘿嘿直笑。「老爺，保證沒有，我連火把都沒點，趁著月光摸上山的，潑了些油後一個火摺子過去就搞定了。」

「便宜宋家了，只燒了宋老大那十畝棉地。若不是宋老二家的棉地一天到晚都有人守著，定讓他們血本無歸！」周有財一臉惋惜。

四喜心一緊。「老爺，宋老二家的幾名長工眼睛利著呢，上回我才靠近就被察覺了。要不是我跑得快，恐怕就交代在那兒了。」

「呸，你個沒出息的。罷了罷了，現在恐怕宋老三盯著呢，咱們也不好有什麼動作，你最近也別出去了，就待在你房間裡窩兩天吧。」

第五十三章　賞識

時序進入九月分，宋銘承可謂是春風得意。他在青河縣倡導推廣的稻田養魚收效廣大，而他也深得民心，如今提起宋縣令，農民們沒有不豎起大拇指的。青河縣有民近萬人，幾乎每戶人家都有一、兩畝水田，種晚稻時，不少人家都養上了魚。放養了兩個月，不少個頭大的都有半斤了，每日早晚都見有農民拿著個圍兜在田頭撈魚，大個兒的就放進桶裡，小個兒的，就扔回田間。

甭管掙沒掙到錢，至少飯桌上出現了葷腥，伙食改善了，日子好過，大夥兒臉上的笑容也多了起來。宋銘承不笨，在向上頭彙報工作時，將稻田養魚的事提了提，順便還給知府魏知山送去了兩小筐活蹦亂跳的魚，只說是下頭農民的孝敬。

由於去歲冬天那會兒青河縣凍死人數只有一人，魏知山對宋銘承的印象有所好轉，認為他是個有才幹的，不似以往般不待見。此時打開公文，見他在公文中提到了稻田養魚的事，得知青河縣人民的生活有所改善，他頗感興趣。他閉眼細細想了一回，決定明天親自帶人下去看看，這兩年聖上對民生可是極為關心的，若果真如此，宋銘承倒是立了一件大功。

當宋銘承接到知府要來青河縣視察的密令時，意味深長地笑了笑。

次日一早，魏知山一行人便到了，隨意挑了個村子，宋銘承和縣裡的二把手韓師爺領著魏知山一行人往田間小路走去。因是早上，不少鯉魚、鯽魚從水裡躍出，魏知山見了，笑著微微點頭。

「大人，青河縣的水稻長勢不錯呀。」一個留著兩撇八字鬍的中年男子略帶驚訝地說道。

「哦？」魏知山挑眉頭，他這回還帶了管農事的下屬來，這個八字鬍的中年男子就是。

「看這稻穗，每畝多收兩斗是沒問題的。」這還是他保守估計呢。

「呵呵，銘承，青河縣你管理得不錯。」魏知山高興地說道。

宋銘承可不敢接這個話。「全賴大人教導有方。」

「走，到那邊看看去。」魏知山遠遠看到前面的田間或多或少有幾人在。

「縣大人，又下地呢？」

自稻田養魚的法子落實了下去，宋銘承就經常到地裡田間視察。宋銘承對這些村民來說不算面生，漸漸地村民們也沒有了初見時的畏懼，時不時能說上幾句笑話，加上宋銘承原籍就是青河縣的，村民們對他的愛戴中更多了一些親切。百姓們沒讀過書，大字不識幾個，但父母官誰對他們好，誰在作戲，他們心裡門兒清（注）。

「呵呵，咱們就四處轉轉。對了，你叫李、李大河是嗎？」

「是啊。」那個叫李大河的漢子見縣老爺竟然能記住他的名字，心裡頭興奮，想說些什麼來表達他的感激，但嘴又笨，急得他臉紅脖子粗。

「你桶裡的是魚？」魏知山感興趣地指著他提著的木桶問道。

李大河被問得一愣，好在回神快。「是啊，大人。」他拎開網兜，好讓大夥兒瞧清楚。

躊躇了一下，李大河期期艾艾地道：「縣大人，農村人也沒什麼孝敬您的，要不這魚您拿回去吧？」說完李大河的臉有點紅，為拿不出像樣的東西而慚愧。

「這怎麼行？這魚你是撈回去賣錢的吧，我們怎麼能要呢？」

李大河急了，擺擺手。「咋不行了？田裡魚還多著呢，一天不賣也沒啥。」這稻田養魚的法子還是縣大人教的呢，這幾斤魚而已，他若捨不得，說出去他李大河不被笑死才怪。

此時迎面走來一位老漢，放下水桶。「是啊縣大人，若您怕李家小子吃虧的話，老頭子這裡也有魚，一人出一半就是了。」

村民們太熱情了，這下宋銘承拿不準主意了，眼巴巴地看著魏知山。

魏知山拍了拍他的肩，笑道：「村民們對你熱情是好事啊，說明你愛民如子。」然後他轉過頭來對那老漢說道：「老丈，若你不介意，今兒午飯咱就上你那兒解決吧？」

那老漢忙不迭地點頭。「老頭子叫李賢德，就住在咱馬平村的村口，大人隨便問一個人

注：門兒清，了解得非常清楚。

都知道的。」

老漢老而經事，是個懂進退的。「那老頭子就先回去讓家裡的婆娘整治午飯了，大人，你們可一定得來啊。」

魏知山點了點頭，李大河一把提過那老漢的木桶。「六叔，我來幫你吧。」

看著漸行漸遠的兩人，魏知山感慨。「銘承，這青河縣你治理得不錯啊。」他倒不相信這是作戲，畢竟他剛才是隨手一指，才挑了馬平村來走訪的。

宋銘承忙謙虛了一番，不敢居功。

中午的時候，在李老漢家吃了一頓農家全魚宴，六道菜，都是用魚做的，儘管比不上大府名廚的手藝，但也別有一番風味。總而言之，魏知山對此行很是滿意。通過走訪，他發現稻田養魚確實能給農民帶來一些收益，再不濟也能改善一下生活，而且養了魚的水田收成也有所提高。這個方法適合在不少縣鎮裡推廣，不過他還得再觀察觀察，等到收晚稻時，如果確實能增產的話，他再往京裡上一道詳細的摺子。

魏知山乘興而來，滿意而歸。最高興的莫過於宋銘承了，能在上峰面前露一回臉，得到上峰的肯定，不說能更進一步，至少能讓上峰記住了。當官的人最怕的，莫過於上峰提起你的名字時都不知道是哪一位。不過他可沒忘了這裡頭有他二哥二嫂的功勞，如今二哥不在家，自己自然得多加照拂了，遂不管多忙，仍舊會抽空考校一下飯糰的功課。而且他也吩咐了余氏，若二嫂這邊有需要幫忙的地方，能幫的都要儘量幫。

「夫人，這些天接連陰天，連個太陽都沒見著，那些棉株頂部的棉花桃可怎麼辦啊？」棉花的採收時間一般都是棉桃開裂吐絮七天左右，因為天氣問題，頂部的棉桃未開裂吐絮，這回劉氏一時拿不準主意了，只好親自到縣裡跑一趟。

即便劉氏不上來，羅雲初也準備回老家一趟的。儘管棉株頂部的棉鈴因結得晚，成熟度不好，品質也差，但也不能浪費啊。幸虧品質好的中噴花都已經採收入庫，要不她可得心疼死。

「這鬼天氣也不知道要持續多久。」她細細想了想。「你們將那些有四十天以上的老熟桃全摘下送到這兒來吧。」算了，老天爺不賞臉，她只有用人工催熟了。一會兒叫人買幾十斤熟的香蕉、柿子回來，利用它們產生的乙烯催熟棉桃，應該能得到正常吐絮的棉桃。

劉民沒有多問，應了聲是之後就回去忙了。

「這就是宋二家種植棉花的詳細法子？」周有財瞇著眼看著手上的紙。

「是啊，他們家的長工親口說的，哪還假得了？」四喜躬著身子說道：「哎喲喂，老爺，你不知道哇，宋二家今年棉花收穫大著呢，六十五畝地產出的棉花有五萬多斤。這幾十畝地還不是水田呢，若是水田，嘖嘖。若不是親眼所見，我都不敢相信。」

周有財抓著紙張的手緊了緊，嘴唇抿起一條線。六十五畝地產出五萬多斤棉花，相當於每畝有七百多斤的產出，他活了這麼久，還沒見過棉花這麼高產的。不過，宋二郎，且讓你們得意一回。「四喜，將黃良運叫來。」

四喜知道黃良運是幫周有財管理田間的老把式，隱約明瞭周有財的用意，當下也不敢怠慢，忙跑出去叫人。

「老爺，這法子我細細看了，都不難。而且我看這法子，關鍵之處就是打掉頂芽。」黃良運幾十年的老把式了，眼光毒辣，一眼就看出關鍵之處。

周有財聽著點了點頭。

「只是這裡有兩處不明白，四月初那會兒，宋二郎弄了好幾麻袋的粉末撒到棉地裡，這粉末是什麼？另外就是打掉頂芽當天，他讓人挑了好些像糞水一樣的東西去噴棉株葉面，這到底是不是糞水？這些東西有什麼作用呢？」

「四喜，聽到沒？趕緊去查！」周有財也不認為那是豬糞，如果是的話，宋二郎怎麼不告訴宋大郎，當時他可是派人盯著的，宋大郎的確沒有像宋二郎一樣在打掉棉株頂芽後給棉葉噴施此類物事。

沒幾天，劉民向羅雲初報告有人偷偷摸摸找上他，想花銀子從他口中套出關於棉花種植的詳細法子的事。

「是什麼人，你知道嗎？」

「那人瞧著面生得緊，小的一時也沒認出來。」

「那他有說給你多少銀子嗎？」

劉民挺直了腰，目不斜視，板板地說道：「五十兩，重點讓我說出那天東家噴施棉葉的物事，以及四月初那會兒東家給棉地施灑的那幾麻袋粉末是啥東西。」

羅雲初的嘴角抽了抽，五十兩，真是好大的手筆！普通人家是沒法一下子拿出這麼多銀子的，這樣就排除了許多人，再加上他們剛收完棉花不久，消息不可能傳得那麼快的。而且若是外地人，他們可能更傾向於光明正大地和他們宋家談，而不是偷偷摸摸地找長工買，如此一來，目標便鎖定在青河縣幾大地主身上。

來人很面生，也說明了背後之人極有可能是怕他們認出來，欲蓋彌彰。思來想去，羅雲初覺得周地主的嫌疑最大，還是那句話，一山不容二虎，除非一公和一母。他們宋家越做越大，她不信周有財心胸那麼寬廣。

她仔細想了想，心中便有了計較。

「劉民，你回去這樣……」她這個人，最不能容忍就是內奸的存在。她現在也不敢肯定裡面有沒有，但那人能找上劉民，就能找上其他人，劉民能守住不代表別的長工也能守住，就算她以小人之心度君子之腹好了，她無論如何都要查一查的。

男人，無非就那幾樣，酒色財氣，往這些方面著手，肯定有收穫。若都沒有，那沒關係，這說明他們手下的長工都是好的或者那些人沈得住氣，那她就讓人再盯著一陣子，現在離過年還有兩個月，如果那人真那麼沈得住氣，那她就認了。若他們有使用大筆來路不明的銀子，就已經有定局了。

劉民聽完，認真地點了點頭。

「這事我知道了，你做得不錯，如意，拿二兩銀子賞給他。」

「謝夫人賞。」劉民不卑不亢地接過。這銀子來路清白，他收起來沒有心理負擔。

「回了吧，這事我自有主張，你回去好好看顧水田，晚稻也快收穫了。」

「是。」

羅雲初讓人將劉民送出去後便起身回房，一進床就看到豆包已經醒了，卻沒哭也沒鬧，正抱著自己的腳丫子啃得起勁。這會兒見了羅雲初忙把腳丫子放開，啊啊啊地撒起嬌來。

見到兒子如此可愛，羅雲初忍不住抱起他親了幾口，直親得他咯咯直笑。「呵呵，咱們豆包小寶貝真乖，來，娘抱抱，餓了沒？」

豆包熟練地朝她胸部拱了拱，啊啊兩聲，示意她可以開飯了。

羅雲初解開衣襟後，豆包的小嘴立即湊了上去，兩隻小手捧著水蜜桃，急急吸吮了起來。

湯圓進來房裡，見了豆包那貪吃的小樣，不滿地咕噥。「弟弟又在吃奶啊，一天到晚吃吃，真是個小吃貨。」

羅雲初聽了，好氣又好笑，大掌拍了湯圓的小屁股一下，板著臉說道：「哪有這樣說你弟弟的，別忘了你小時候也是這麼過來的。」

「嘻嘻，娘，我去給妳拿我今天描的大字。」湯圓一瞧不對勁，立即閃人。羅雲初看了他如同被什麼追著跑的身影，搖了搖頭，這小子，倒機靈。

沒一會兒，豆包便吃飽了，羅雲初輕輕地拍著他的後背，待他打了個奶嗝後才將他放在床上，拿起旁邊的針線做了起來。

啊啊啊，豆包手舞足蹈，發出聲音吸引羅雲初注意。羅雲初時不時應上兩聲，看上兩眼，小豆包表演得更起勁了。

小湯圓一溜煙進來。「娘，大字在這裡，我陪弟弟玩去了。」奶聲奶氣地說完，就開始爬床，氣喘吁吁地爬上後，就開始了一天的娛樂，逗弟弟。

對青河縣人民來說，今年晚稻真真是大豐收啊，每畝水田多收了兩、三斗。看著收回來的稻子，大夥兒笑得見牙不見眼。羅雲初他們那六十一畝的水稻又豐收了，這回連租子一起收回來，也差不多有兩萬多斤。

俗話說，肥水不落外人田。每年羅、宋兩家的地收成可不少，若都是將糧食批發賣出去，還不如自個兒開個米店呢。想到就做，況且盤個店下來，正好將塞給阿德訓練的幾個下人拎回來給自家幹活。花了小半個月時間，羅雲初以五十八兩的價錢盤下了一個鋪子，價錢是貴了點，但那店夠大。

搬了三千斤糧食過去鎮店後，羅雲初便從阿德店裡抽回來三人放在米店裡，經過一個多月的訓練，幾個人如今勉強能獨當一面了。不過她第一天查帳時，發現那些帳本看得她頭暈，第二日她便拎著掌櫃的進行了專門的訓練，將阿拉伯數字和表格記帳法教與他。她這個新掌櫃也才三十出頭，不是那種老得腦筋轉不動的人，明白了羅雲初教給他的記帳法子後如獲至寶，學得可賣力了，沒幾日便能上崗幹活了。

對於青河縣晚稻的豐收，魏知山也是知曉的，他如今上了道摺子，裡面詳細地介紹了稻田養魚的法子和好處，在摺子後面，他也提了提宋銘承在其中的作用。果然，當今聖上收到摺子後龍顏大悅，著南方一些省挑些水田來試驗一番，又賞賜了魏知山、宋銘承等人。

「娘，爹怎麼還沒回來啊，飯糰和湯圓都想爹了。」晚上，湯圓窩在羅雲初懷裡扭著麻花。

飯糰在一旁樂呵呵地看著，自他進了學館後，就自覺長大了是個男子漢了，遂很少膩在羅雲初懷裡撒嬌。

「快了快了，你爹就快回來了。」其實羅雲初也不知道二郎啥時候回來，這都過了小年夜了，也沒個消息傳來，她心裡也沒底呢。

「騙人，娘每次都這麼說，湯圓十隻手指頭都數完了，連腳趾頭也數完了，爹還沒回來。」湯圓氣哼哼地把頭一撇，嘟著的小嘴都能掛二兩豬肉了。

羅雲初很頭疼。「你再將十個手指數一遍，在你數完十個手指的時候你爹肯定回來了。」二郎和她說過的，儘量趕回來過年，還有幾天，等等吧。

「真的嗎？」湯圓懷疑地看著他娘。

「真的，騙人的是小狗。」

湯圓小大人似的說道：「好，娘，我再相信妳一回。」

快過年了，羅雲初老家裡養著的十二頭大豬經過一年的好吃好睡，長得膘肥體壯，每隻都有一百三十斤以上。羅雲初讓劉民賣了十頭，得了十兩多銀子的進帳。剩下的兩頭豬是最肥的，約莫有一百五十斤，羅雲初留了一頭給長工們過年。另外一頭殺了，三兄弟分了。

出人意料的，羅雲初在除夕前一晚，狠狠發落了兩個長工。

「怎麼，你們不服？」

「是，我不服，我這一年在你們宋家也任勞任怨，沒有功勞也有苦勞，憑啥剋扣我的工錢還要把我趕走？」盧得慣梗著脖子道。
另一個人則驚疑不定地看著羅雲初。
「呵，我真是小看你了，做了虧心事還能這般理直氣壯。不過如果我是你們，就乖乖地收拾了行李走人，而不是在這兒大吵大叫的。」
羅雲初嘲諷地看著盧得慣。「劉民，既然他不服，咱就讓他死得明白。」
「是。」劉民站出來，板著臉說道：「盧得慣，你今年十月十七在來財賭坊欠下了二十七兩銀子的賭債，但你十月二十日便還清了。請問你還賭債的這筆銀子從何而來？」
「我我我……是我向我舅舅借的不成嗎？」盧得慣死不承認。
「我記得你是棄兒吧？哪裡來的舅舅？而且那幾天可沒有類似舅舅的人來找你。讓我來告訴你這筆銀子哪兒來的吧？賣棉花種植的方子得來的！讓我猜猜，你賣了多少銀子，三十兩？四十兩？或者五十兩？」
聽到這麼多銀子，其他長工倒吸了一口涼氣。
盧得慣腦子本來就不是那種很好使的人，此時面如死灰。
「王石林，你服氣嗎？」羅雲初問。
「全憑東家處置。」王石林倒沒多作掙扎。
羅雲初哼了一聲，算他聰明。不過這王石林也是個倒楣的，找誰當媳婦不好，偏偏在花街柳巷裡找了個妓女當寶貝。現在他叛主得來的幾十兩銀子恐怕都被一捲而空了吧？

讓人各打了二十大板作懲戒後，羅雲初道：「知道為什麼辭退你們了嗎？因為我雇不起你們這等叛主的長工！拿了你們的行李就給我滾吧！」別待在她老家污了她的眼。

處置了兩人後，羅雲初這才給眾人發了一年的工錢外加前面說好的，五百文錢獎勵。而盧得慣和王石林兩人被她扣下的工錢，羅雲初也不貪，全由剩下的十個長工平分了。私下裡，羅雲初又給了劉民二兩銀子當獎勵，畢竟這一年他也操勞頗多。

「你們莫要以為我處罰得輕了，這回是第一回，且饒了你們，下回誰再犯到我手裡，就不是打幾個板子的事了。」為免長工們生了輕視的心眼，羅雲初臨走時又敲打了一回。

其實她何嘗不想重罰了盧得慣兩人來立威，即便是抓住了他們那銀錢的確來路不明這一點，能這麼快就拿下他們，主要是她出其不意，打了個他們一個措手不及。若硬說那銀子是出賣了棉花種植的方子得來的，卻是作不得數，難以成立的。此時能將他們打發了，又借此敲打了長工一回，已是不錯的收穫。

她也不懼他們把那法子說出去，棉花種植不是那麼簡單的事，他們只知其一不知其二。而且種植棉花的時候可不是每個長工都能經歷每個過程的，羅雲初和二郎有意讓他們輪流錯開來，有些東西他們知道得並不清楚。

至此長工們都安分下來，其實在宋家做長工還算不錯了，東家不虧待，逢年過節都有肉吃，在宋家幹活，吃得不比平常人家差。一年下來，工錢賞錢林林總總的也有四兩銀子，比別家的長工好多了。

而且甫一入冬，東家就讓人打了新的棉被送來，每人兩床，並未厚此薄彼，這樣的東家哪裡找去？雖然他們也知道，上等品質的棉花可不是他們這種人能用得起的，這些被子用的材料極有可能是根花或頂端棉鈴，不過他們知足了，人活著一世不就求個吃飽穿暖不病不痛嗎？經此一役，長工們都安下心來努力幹活，這是後話，暫且不提。

眼看著就要過年了，二郎他們仍舊沒有音訊，饒是一向鎮定的羅雲初也急了。古代的治安那麼亂，過年又是最亂的時候，千萬別出什麼岔子才好。

一直到吃了年夜飯，都沒見著人。羅雲初心裡多少明白二郎估計是趕不回來過年了，她現在只求他人是平安的就好。家裡少了男主人，守歲也是意興闌珊。

半夜北風颳得樹木嘎吱作響，此時已是亥時，嚴叔料想也不會有人上門拜訪了，正想早些回去歇著。不料，此時大門被人敲開。

「來了，誰呀？」嚴叔攏了攏身上的衣服，沒有立即開門。

「嚴叔，是我，我回來了。」

嚴叔認出這是自家老爺的聲音，忙不迭地打開門，只見自家老爺穿著厚重的皮襖，地上的箱子和麻袋堆在腳邊，而自家老爺還繼續從馬車裡頭拔拉出木箱來。

嚴叔忙不迭要上前幫忙，卻被阻止了。

「大概就這麼多了，李二哥。」二郎笑道，天氣冷得讓他禁不住往手裡呵了一回氣。

嚴叔忙著將地上的行李扒拉進門。

「成，就先這麼著吧，若落下什麼，過了初二我再與你送過來。」李重武的聲音從馬車內傳來。「我先回去了，你也趕緊進屋吧，莫要凍壞了。」

「嗯，李二哥慢走，改天我再上門叨擾。」

馬車漸行漸遠，有二郎這個壯勞力，沒一會兒，地上的行李全都拎回了院內。

二郎只管一隻手提了幾袋就往主屋走去。

嚴叔將大門關嚴實了，然後幫忙將地上的箱子搬進內宅去。

二郎如今心心念念都是自家媳婦和娃兒，如今到家了，頓時覺得渾身舒坦，嘴角不禁流露出一絲笑意和期盼。

今兒羅雲初他們娘兒幾個都窩在主臥房的大床上呢，湯圓正纏著羅雲初講故事。

「夫人，老爺回來了。」如意在院子裡給幾位主子煮奶茶，剛才聽到聲響出來一瞧，見是自家老爺回來了，忙報了上來。

噎，羅雲初忙站了起來。豆包睡著了，飯糰、湯圓兩隻小的聽到爹回來了也是一臉興奮。

沒一會兒二郎高大的身影就出現在屋裡，帶來絲絲寒氣，精神頭倒好，笑呵呵的。「媳婦，我回來了。」

「回來就好，回來就好。」羅雲初忙幫他將濕冷的外套脫下來，又拿了件乾淨的大衣給他換上，然後任由兩個兒子鬧他。「餓了吧？我去給你下碗餃子？」

「好。」看著自家媳婦和兒子，二郎笑得一臉滿足。

羅雲初親自去了廚房，餃子是今兒個做的，蒸好了的，只要熱一熱，再弄點自家釀製的醬就成。想了想，讓如意將煮好的羊奶也一併端進去，然後再吩咐她燒一鍋熱水。

一家子窩在屋裡吃了頓遲來的年夜飯，羅雲初並飯糰、湯圓等小口小口地啜著羊奶。羅雲初讓二郎先喝了羊奶暖胃後，才讓他甩開膀子開吃，沒多久，一大碗蒸餃全進了他的肚子。

夜已深，兩個娃兒過了最初的興奮期，人也睏了，眼皮正耷拉著。羅雲初讓金水燒好了東廂的炕，便讓如意領著兩娃兒回東廂去睡了。

飯後，二郎脫了衣裳，浸泡在冒著熱氣的熱水中，羅雲初站在浴桶外頭給他搓背，二郎舒服得嘆了口氣。自家媳婦體貼，不枉自己快馬加鞭地往家裡趕，緊趕慢趕總算在除夕夜裡到了家。

俗話說小別勝新婚，前頭兩人還能細聲地交談著這小半年來各自的生活，漸漸的，二郎看著自家嬌美如花的媳婦只覺得熱血沸騰。這不，還沒洗好呢，他就從浴桶裡站了起來，抱著羅雲初就狠狠親了好幾口，火熱硬挺的慾望暗示性地蹭了她好幾下。羅雲初也是獨守空閨小半年，被他這麼一碰，臉頰暈紅，渾身發燙，身子也軟了下來，任憑他將自己打橫抱起往床上滾去，如此如此，這般這般。

事畢，羅雲初掐了他的腰一下，嗤嗤笑道：「瞧你猴急的，澡還沒洗完呢，就對人家這樣那樣。臭死了，明兒個可得好好洗洗才行。」羅雲初指指他的頭。

二郎湊近她的耳畔低語。「嫌棄剛才還抱得那麼緊？」

羅雲初啐了他一口，滿臉羞紅。「去，德行。」

二郎就著昏黃的燈光，看著她明媚的樣子，心裡歡快，忍不住又狠狠親了一口才放開，讓她半躺半倚在自己懷中。「這小半年裡想得很了。」

二郎低低地訴說著這小半年裡發生的事，羅雲初倚在他的懷中，溫柔地聽著。

原來，二郎和李重武跟著一隊相熟的商隊一路到了關外，李重武眼光毒辣，他們沿路挑的那些個地方物產在關外很受歡迎。而二郎一開始有點擔憂，只花了自家的一百多兩來買那些特產，並不敢下狠手。

也是二郎他們運氣好，遇到一戶人家帶著一車的皮子來賣，狐皮、貂皮、貉子皮、獺兔皮、羊皮等樣樣俱全。李重武就猜測這戶人家估計是族人的代表之類的，那戶人家對二郎他們帶來的特產很感興趣，後來雙方用以物易物的方式，二郎和李重武兩人合著吃下了這麼一車皮毛。

他們運氣好，同一個商隊的有些個人免不了要拈酸吃醋了。好在二郎經過這些日子的歷練成長了許多，心眼也長了些，李重武也是個狐狸般的腹黑人物，倒沒有吃虧。

剩下的一些特產也順利高價賣出去了，這一轉手，利潤就翻了幾倍。當下便把二郎喜得跟什麼似的，接著便在關外逗留了幾日，關外的皮毛都很便宜，應該說價格便宜得嚇人。就是最次的皮毛都要比京城裡那些中等的要好上一些，一些毛皮製物如皮坎肩、皮大衣、皮靴子，也是不貴。不過他們這回很厚道地等同一個商隊的商人挑了，才會在他們挑剩下的攤子裡撿些漏，商隊首領見他們如此，暗暗點了點頭。二郎跟著李重武，很是挑了一些中等的皮毛以及一些關外的特產，直至錢袋漸乾癟，兩人這才住了手。

京城離關外近，皮毛在京城的價錢也好，商隊裡不少人在入了關後便結隊直奔京城而去了，可其實江南富庶，皮毛的價錢並不比京城低。於是二郎並李重武跟著商隊首領一路往江南而去，果不其然，他們的皮貨在江南愣是賣了個好價錢。

將那些東西出手後，二郎買了一些江南的物品便和李重武一道趕著回來了。大部分的皮毛二郎都出掉了，只餘下一些上等的好貨被二郎一路帶了回來。回江南途中，他們商隊遭遇過兩回山賊截道，若不是商隊的練家子多，本事夠硬，恐怕他的小命早就交代在外頭了，而且有一回他還受了傷。不過二郎將他遇到山賊的事只輕描淡寫地提了提。

二郎腰腹處有一條疤，羅雲初又不是瞎子，如何看不見？這麼粗的疤，可見當時受傷之深，其中的凶險，羅雲初如何不知。此刻聽著他輕描淡寫的話，她的眼淚撲簌簌地流下。

「媳婦，別哭別哭，我這不是沒事了嘛。」

「當時很凶險吧。」羅雲初用的是陳述句，而不是疑問句。

「嘿嘿，還好還好，媳婦，別哭了，我有好東西給妳。」說話間，二郎跳下了床，隨意地披了件外衣，就來到客廳。挑挑揀揀，從中拉出一口箱子，搬了進去，從箱子裡挖出一口精巧的黃梨花木小箱子，打開。

「媳婦，這是兩千七百兩的銀票，妳拿著，收好喔。兒子討媳婦和女兒的嫁妝可是從這兒出呢。」二郎撓著頭，嘿嘿直笑。「還有這個，是為夫在江南那邊專程給妳買的，瞧瞧，喜不喜歡？」二郎小心翼翼地從小箱子裡拿出一對白玉的鐲子，討好地遞給羅雲初。

羅雲初擦擦淚，接過那對鐲子戴到手上，笑問二郎。「好看嗎？」

羅雲初的手本就長得好看修長，自從不幹農活後，稍稍保養，不比大家閨秀的差。此時戴上這對鐲子後，更顯蔥瑩玉白，二郎看直了眼，不自覺地點頭。「好看！」

二郎舟車勞頓，已是睏得不行，兩人又說了一會子話，便睡了過去。

第五十四章 年初一

羅雲初醒來時，天才模糊地亮。

她睜眼即看到二郎那張熟睡的臉，懵了一下，好一會兒才回過神來，忍不住笑了一下。小心地拉開他占有性地搭在腰間的手，她輕巧地起身，來到一旁的耳房漱洗。

漱洗罷，吩咐金水先去給老三他們報個信。「金水，去給三爺報個信，說你們二爺回來了。」

羅雲初見時辰尚早，便來到廳裡，想將昨晚二郎帶回來的東西整理一番。卻聽到屋裡有娃兒的哭聲，羅雲初估摸著是豆包醒了，忙往屋裡走去，順便吩咐下人將那幾口箱子抬進房裡。

剛進屋，就見二郎手足無措地抱著自家小兒子，一臉焦急地哄著，奈何小兒子不賣他面子。

羅雲初忙接手。「我來吧，估摸著是肚子餓了，而且他還不習慣你，怕你呢，等過兩天聞慣了你的氣味就好了。」

「臭小子，這才幾個月，老子都不認識了。」二郎象徵性地拍了豆包的小屁股一下，笑罵道。

羅雲初白了他一眼，兒子也才幾個月大好不好？而且小孩子的忘性大，二郎自豆包滿月就出門了。

二郎滿臉興味地看著兒子吸奶。「不過這小子長得倒快，身子骨壯實。」

待豆包吃足了奶，羅雲初把他放床上，讓他們爺兒倆慢慢培養感情去。豆包挺好帶的，並不是時刻都讓羅雲初抱著，只要能聽到她的聲音他就能一個人玩得很好了。

二郎一臉驚奇地看著小兒子。「他一向都這樣？」二郎指著豆包咿咿呀呀抱著腳丫子猛啃的行徑。

羅雲初輕笑。「是啊。」

二郎接過她不知從哪兒摸出來的撥浪鼓，慢慢逗著兒子，看著他圓溜溜的眼睛一眨不眨地盯著撥浪鼓，小嘴啊啊啊的叫著，還伸出小手試圖來抓一把，二郎覺得很滿足。

沒一會兒，如意領著飯糰湯圓兩個娃兒進來，小傢伙們奶聲奶氣地說了一堆吉祥話，羅雲初起身，將準備好的壓歲錢紅包分給了哥兒倆，便由著兩人爬上床去，纏著他們爹問東問西。

而羅雲初則微笑著整理二郎帶回來的東西，箱子一口口打開，羅雲初被裡面的東西耀花了眼。瓷器裝了一口箱子，花瓶、茶瓶都有；光布料裝了兩大箱子，單綢就有紡綢、湖綢、繭綢；還有一些紗，實地紗、麻紗、亮紗都有，白細布等做內襯的也有兩疋；胭脂水粉、茶葉、茶具，金項圈、銀項圈、耳墜子、壓鬢花一字排開。

「二郎，這些個東西花了不少銀子吧？」羅雲初眉開眼笑地問，順手拿起兩個銀項圈給飯糰哥兒倆戴上，也給他們的豆包小娃兒套了個銀製的小手鐲，得到稀罕物的小傢伙用力舉著自己的藕節般的小手，啊啊啊地流著口水。

「呵呵，跟著李二哥胡亂買的，有門路，價錢比市面上少一半不止。」二郎渾不在意地說。

羅雲初聽了，愛得恨不得撲上去親他幾口。

「媳婦，一會兒妳將那套茶具收拾出來，在買那個的時候我就覺得和老三很配，這會兒送他正合適。唔，一會兒拿四百兩的銀票給我，我還給老三。」這三千餘兩的銀子貨物幾乎可以說是拿命換來的，他也不是個缺心眼的主兒，連本帶利，雙倍兒還給老三就成。

四百兩，嗯，不算過分。羅雲初忙應了聲，麻利地將全套茶具拾整好。既然老三這頭送了一套茶具，那麼她不能厚此薄彼，大房那邊可不能啥都不送，遂她從中勻出兩疋布送給大房，一疋湖綢、一疋亮紗。如此一來，自然也少不了宋母的分兒，羅雲初又拿了疋大紅寧綢的布料，配以萬字長春的吉祥圖案，這布料用來做老人的衣裳是極為相襯的。

收拾好後，見二郎仍懶懶的不肯動，她忙將豆包抱過來，勸道：「二郎，趕緊起來漱洗啦，今兒是年初一，還得回老家給娘拜年呢。現在你還懶洋洋地躺在床上，一會兒老三他們過來，沒得讓他們笑話你。」

此時如意打了盆熱水進來，二郎也俐落地起身了。

沒多久便有人來報，說三老爺和三夫人到了。兄弟倆小半年未見，自有一番話要說。羅雲初便和余氏到一旁說話，余氏現在已有了四個月的身孕，微微顯懷。

「二嫂，二哥這回出門變化挺大的，整個人看著精神很多。」

「呵呵。」羅雲初眉眼含笑地瞄了自家丈夫一眼，嗯，的確，有自信的男人最有魅力。不過她可不能直白地承認，忙轉移話題，關心起她肚子裡的娃兒來，和她說一些孕婦的忌諱和吃食方面該注意的地方。

余氏認真地聽著，她這二嫂生了兩個娃兒了，經驗方面自然是好的。沒瞧見她連生兩娃兒身段沒有走樣，膚色紅潤健康，兩個娃兒也玉雪可愛嗎？身後的青兒也努力地將羅雲初的話記在心裡。

「二哥，你說得不錯。」那頭宋銘承讚了一句，想不到二哥出門小半年，見識真真長了不少啊。

一盞茶的工夫，便有下人進來報說馬車已經套好了。

早有下人前往老家通報了他們回來的消息，一大家子的人進到院子裡的時候，遠遠就見宋母站在客廳外伸著長長的脖子在等待了。宋母見到二郎很是激動，前頭對他離家的不諒解全都拋開了，直拉著他的手上上下下來來回回看了又看。看著激動得哆嗦的老母，二郎也紅了眼眶，他還從來沒見他娘這麼關心過他呢。

「娘，天寒地凍的，咱們趕緊進去再說話吧？」許氏瞄了一眼木頭似的宋大嫂，忙上前扶著宋母。

「對對對，都別凍著了。」

進了屋裡，宋母拉著二郎的手問他這小半年在外的經歷。

羅雲初看了大郎一眼，發現他精神頭還好。自上回棉地被燒後，他很是低迷了一陣。後來發了狠了，一個人到山上將火燒過的山地開墾了出來，忙碌了一個多月，估計墾出了六、七畝地也是有的。過年前，她又給了大房八兩銀子，算是感謝他這一年來的幫忙。

他們家去年收穫的五萬斤棉花都沒有賣出去，只是用人工的方法將籽棉弄成皮棉。想起那一大筆人工費，羅雲初就一陣肉疼，要是有鋸齒軋花機就好了，那他們以後就不必費那麼多人工費。不過現在就算了，就當是刺激一下經濟，給周邊的婦女小孩們賺些私房體己零花之類的吧。五萬斤的籽棉慢慢拾掇下來，也只剩下一萬六千四百斤左右的皮棉而已。

前陣子家裡也是捉襟見肘，銀子都只出不進，後來虧得有家米鋪，這才解了燃眉之急，若不然，羅雲初的私房恐怕就要貼完了。米鋪的生意還可以，因為他們店裡舂出的米都很乾淨，賣出的價錢又比別家的便宜上一點，每日至少都有一、二兩銀子的進帳。

敘話說了小半個時辰，當羅雲初將那三疋布拿上來時，宋大嫂摸摸這疋看看那疋，當她得知這些布料全是二郎在江南買回來的時候，宋大嫂又深深地嫉妒了，眼刀子像不要錢似的甩過來。

用著自家丈夫掙回來的東西，羅雲初如今腰桿挺得倍兒直，心情很好，才懶得理她。她這大嫂最大的毛病就是見不得人家過得比她好。如今日子有奔頭，羅雲初看誰都順眼極了。

宋大嫂當得知那疋她愛不釋手的大紅寧綢是宋母的後，不捨的同時忙扒拉住另外兩疋布，生怕許氏會和她搶。

對於眼皮子淺的大嫂，大家都很沒轍，大郎面子上更掛不住。「行了妳，大年初一的也不消停，淨幹些丟人現眼的事。」

宋大嫂咕噥了句什麼，但她不敢讓眾人聽到，將聲音壓得很低。

余氏適時出來岔開話題，大家都識趣地應和。晚點大夥兒一起吃了個飯，便各自歸家去了。

過了初八，歇了幾日的二郎又開始忙碌起來了。建棉麻作坊的事也和他們商量過，其實也不是什麼商量，頂多就是知會一聲罷了。

大郎不明白，二郎田種得好好的，怎麼又去折騰什麼棉麻作坊了。不過他現在知道二郎是個有主意的了，也只能嘆嘆氣，並未多說什麼。知道二郎他們最近花錢的地方頗多，他只偷偷拿了十三兩銀子塞了過來。「二郎，大哥知道你現在處處缺錢，大哥是個沒本事的，也幫不了你什麼，這銀子你就拿去用著先吧。說起來這些銀子還是你們去年給我的呢，我誰也沒說，本來我是打算給天孝那孩子攢著的。現在你這邊急，就先拿去用，啊？」說完，他自嘲地笑笑。

不等二郎拒絕，大郎給了銀子就跑掉了。二郎回家和羅雲初一說，羅雲初也沈默了。

「總歸是大哥的一片心意，拿著吧。」其實羅雲初也知道大郎並不看好他們弄的這個棉麻加工廠，但一旦他們決定做了，他這做大哥的也會站出來支持的。這十幾兩銀子在他們看來很少，但羅雲初知道這是大郎所能拿出的最多了。可以這麼說，有十分力，他已經出到了七分。說不感動是假的，儘管大郎有這樣那樣的缺點，但作為大哥來說，在農村那個地方，他已經做得很好了。

二郎點頭，心中暗暗發誓，一定要將棉麻作坊做起來，到時再好好照顧一下他那老大哥和姪兒。

二郎在過了元宵時又添了幾個長工，而第一批長工的工錢相比新招入的長工又給漲了一些，漲了兩百文一年。

今年羅雲初他們家的地不能連種棉花了，但現在棉麻作坊一開，棉花又是作為主要原料，不可或缺的。所以他們又和阿德家換地來耕種。種了四十畝地的棉花，又種了三十多畝的苧麻，剩下的十來畝就種一些木薯番薯、黃豆花生之類的作物。今年種棉花的人挺多，羅雲初他們的種子順勢賣了個好價錢。

對周圍跟風種棉花一事，羅雲初是樂見其成的。甭管如何，待青河縣及周邊形成棉花產地時，他們就能及時地用上這些原料了，光是成本，就能省下不少。

春耕，犁地、播種、插秧……都是做慣做熟的，做起來駕輕就熟。田地裡的活計一切都井然有序地進行著，而棉麻作坊經過兩個多月的籌備也漸漸初具雛形。

花了一百多兩在相對偏僻的地方買了一座兩進的大院落作為棉麻作坊的工作地點，那兩進的院落不比他們現在住的三進的小，院子很大。又進了二十來臺紡紗機之類的，總之那段時間二郎是忙得腳不點地。

羅雲初因為好奇去遛達過一圈，二十幾個婦女坐在紡車前紡線織布，那場面挺壯觀的。手織布的織造工藝極為複雜，從採棉紡線到上機織布經軋花、彈花、紡線、打線、漿染、沌線、落線、經線、刷線、作綜、闖杼、掏綜、吊機子、栓布、織布、了機等大小幾十道工序，看得羅雲初頭暈眼花，直嘆古代女人真不易。

羅雲初看過一遍後，覺得無解，便極少插手這邊的事情，全由二郎忙和著。之前她調教好的幾個下人抽了三個出來交給二郎，剩下的兩個，她放在米鋪那兒，後來米鋪那邊又多招了兩個夥計，人手這才湊齊。

前頭的事由二郎忙著，家裡的事羅雲初都處理得井井有條，絲毫不叫二郎操心。

日子過得很充實悠然，只一點，周地主家大量收回佃戶手中的土地，想租地來種？可以，但全都要種棉花，而且租子又提高了，種棉花的話，要上繳八成的租子。古沙村及附近的兩個村子一時之間怨聲載道，好些佃農私底下狠狠地罵周有財為周扒皮。

羅雲初知道後，搖搖頭，這種人，難怪要幫人家養龜兒子。看到周地主如此大規模地種植棉花，羅雲初已經基本能確定周有財就是背後收買他們家長工的那個人了。不過一時之間她也沒想到啥好法子來整整這姓周的，只能慢慢等機會了。

不少佃農也求到二郎那兒，希望他們大發慈悲租點田地給他們種。二郎回來和羅雲初商量後，決定將元宵那會兒置辦的三十畝地租出去，租子照樣只收四成。

過年那會兒，二郎將四百兩銀票還給老三，老三得知他們要辦作坊時就推了回來，讓他們先緊著用。羅雲初他們估摸建個小作坊大約八百到一千二百兩左右就差不離了，因為棉花等材料都是自家提供的。又預留了七百兩作周轉，便拿了五百兩在周邊又買了幾十畝的地，此時正好派上用場，一時之間，宋家在幾個村的名聲又上一層樓。

俗話說，不怕不識貨，就怕貨比貨。本來譴責周有財的聲音還不算大，如今和宋二家一對比，差別就出來了，不少人私底下罵周扒皮是個黑心的。

周有財這人倒有自知之明，那段時間他是輕易不肯出門的。不過黃良運就不幸了，據說，某天外出歸來，被人蒙著頭狠揍了一頓，聽到這消息，周有財氣得臉都黑了。沒兩日，黃良運便向周有財辭行，包袱款款回老家去了。

周有財聽了，氣哼哼的，對宋家更加憎恨了，不過他也只敢在萬無一失的情況下搞些小動作了。轉而，他想到屋後養著的幾十隻兔子，又笑了，宋二郎，別以為你藏著掖著，我就拿你沒辦法了，有錢能使鬼推磨，我還不是照樣套出了你的秘密？不過想到那兩個被他收買後又被宋家趕走的長工，他可惜的搖搖頭，還差點兒呢，要是知道出苗時宋二郎撒的是啥粉末就好了。

不過也有少數佃農是認命了的，畢竟去年宋家棉花豐收他們都是看在眼裡的。畝產七百多斤的籽棉，若自己種的地也有這麼高的產出，即便繳了八成的租子，也是小有賺頭的。

日子過得很快，眨眼就到了六月中旬，隨著二郎帶領長工開始打頂時，周圍的人見了，也有樣學樣地打起頂來。接著便是噴施兔糞液當葉面肥，眾人不知道他們噴的是啥，有些直接挑了糞坑裡的糞液來噴，有的則是尿液，各種各樣的都有。

而周有財得意一笑，讓長工們將他準備好的兔糞液直接噴到葉面上。僅一天，被周有財伺候過的棉花全都焦了葉，六、七十畝地的棉花都如此，周有財見了，急轟轟的來質問二郎。二郎自然明白其中的關鍵，不過他可不會好心地告訴他，只把他當瘋狗一樣打了出去。笑話，你一個小偷，來偷我家的東西，偷不著，難道還怪我沒有一一指點你不成？

周有財得此報應，不少村民都拍手稱快。

其實周有財用兔糞是正確的，但他錯就錯在沒有用水兌開，直接噴在棉株上，別說棉株了，就算是其他的作物也受不得這個刺激，全都焦尾了不奇怪。其實這是農活裡最基本的常識，偏他不懂還愛裝神秘，有這個結果，純粹是是自作自受。村民們恨他入骨，自然不會多加提醒。

周有財簡直氣瘋了，好在還有一絲理智在，還知道民不和官鬥，鬥也鬥不贏。突然，他眼睛一亮，急匆匆地往書房走去。哼，宋二郎，你們不是要保密嗎？不是想獨個兒賺錢嗎？我就讓你們保密不下去！

宋銘承從魏知山知府的衙內出來，臉色很是沈重。

「你是說魏知府要我們獻上棉花的種植方法？」書房裡，二郎聽了老三的話，和羅雲初對視了一眼，兩人都是一臉凝重。

「他旁敲側擊，大概就是這意思。」老三的臉色也是很不好。他自然知道目前二哥需要靠這棉花發家，這下子問題棘手了。

「知府大人到底是怎麼知道的呢？」

「二哥二嫂，都是我連累了你們。」宋銘承很慚愧，魏知山明顯是想給他施壓，讓他來說服家人。

羅雲初很快冷靜下來，很現實地說道：「他是怎麼知道的已經不重要了，重要的是，我們交不交？交到何人手上？交出去的話我們又能換回多大的利益？」

商量到最後，大家一致的想法都是把這方子交出去。匹夫無罪，懷璧其罪的道理他們都懂的。

其實羅雲初明白，這法子守不住的。若說誰能給出的利益大，無疑就是當今聖上了，普天之下，還有誰給出的利益能大得過當今嗎？此事事關民生，鬧到最後，保不准皇帝也會出手。與其等他開口，還不如乖乖獻上去，至少這樣的話主動權掌握在自己手中，別的不說，一個好名聲肯定能到手的。而且這一方子獻上，肯定會給他的仕途記上濃重的一筆，政績也是大大有的。

「現在的問題是，這法子該經誰的手呈上去？魏知府他會不會獨攬大功？若摺子交給三弟妹娘家那頭呈上去，是不是會妥當點？」

眾人沈默了，害人之心不可有，防人之心不可無。他們都不願意出工出力後，桃子被人摘了，而自己卻啥好處都沒撈著。

「讓我娘家那邊幫忙，倒是可以。」余氏開口，事關她丈夫的前途，她自然是關心的。

「不妥不妥，魏知府是老三的上峰，若越過他讓三弟妹娘家幫忙，我瞧著怕是不妥，這樣會讓魏知府和老三上下之間生了嫌隙。」二郎搖搖頭。

「嗯，二郎說得對，剛才是我們急昏頭了。」

「其實魏知山這人一向正直，我覺得還是挺可靠的。上回稻田養魚的事，他也沒撇下我獨攬功勞呀。」宋銘承道。

「要不這樣吧，這法子咱們讓魏知府呈上去，然後三弟妹妳給妳娘家去一封信，裡頭補充一個治棉鈴蟲的法子。若魏知府呈上的摺子中有提到咱們宋家，那封信就當不存在，若魏知府的摺子中沒有提及宋家，那麼余家就可以把這治棉鈴蟲的法子拿出來作補充。」羅雲初想來想去，也只能想到這個方法了。做什麼，防著一手總沒錯。

當今聖上接到魏知山的摺子，龍顏大悅。因稻田養魚的事，聖上對明州，對青河縣都有很好印象的。今年江南不少省水稻魚類大豐收，國庫漸漸充盈，同時，大大豐富了黎民的餐桌。這回魏知山又給他呈上了一個棉花增產的詳細法子，鑑於稻田養魚的成功，再看看隨著摺子而來的棉花樣子，他對裡面所說的畝產七百斤棉花的法子很是看重，當即派了人到青河縣去考察一番。對於有功之臣，他從來都沒有薄待，得知情況屬實後，他立即下旨封賞了一番。

宋銘承官升兩級，任明州通判，居正六品。而對二郎一家子的賞賜就不那麼貼心了，只賞了一個「忠義之家」的匾額，讓羅雲初直嘀咕皇帝小氣，光一個匾額有啥用啊，他們每年要繳這麼多稅也不給免一下，要不，免一半都行啊，再不濟賞個黃金百兩、白銀千兩的也好啊，她很好說話的。可是，一個都沒有。想著想著，她嘆了口氣。

若是老三知道他二嫂的想法，肯定能氣得背過去。她真真是頭髮長見識短，掉錢眼裡去了，完全不明白這匾額的好處，護身符啊，有了它，別人想動宋家都得掂量一下自己的斤兩再說的。

第五十五章　更上層樓

宋家更上一層樓的事，讓周扒皮生生氣病了一場。再想到被誤了一年顆粒無收的土地，他就一陣肉疼。他拚命按捺著自己的怒火，決定蟄伏一陣子，不再去招惹宋家。

羅雲初見二郎已經漸漸能獨當一面了，便漸漸丟開了手，全讓二郎挑起養家的擔子，退居幕後相夫教子去了。他們家如今算不上大富大貴，但也是殷實之家了。這一輩子，她和二郎頂多就守著這些田地作坊了，日後若說宋家有什麼大出息大發展的，必然是指望他們的兒孫輩了。所以兒孫的教育一定得抓牢了，不能掉以輕心。

宋銘承起於微末，儘管有余家的幫襯，但仕途估計就止步於四品大員了，想更進一步，估計很有難度。不過若日後宋家的子孫們要走官場，也總算有個借力的地兒了。

只花了兩年時間，青河縣及周邊漸漸形成了棉花和苧麻的產地，不少商戶陸續在青河縣內開立分號。而宋家的麻棉作坊由於抓住了先機，在別的商號匆忙來分食的時候，已經領先一步，打好基礎，打開局面，形成了規模。而棉麻作坊需要用到大量的女工，更為廣大的農村婦女提供了掙錢貼補家用的機會，青河縣更是日漸繁榮。

「娘，能不能別叫我飯糰啦？人家都長大了。」九歲的飯糰臉紅紅的，站在那兒，扭捏地說道。

羅雲初捏了捏他的臉，笑道：「小傢伙，害羞了？呵呵，你長得再大，在娘的眼中也是小娃娃。」

飯糰結結巴巴地說：「可是、可是，娘能不能別當著外人的面叫我小名？」上回小夥伴來家裡玩，回學館後他被取笑了好久。

「好，飯糰，娘答應你，只私下叫，當著外人的面一定不叫。」兒子長大了啊，都不可愛了。

飯糰無可奈何地看著他娘，算了，私下叫便私下叫吧。希望等他再大點時，娘能喚習慣他的大名吧。不過飯糰恐怕要失望了，直至他娶妻生子，他娘都沒有改口過。

「宋老弟，不是我說你啊，你在青河縣也是鼎鼎有名的人了，這些年賺的銀子也不少，怎麼家中只有一位黃臉婆呢？不添些嬌美的小妾咋行呀？罷了罷了，前兩日我剛得了兩個揚州瘦馬，送你一個吧。」

二郎聽了，微微皺了下眉，笑道：「謝謝林兄，可小弟不耐煩家中人多，恐怕要辜負林兄的美意了。」

林之煥同情地看了一眼二郎，拍拍他的肩膀。「宋老弟，咱們男人要拿出氣勢來，重振夫綱，莫要被家中的婆娘拿捏住了。」

二郎越聽眉頭越擰越緊。「林兄，不是你想的那樣，是我自個兒不想要的。」在老家時大哥沒少為兩個大嫂煩惱，搬到縣上後，更是見多了後院女人爭風吃醋之事，他本就沒什麼娶妾的心思，只想守著他家媳婦好好過日子。

林之煥一副深知你心的樣子拍拍二郎，嘴上一個勁兒地道：「明白明白。」真看不出溫溫柔柔的宋家弟妹竟然這般厲害。

二郎苦笑，這回又連累自家媳婦名聲受損了，唉。

李重武倒是知道一些宋家的情況，當下幫二郎轉移話題。「喝酒喝酒，咱們今晚可要不醉不歸啊。」

「回來了？」羅雲初放下手中的活兒，讓下人打來一盆溫水，親自伺候二郎擦了把臉。

二郎舒服地鬆了口氣。

「累了？」羅雲初輕聲問道，雙手張弛有度地給他按著太陽穴，儘管如今家裡奴僕成群，但關於自家丈夫和孩子的活計她都不假他人之手。

年關是他們最忙的時候，老家那頭正在點收糧食運送過來，米鋪、布店、作坊都要做一番大清點，運算今年的收益，查帳對帳什麼的。二郎這段時間也累得夠嗆。

「嗯。」二郎放鬆地閉上眼睛，懶懶地靠在羅雲初香軟的身子上。「忙和了近兩個月，總算能喘口氣了。對了，今年的銀子給老三送去了嗎？這是給他作打點之用的，莫要遲了才好。明年就到考績年了，老三可千萬得打點好咯。」

羅雲初白了他一眼。「早送過去了，一共三千六百兩。料想應該差不離了吧？」

「嗯，老三在淮揚幹得不錯，打點只是為了不失禮數，不讓人使絆子而已。」

明州青河縣及周邊的幾個縣經過這些年的發展，每年產出的棉布多達二十萬疋，儼然成為了全國有名的棉麻產地。每年都有不少各地的商人蜂擁而來，或搶購棉花或搶購精緻的棉布。

青河縣蓬勃發展了，這裡的人們也安居樂業了，家庭也幸福美滿起來，至少沒有毆打或嫌棄媳婦的事了，連吵架都少了很多。主要還是青河縣上的廠子多了，而且這些廠以棉為主，招收的多是女工。

幾乎每家每戶都有一名以上的女工在廠裡幹活，女工們每天下工回家幾乎可以說是被當成老佛爺似的供起來了，每天都有人做好熱騰騰的飯菜，下工回來就能吃，丈夫也體貼入微，一派和諧。可不是嘛，一個女工一個月有一兩銀子的收入呢，怎能不受到夫家的重視？

因此青河縣及周邊的人家，成為了女子最願意嫁入的對象。這是羅雲初始料未及的。

「老家那頭，我也讓人送了五百兩回家，全當明年的用度了。」這些年老家那頭見二郎、老三發展越來越好，許氏和宋大嫂沒少鬧騰，好在大郎沒有量了頭，一直壓著兩人。

兩年前，老里正去世了，村民們一直念著宋家的大恩，遂推舉了大郎擔任新的里正。這些年大郎在二郎和老三的支持下著實為村裡做了不少事，修橋鋪路，資助貧困想唸書的孩子上學館等等。宋家在本村及附近的幾個村子威望都不錯，鄰村有些唸不起書的孩子有時也會求到宋家，大郎查實之後，都會給予一些幫助。

羅雲初對大郎這種做法是贊同的，現在才兩年，還看不出什麼，待這些孩子長大了，有了出息，就能看出好處來了。遂每年他們都會送幾百兩銀子回老家給大郎調度。

「過些日子，老家的祠堂就要入宅了，別忘了到時咱們一家子都得回去喔。」二郎叮嚀。

羅雲初白了他一眼。「知道了。」這事他已經提了好幾回了，她耳朵都要長繭了。真不明白這男人為何對這事那麼執著。

說到這事，不得不從半年前說起。大郎作為里正，管著村裡的大小事情，祠堂自然也是在他看管之列。對這祠堂，從他一上任就很擔憂。主要原因是這祠堂太過老舊了，頂多再用幾年，就要榻了。要是在他擔任里正期間塌了，那可就不太美妙了。

所以在大半年前，大郎來找二郎商量，要建新公祠的事。二郎也覺得，這事得做，後來還贊助了老大一筆錢。

本來建祠堂是件大事，而且也是件榮耀的事。但凡有能力的人，都不願意自家祖宗連個像樣的安置地方都沒有。只是祠堂是整個村的，自然是人人都參與了，但那龐大的費用，也是不小的負擔，即使是按人頭收費，也讓人感到吃力。特別是前些年，家家戶戶都窮的時候，即使翻出家底都不夠繳那人頭錢的。

如今人們的日子好了，加上宋二郎一家子贊助的那筆錢都占了總經費的三分之一了，村裡的人頭錢就沒那麼高了，大郎找了村裡的幾位長輩商量，最終一致拍板，這祠堂，建了！

錢到位之後，忙和了小半年，總算把祠堂給建好了。就等黃道吉日，將祖宗們請進去了。

祠堂入宅是件大喜事，他們這新公祠可以說是十里八村獨一份的。所以在老宋家的再次贊助下，加上原來的經費略有結餘，村子決定擺流水席。

村子各家的人都可以邀請自家的親戚朋友來吃席面，只要象徵性的繳上一百文錢，便能領一桌席面。而且大郎還透露了消息，說席面上，雞鴨魚肉，肯定不會少的，米飯管夠。

現在割一斤豬肉還要十五文了呢，所以到了最後統計，繳了錢來領席面的，字數恐怖地達到了三百桌。

為了應付這一天，十里八村掌勺好的廚子都被預訂了。

而二郎，對待這件事的態度從頭到尾，都是很慎重的。

得了媳婦白眼的二郎呵呵傻笑，只是不一會兒，他便收住了傻笑，一臉認真地說道：「還有，飯糰來年二月就要下場考童生試了，妳得上心點。」

「這個你就放心吧，飯糰一向是個乖的，而且他的學問他三叔和天孝都誇過的，料想不會有什麼問題。」一提起飯糰，羅雲初倍感欣慰。

日子很快便到了祠堂入宅的那天，他們在日子前一晚，便回到了村子裡。不光是羅雲初他們一家子，連甚少得空回老家的宋老三也回來了，一樣的拖家帶口。

久不見面的宋家三兄弟湊到了一塊兒，一邊喝茶一邊聊著彼此的近況，而孩子們也不怕生，都跑到院子裡一塊兒玩耍去了，女人們則進了廚房整治晚飯。

其實老三家還帶了幾個奴僕回來，只是這一頓，吃飯的都是自家人，所以便由她們三個老宋家的媳婦們動手，也算是孝敬老人了。

此刻宋大嫂和許氏及兩個弟妹窩在廚房，雖然見兩個弟弟家過得比自己還好無數倍，心裡不舒服，但總算明白大郎能有今天，少不了兩個弟弟的支持，所以只是閉著嘴不說話。

羅雲初與余氏對視一眼，發現宋大嫂這兩年自宋大哥當上了里正之後，日子好過了，性子總算略好了些，沒那麼不著調了。

羅雲初與余氏兩個妯娌自然不會去撩撥她，各自揀了些事來聊，氣氛相對來說還是比較和諧的。

晚上，幾個小的孩子鬧著要睡在一處，他們做父母的無奈之餘又樂見其成。

特別是宋老三，感觸最多，他上任的地方離老家、離青河縣都遠，一年中也難得回來幾趟，他挺擔心家裡的孩子和姪子們久不見面久不相處生分了。現在看著他們能親近，高興都來不及。

於是不等他媳婦反對，便大手一揮，讓下人整理床鋪去了。

他們晚上落腳住宿的地方便是當年分家攢錢後蓋的房子，二郎一家搬到縣上後，考慮到回老家小住時要落腳，二郎讓人將房子拾掇了一番，不但增加了房間的數量，院子周圍還栽上了一些花草樹木，顯得整個院落雅致大方得緊。

前些年，老三也在他們院子不遠處的地方挑了塊地，一樣地蓋了個院落。本來老三媳婦吃了飯就欲領著孩子回自己院子住的，只是幾個孩子不依，而兄弟兩人也想住一塊兒，她拗不過，只好一起住進了羅雲初他們的院子裡。

次日，便是祠堂入宅的日子，整個村子裡一片喜慶，比之過年還要熱鬧上兩分，人們也都是笑容滿面的。

十里八村的村長里正也被請來了，由大郎帶著參觀新落成的公祠，並且介紹各處，從大堂到飯廳，從金色的屋頂上鐫刻著的龍鳳紋樣到地板及兩旁的壁畫。

這十來個村長里正參觀了古沙村新建的祠堂，心裡真是又羨又妒，不是滋味。這祠堂建得可真漂亮啊，整個祠堂，裡裡外外竟然能坐下三百桌，而且廚房飯廳一應俱全，要是古沙村的人以後辦喜事，就在此處辦，是件多麼有面子的事啊。

他們盤算著，如果自己的村子要建成這麼一個祠堂，每個人頭需要捐的款額，一算出來，他們就牙疼。

同時心中不無感慨，要不是古沙村出了宋二郎和宋三郎兩人，他們哪有這個錢財建這祠堂唷。

他們看了一眼宋大郎，暗自搖頭，罷罷罷，誰讓自己沒有宋二郎、宋三郎這樣的兄弟呢。

因為還沒到飯點，眾人三五成群地湊成一堆，聞著從灶房裡傳出來的陣陣香味，聊著各式各樣的閒話。

那廂，羅雲初與余氏一道招待著各村有頭有臉的夫人。

這廂，宋母也和一群村裡的老娘們在扯著皮（注）。

「宋大娘，咱們村子裡要說最有福氣的，就數妳了。」

「可不是嗎？瞧瞧，二郎在青河縣上置了那麼大一份產業，妳家老三更了不得喔，做了

注：扯皮，胡扯、閒扯之意。

這麼大的一個官，在咱古沙村，要說福氣，宋大娘，妳可是獨一份。」
宋母被人恭維得滿面紅光，嘴上謙虛地說道：「哪裡哪裡。」
「她有個屁福氣啊，還不是娶了羅氏這個媳婦，如果沒有她，憑著大郎家的那個能折騰的，她老宋家過得恐怕還不如咱哩。」
一道不客氣的聲音直接插了進來。
眾人靜了靜，順著聲音看過去，發現說話的是自小便與宋大娘不對付的王大娘。
眾人想想，好像確實是這樣啊。
「宋大娘，妳真是娶了個好媳婦啊。」
「是啊是啊。」
聽了那話，宋母本來極不悅的，臉都快拉長了，但認真想想，他們老宋家的改變是從什麼時候開始的呢？好像真是從老二媳婦嫁進來後一步步改善的。越想越像那麼回事，可不是嘛，自羅雲初這個媳婦入了他們宋家，他們家才開始興旺發達起來，然後掙下這麼一大份家業的。
想起當年，他們家也是過得苦哈哈的。如果沒有將老二媳婦娶進門，搞不好老三趕考的銀子他們一家子都難湊夠。
一想到今日的風光將不復存在，宋母就硬生生地打了寒戰，看向羅雲初的目光充滿了熱切。

那邊的羅雲初被看得不自在，有些摸不著頭腦。

今天人真的很多，她與余氏忙得連水都沒空喝。熱鬧吵雜的環境讓她有些氣悶，突然，後面傳來小孩子的哭聲。

「豆包！」湯圓驚呼。

「哇，娘，我疼，嗚嗚——」豆包不小心摔倒，疼得哭了起來。

背後似乎傳來她小兒子的哭聲，羅雲初一驚，猛的一轉身，豈知用力過猛，一陣眩暈感襲來，她眼前一黑，便不知道了。

「媳婦！」宋二郎驚呼。

「娘！」

「娘！」

羅雲初暈倒了，宋二郎第一個反應過來，因離得不遠，第一時間便將人給接住了。

而其他幾個孩子都驚叫連連。

「快去請大夫——」宋二郎抱著人匆匆交代了一句，便往屋裡趕。

飯糰也抱著掛著淚痕的豆包，和湯圓一起跟了上去。

宋家的其他人也被嚇了一跳，二話不說，護著幾個孩子跟了上去。

村子裡的人也有些擔憂，跟著去了一些人。

沒多久，大夫便被請來了。給羅雲初看過之後，卻向二郎一家子道了喜。

眾人這才得知羅雲初已經懷了一個多月的身孕，神情就是一呆。

這宋老二的媳婦嫁入宋家也快十年了吧，怎麼還有孩子往外蹦啊。

宋二郎聽到羅雲初又懷孕了，整個人只剩下傻笑了。原因無他，這消息證實了他某方面能力確實不弱啊，想想他都這個歲數了，還能當爹，這不是能力是什麼？村裡少有啊。

看到他那個樣子，同村同齡的男子不忿了，看來今晚要回去和媳婦好好培養感情了，他們就不信，自己的能力能比宋老二差？

宋母知道消息後，臉上的喜色掩都掩不住，直唸叨皇天保佑，想想家裡的富貴都和羅雲初有千絲萬縷的關係，再加上她肚子懷的崽兒，宋母真恨不得把她供起來才好。

此時羅雲初已經醒了，知道自己肚子裡又揣一只包子的消息，臉上就是一熱。在這種情況下被曝出懷孕的消息，她只覺得臊得慌。

待道喜的人散去祠堂吃席面，羅雲初才空下來。

屋子裡只剩下她和三個孩子，三個孩子圍著她，好奇地盯著她的肚子。飯糰、湯圓都見過羅雲初懷弟弟的情形了，倒不是很好奇，只有最小的豆包，大大的眼睛裡滿是好奇。

「娘，有小弟弟在妳肚子裡了嗎？妳藏在哪裡了？豆包怎麼沒看到呀。」

說著，豆包左看右看地找人，找不著時，還催促。「娘，妳快點讓小弟弟出來啊，豆包一定會很疼他的。就像飯糰果果、湯圓果果疼豆包一樣疼他。飯糰果果、湯圓果果，是不是？豆包一定會很疼他的。」豆包仰著小臉，找兩個哥哥做擔保。

兩個哥哥一個勁兒地點頭。「是的，豆包一定會是個疼弟弟的好哥哥的。」

得了擔保，豆包扭頭看向他娘。

羅雲初好笑。「現在還不知道是小弟弟還是小妹妹呢，等九個月後豆包就能見著了。」

豆包伸著指頭開始數，越數小眉頭皺得越緊。「九個月，還要好久喔。」

在小孩子眼裡，時間總是過得太慢，羅雲初輕笑。「不久，等你長這麼高的時候，小弟弟或小妹妹就出來了。」她一邊說，一邊比劃了一下。

豆包哦了一聲，在心裡想著，要怎麼樣才能快快長高，這樣就能很快見到弟弟妹妹了。

「娘，您看二弟妹那嬌氣的勁，還讓二弟入廚房給她弄吃的。看二弟那熟練的樣子，在您看不到的地方，還不知道她怎麼折騰二弟的呢。」宋大嫂忿忿地說道，她就是忍不住。同是老宋家的媳婦，憑什麼她羅雲初就能有個全心全意疼她的丈夫？二郎甚至為了她，連君子遠庖廚這點都不顧地來給她燉粥。

正巧二郎忘了拿東西折回廚房，聽見了。

宋大嫂見到二郎，臉色訕訕。

二郎歷來知道他大嫂就是那樣的人，本不欲理她的，可一想到媳婦那麼好的人還成天被她在娘面前上眼藥，就忍不住說了句。「大嫂，有空多關心一下天孝、語微吧，別成天和娘說這些有的沒的。」

長嫂如母，宋二郎這話雖然沒嚴厲指責，但已經算是很重了，宋大嫂臉色很不好看。

說完，他拿了東西，便出去了。他惦記著羅雲初，哪裡會留意他大嫂聽了他那話後會有什麼反應。

「娘，您看他，對我這大嫂哪還有半點尊重？」宋大嫂告狀。

宋大娘豈會為了一個媳婦說自己兒子？更別說這大兒媳婦是個攪事精了。「好了好了，妳也住嘴吧，別成天說些是是非非的。」

宋大嫂鬱悶地住了嘴。

宋二郎端著粥回來的時候，剛好看到屋子裡的妻兒在說說笑笑，便倚在走廊外不遠處的一根柱子旁看著，原先有些抑鬱的心情驀然散開了，他笑得滿足。他覺得，這一輩子能娶到羅雲初，真是他莫大的福分。

「爹，你怎麼站在那兒啊，快進來啊。」還是飯糰眼尖，看到了他爹。

二郎端著一碗散發著香熱氣息的粥進了門。「剛才大夫說妳在孕中操勞過度，沒休息好，才會暈倒的。這是我特地給妳熬的雞絲粥，從早上到現在妳都沒吃過東西了，趕緊用點吧。」

剛才得知他媳婦沒大礙後，想起她中午粒米未進，便讓幾個孩子陪著她，他自己去了廚房。

其實祠堂那邊的大廚房正在做席面，去那兒拿點吃的也是可以的，但他知道羅雲初不喜大油大膩的菜餚。再加上她懷孕了，他也不放心她吃那些東西。

二郎一提醒，羅雲初才發現自己餓得緊，忙說：「二郎，還是你周到，我確實餓了。」說話間，她便要伸手過去把碗接過來。

卻被二郎避過去了。「我餵妳吧。」這粥剛出鍋，燙著呢，她躺在床上也不方便。

羅雲初有些難為情，幾個孩子都在呢。

飯糰偷笑，曉得他娘是害羞了，於是朝弟弟招招手，兩隻手一手拉著一個，去找幾個堂弟堂妹玩。

拉著弟弟出了門，飯糰回過頭掩門時，正巧看到他爹給他娘餵粥。

「這粥已經沒那麼燙了，來，張嘴。」二郎親自試了試溫度，才拿著湯匙遞了過去。

羅雲初白了他一眼。「我只是懷個孕，又不是動彈不得。」話雖如此，但這是丈夫的心意，她也不拒絕，微微張嘴，將粥含進嘴裡。

「妳現在就是咱家的金疙瘩，為夫伺候一下是應當的。」

「怎麼，要是我不懷孕，就是鐵疙瘩不成？」羅雲初睨了他一眼。

媳婦不善的眼神讓二郎一個機靈。「哪呀，不管有沒有身孕，妳在咱家，永遠都是金疙瘩。」

羅雲初這才滿意了，又吃了一口雞絲粥。

不料二郎趁著空檔，湊近了她。「妳永遠都是為夫的寶貝，千金不換的寶貝。」

羅雲初訝異地看了他一眼，難得啊，這塊朽木也會說甜言蜜語了？正想調笑他兩句，卻不料撞進了他眼中，那是一眼化不開的認真。他的話才不斷地在心底蕩開，迴響。寶貝，千金不換的寶貝——

見她又在發呆，二郎無奈地搖搖頭，繼續手上的動作。

看著眼前認真地給粥吹著氣，只為了讓自己更好入口的男子，羅雲初心底一抹甜蜜溢出，慢慢暈染開來。

易得無價寶，難得有情郎，這一世，她家境殷實，有個愛自己疼自己的丈夫，還有幾個可愛的兒子，她感到很幸福。

「二郎，這麼些年，你覺得幸福嗎？」良久，羅雲初輕聲問。

二郎放下手中的碗，拉著她的手說道：「有妳，我覺得每一天都很幸福。」這是實話，只要一想到她，一想到孩子們，他就覺得渾身暖洋洋的，充滿了幹勁。

羅雲初放軟了身子，倚靠在他懷中，聽著院子裡孩子們的笑鬧聲，柔柔一笑。

窗外的光線將兩人相偎的樣子投映到地上，微風吹來，一室的幸福與靜謐。

——全書完

步步為營，活出自己的一片天／紅景天

親親後娘

全套三冊

嫁老公附兒子，聽起來好像她吃虧？

才不呢！哪怕不是親生，這娃兒也是她心頭肉～～

小資女穿成農家女，
感情小白直升人妻人母，
她外表很淡定，內心很慌張！
都說後娘難為，
可這粉嫩嫩的繼子對了她的眼，
她比親媽還親媽！
一家三口
把柴米油鹽醬醋茶的平淡生活
過得有滋有味～～

文創風 155 1

重點是，附帶的現成兒子是個超萌小正太，
第一次見面時，怯生生望著她的模樣讓人母愛氾濫，
這嫁人的「附加贈品」真的太超值了！
為了沒安全感的小娃兒，她這後娘前前後後顧得周全，
生孩子這件事也得排在後頭，旁人愛説閒話由他們去，
關起門來，他們一家人其樂融融才要緊，對吧！

文創風 156 2

眼見他們一家發達，被休棄的「前任」抱著兒子來認親，
口口聲聲説懷裡的孩子是宋家金孫！
看著婆婆和丈夫巴巴望著她，期望她接納這孩子的模樣，
她皮笑肉不笑，內心怒火燒，
真當她是聖母，還是以為她是「專業後娘」，
任誰抱來孩子她都照單全收啊？!

文創風 157 3 完

這些年風風雨雨歷練下來，
她家丈夫已從老實巴交的莊稼漢，成為獨當一面的大當家，
眼見老公如此長進，做妻子的自然相當欣慰，
她樂得退居幕後，安心在家相夫教子，照看寶貝兒女。
想當年剛穿過來時一窮二白，怎麼也想不到如今的好光景，
抬首笑望丈夫，她由衷感謝自己曾走過這一遭……

柔情似水・情意遲遲／蘇月影

文創風

157

親親後娘 3 完

國家圖書館出版品預行編目資料

親親後娘 / 紅景天著. --
初版. -- 臺北市 : 狗屋, 民103.02
冊 ; 公分. --（文創風）
ISBN 978-986-328-235-8（第3冊：平裝）. --

857.7　　102026181

著作者	紅景天
編輯	黃暄尹
校對	黃薇霓　曾慧柔
發行所	狗屋出版社有限公司
地址	台北市104中山區龍江路71巷15號1樓
電話	02-2776-5889～0
發行字號	局版台業字845號
法律顧問	蕭雄淋律師
總經銷	知遠文化事業有限公司
電話	02-2664-8800
初版	103年2月
國際書碼	ISBN-13　978-986-328-235-8
原著書名	《穿越之农妇难为》，由北京晉江原創網絡科技有限公司授權出版

定價240元

狗屋劃撥帳號：19001626

網址：love.doghouse.com.tw　E-mail：love@doghouse.com.tw